光尘
LUXOPUS

你的回忆

价值百万

〔美〕劳拉·卡尔帕金 著
Laura Kalpakian

韩云旭 江茳 译

Memory Into Memoir

国际文化出版公司
·北京·

图书在版编目（CIP）数据

你的回忆价值百万 ／（美）劳拉·卡尔帕金
(Laura Kalpakian) 著 ；韩云旭，江茳译. —北京：
国际文化出版公司，2023.8
ISBN 978-7-5125-1500-0

Ⅰ．①你… Ⅱ．①劳… ②韩… ③江… Ⅲ．①回忆录
－写作 Ⅳ．①I055

中国国家版本馆CIP数据核字（2023）第002835号

北京市版权局著作权合同登记号 图字01-2023-1600号

你的回忆价值百万

作　　者	[美] 劳拉·卡尔帕金	
译　　者	韩云旭　江 茳	
责任编辑	侯娟雅	
出版发行	国际文化出版公司	
经　　销	国文润华文化传媒（北京）有限责任公司	
印　　刷	文畅阁印刷有限公司	
开　　本	880毫米×1230毫米	32开
	8.75印张	186千字
版　　次	2023年8月第1版	
	2023年8月第1次印刷	
书　　号	ISBN 978-7-5125-1500-0	
定　　价	59.00元	

国际文化出版公司
北京朝阳区东土城路乙 9 号　　　　　　邮编：100013
总编室：（010）64270995　　　　　　传真：（010）64270995
销售热线：（010）64271187
传真：（010）64271187-800
E-mail：icpc@95777.sina.net

这本书献给佩吉·卡尔帕金·约翰逊

她是孩子们心目中的英雄

孙子孙女们心目中的英雄

重孙重孙女们心目中的英雄

以及这本书里的英雄

1. 过去与未来相遇 001

回忆录并不是关于你知道什么，而是关于你是如何知道的。回忆录不是法庭，也不是忏悔室，更不是小说。作为一种文学体裁，回忆录可以让作者将视角锁定在自己人生中的某个夏天，也可以描写作者出生之前的某些体验。

2. 开篇不难 009

开头阶段往往是让人沮丧和忧虑的。写作提示可以帮助你寻找到一条通往过去的道路。先把"第一"搞清楚、概述、通过照片来写作等建议会帮助你将回忆转变成文字。通过描述、加工、创造的方法，你可以将这些记忆扩展为叙事。

3. 消失的领域 034

如何将场景细节注入你的回忆录中，如何让你的叙事者和你的事件在风景、音景和光景中移动。

4. 加工人物 055

你回忆录中的人物是真实存在过的人物，但是在书中他们会变为小说中的人物。塑造不可磨灭的人物需要纹理与深度，他们通过自己的行为和选择让读者过目难忘。

5. 真的这么说了吗 072

口头对话与书面对话是不同的。对白是可以修改的，但是声音是真实的。在你的回忆录中呈现真实的声音，用文字形式记录下他们的对话。

6. 家族故事 104

家族故事就像是某种逸闻趣事，在一段时间内被无数次地讲述，期间经历无数次的改动，最终呈现的事件被所有人认可。通常这类故事都会以一个隐含的感叹号作为结尾。当你将这个感叹号改为问号，并开始对过去进行提问时，你会找到从未被发现过的含义和全新的领悟。

7. 过去和现在 123

如何将过去想象成现在？日记或日志、书信以及回忆录都在用书面形式讲述生活，但是它们针对的是不同的读者。回忆录作者能从日记和书信这类原材料中获取哪些信息？

8. 群像 *138*

对于作者来说，任何多于三个人的场景都是多人物场景。人物之间会争夺叙事关注度。你必须在声音与视觉中做出平衡，创造意境，强化故事推动力，控制叙事节奏，让叙事者在不同事件中移动。

9. 为回忆录搜集资料 *164*

报纸、年刊、公共记录、图书馆和历史协会能为你的回忆录写作提供有历史深度和细节的资料。音乐和气味也是很好的辅助。

10. 叙事之声 *186*

作者决定哪些内容可以写进回忆录，哪些不可以。而叙事者则是讲述故事的声音。我们对作者有多少了解？我们知道作者在讲故事的时候还在世。我们对于叙事者有多少了解？什么样的叙事之声能够最大限度地帮助你将回忆变为回忆录中的内容？

推荐序

　　人工智能让人类在很多方面相形见绌，不由得焦虑。但谈到回忆，却是机器不能比拟的。我们只有活出人的独特性和创造力，才能在机器人的时代不被轻易取代。人的回忆、念旧、感怀、后悔，都是那么弥足珍贵。文学作品很好，但再好的文学作品也不如现实充满想象力。你如果不是一个职业作家，你可能无法写出想象出来的世界和经历。但至少有一部作品是独一无二的，那就是你的人生。命运对我们的安排是不和任何人商量的，所以从不落入任何故事的窠臼。在我看来《红楼梦》《白鹿原》《霍乱时期的爱情》，都是某种程度上的回忆录。这是作家的财富，写的都是自己最熟悉的人和事。如果你觉得自己的人生很失败，很平淡，甚至有点无聊，想想看《被嫌弃的松子的一生》《人间失格》或者《金婚》《祝福》，不都是把平凡和痛苦写成了经典？你怕自己文笔不好，啰里八唆？有一种记录的方式就叫作意识流，不在乎别人看不看得懂，就在乎自己写的痛不痛快！

　　而我们真正需要担心的，反而是太想写得专业、写得符合套路。一开口就想给读者讲道理，每个出场的人物都肩负着表现某种立场或者作用的任务。请记住，这是你的回忆，也是你的想象。不是给老师交的作文，不用担心别人的打分。这本书的作者专门教大家写回忆录，她不像我这样鼓励大家随便写。但也不像语文老师那样给你提很多模式化的要求。她从专业写作者的角度给了我们很多建议和方法。让你把原本看起来杂乱无章的回忆，整理成有节奏有剧情的回忆录。我们最终都会离开这个世界，我们的文字会留下来。就算不能价值百万，也是家人的一份念想。

我相信每个人都有写回忆录的冲动，但最终败给了"我太平凡""没啥好写""懒得动笔"这些借口。其实写回忆录的过程本身就是一种美好的生活方式。人生本来无所谓平淡与否，细致的感受力和爱才是区分作品优劣的最终标准。

写吧，你会更爱自己！

樊登

2023 年 4 月 16 日

作者序

　　我认为自己是一个喜欢用比喻和戏谑的方式思考问题的人。我也坚信世界上所发生的一切都有其背后的故事。当然，也有一个关于这本书的故事。

　　我对于传记类内容的热爱是从 12 岁那年开始的——那年我接触到一些关于 18 世纪美洲历史的书籍，并迅速着了迷。很幸运，在小镇杂货铺前面那个小小的图书馆里，我找到了好几部美国新英格兰地区的作家爱丽丝·莫斯·厄尔写于 20 世纪初关于美国殖民时期的作品。在那些作品的结尾，她都列举了书中内容的来源，大多是 18 世纪时的私人日记、回忆录或者是信件。它们其实也被出版成书，只不过小镇图书馆里没有那些书。我的母亲建议我尝试馆际借阅服务，事实证明这是一个非常英明的建议！一本由爱丽丝·莫斯·厄尔编辑的《安娜·格林·温斯洛的日记：1771 年的波士顿女学生》，历尽千山万水，来到南加利福尼亚的一个小镇上，与我相会。或许现实中的安娜·格林·温斯洛是一个很有生活情趣的人，但在日记里，她对信仰的虔诚可比我想象中的要夸张得多。尽管如此，我在阅读她的日记时，虽隔着几个世纪，但依然觉得自己正在与她面对面交流，仅凭这一点，这段阅读经历就让我沉醉其中。从此，我便沉迷于与那些早已不在人世的人进行精神上的交流，并一发不可收拾。

也正因为如此，我在家乡的大学读本科以及在东海岸读硕士的时候，都选择了历史专业。对海的情怀让我最终回到阳光明媚的加利福尼亚州，进入一所十分出色的学院，攻读文学博士学位。学院规定，攻读文学博士的学生必须先在下面三个领域中分别做出自己的选择，而后才能进行深入的研究——作家、年代以及题材（前面两项是不能重合的）。我选择了查尔斯·狄更斯做我研究的作家，把第一次世界大战作为我研究的年代，至于题材，我选择了回忆录和自传。

每个周五的下午，我都会背着书包泡在图书馆里，在堆积如山的回忆录、自传、信件和杂志集中漫游。当我把思绪集中在这些作品上时发现，不论是当年还是现在，最令我爱不释手的并不是亨利·詹姆斯那浑厚的回忆录三部曲，或者亨利·亚当斯那一篇篇充满洞察力的散文，而是那些把自己的生活记录在纸上的无名之辈。我在这些人的文字中，看到了先驱者、探险家、被遗忘许久的戏种、艺术家、废奴主义者、教育家、厨师、诗人、一夫多妻制下的小妾们。我一边阅读，一边想象着他们在写下这些无比真实的文字时的音容笑貌，并全身心地陶醉于此。

　　除了阅读量的不断丰富，读博经历还让我获得了一个意想不到的工作——给一年级的新生上作文辅导课。这对一名作家来说是非常棒的训练过程，而在当时，除了我最亲密的几位朋友，没有人知道我的终极目标正是成为一名作家。我每周给自己留的写作时间只有两天，因为我每个周末还要打两天杂工，而剩下的三天，我要去学校教新生写作。这段教学经历对我的人生异常重要，每当我给新生作文打分的时候，我都要问自己那个对于作家们来讲最核心的问题——哪些因素成就了好的写作？在很长一段时间里我都在尝试回答这个问题。事实上，直到现在，我仍然在寻找这个问题的真正答案。我没能读完我的博士学位，但是我如愿以偿地成了一名小说作家。

　　课程终考的内容如下：关于一位作家的口头阐述、关于那位作家的论文以及一篇个人的回忆录。想拿到毕业证书的艺术硕士生们像疯子一般阅读着，这让我的每一节课都精彩无比，也让我在授课时充满了激情。这是一段让我永生难忘的回忆。

　　不久，我有幸成为华盛顿大学罗特克学院①的常驻作家，并在那里负责"批判性的读者与作家"的教学工作，这门课是艺术类硕士生的必修课。我被告知可以在教学大纲中安排任何书目，甚至可以安排我个人最喜欢的书。兴奋过后我很快冷静下来，并借助这个机会用自传和散文式回忆录排满了我的教学大纲。这是我教过的最严格的课程，课程中的阅读内容多到让人感叹。课程只有十周的时

---

① 一所以美国诗人西奥多·罗特克命名的学院。

间，期间学生们要阅读十本书，其中不乏如《亨利·亚当斯的教育》《W. E. B. 杜波依斯自传》和《上帝的一切危险：内特·肖恩的一生》这类大部头的书。在图书馆的备选阅读目录中还有一百多本书，大部分是英国作家和美国作家的经典自传。接下来的几十年，我一直从事回忆录写作课程的教学，并且对写作小组和独立编辑授课。我还帮助几百位作家将他们的回忆写成了回忆录，他们脑海中和心中的那些记忆在我的帮助下变成了叙事作品。我目睹一位位作家将自己最珍贵的记忆写在纸上，原本死气沉沉的人物变得栩栩如生，让读者的体验更加具体而生动，我对于回忆录的热情也越发强烈。

回忆录和杜撰式的写作都需要丰富的想象力。写回忆录的时候，作家做的事情可不是保存记忆，而是"发明"。毕竟，回忆录中的历史并不是人们想象中的那样被毫无争议地总结概括、有着明确的边界并按照时间线明确地排序。事实上，我们的回忆像碎片一样凌乱，而想象力是用来整理这些碎片的工具。毫无疑问，最好的回忆录，是记忆和想象力的完美结合体：记忆需要想象力来黏合，只有当想象力弥补了历史中的断层，记忆才会连贯。在将不连贯的记忆组织成完整的叙事的过程中，作家按照文学的构架来审视自己的过去，在这个过程中，捕捉和唤醒相辅相成。这就是写作回忆录的过程，也是这本书的框架性概念。本书并不是一本教学手册，而更像是一封邀请函，邀请读者在写作的过程中对自己的历史进行二次想象，在讲述的过程中对回忆重新访问和重新定义。本书研究的是一个过程：如何将叙事的格式融入难以驾驭的历史中去。

　　散文可不会像植物那样自己生根发芽，写作是一种成长、改变和发现的过程。我在读研究生时就认为，好的文字的评判标准在于文字本身，与格式和类型无关，我至今仍然坚信这个观点。回忆录、小说、纪实文学、各式各样的叙事类散文等，都需要用到相同的创作工具——叙事、对话、优美的描写、戏剧性的变化、人物的成长、形象生动的语言等。回忆录的作者能够从小说作者身上学到不少东西，反之亦然。尽管本书的内容是针对回忆录写作的，但任何作家都能够从中受益。在这本小书中，我分享了自己对于诗歌和音乐的热情，原创内容和参考内容都经过几十年的精心提炼才被小心翼翼地收录书中。在一些写作案例中，你会看到一些学生的回忆录作品，尽管这些文字并不十分成熟，没有华丽的辞藻，但它们就像未经加工的食材一样，有着无限潜力和可能性。对于那些向往成熟作品的读者，我会附上本书中提到的所有作品的完整书单（其中很多都是我本人非常喜欢的书籍）。这些参考书目的内容并未完整体现在本书中，但对于那些希望借鉴成熟作家的写作技巧来进一步完善自身能力的读者大有益处。书中的一些情景案例源于我自己的作品，我之所以这么做，是因为我可以根据这本小书里的需求来重新编辑我个人的作品，很多时候这比原封不动地引用其他人的作品更实用。

　　我在反复阅读、修改和反思这本书中的文字时，也能清晰地看到我的过去。从某种程度上来说，这本书也是我的回忆录。我将这本书献给我的母亲佩吉·卡尔帕金·约翰逊，我认为她的经历对于所有作者来说都值得借鉴，因此我在序章中遵循了我母亲的写作手法。我母亲已经90多岁，虽然遭受了丧偶的打击，但身体情况良好。不仅如此，她的思维能力、行动能力和精力都完全不像一个90多岁的老人。我劝她写一本回忆录，她果断拒绝，她认为自己的人生没有什么值得记录的东西。我坚持自己的想法，并不停地劝说她行动起来。可能被我烦够了，她最终坐在电脑前开始了回忆录的撰写，她花了整整四年的时间回忆自己的过去，放大细微的碎片，不停地重写……最终，她的自传《百年回忆录：献给我父母的礼物》在她97岁的时候面世。

毫无疑问，关于你为什么会读这本小书这件事，也有值得大书特书的地方。请把这本小书当作一份邀请函，我在此正式邀请你拿起手中的笔，坐在叙事这条小船中，划向时间的另一端。

劳拉·卡尔帕金

2021 年 4 月

1. 过去与未来相遇

过往是一件除去细枝末节和悬念的艺术品。

——马克思·比尔博姆（1872—1956）

每个人都有回忆，但并非每个人都会写回忆录。如果你认为回忆录的撰写过程就像是将静止的动物标本粘在纸上那样，那就大错特错了。恰恰相反，撰写回忆录是为了让过去更生动、更触手可及、更值得纪念。因此，回忆录能让作者以及读者享受最原始、最纯正的叙事。想象一下，人们围坐在篝火旁，分享着自己部落的传说，讨论着"我们是谁，我们为何来此"，就算并非每次都充满感激之情，但仍会吟唱祖先的传奇往事，这场面真是美妙。回忆录的写作允许我们向记忆赋予声音、赋予层次、赋予意义，让我们再一次对过去充满了热情，找到那些已经失去的声音，重新记起那些被忘却的趣事，重新梳理那些琐碎的家庭故事。回忆录的写作体现了我们内心的勇气、感激之情、对于被理解的渴望，回忆录甚至是我们内心用于对抗失败的堡垒，重新定义我们认为已知的过往。回忆录并不是对过往的创造或者再创造，而是让业已模糊的过往变得更加清晰可见、有棱有角，通过作者的加工将记忆变成叙事散文，变成美妙而有价值的内容。

回忆录有多种形式，在回答我们的终极问题"什么是回忆录"之前，我们先要弄明白另外一个问题：什么不是回忆录。回忆录并不是对全部真相的确切记录，但必须是对某一个真相的探寻。回忆录不同于杜撰——或者说是小说撰写，尽管回忆录的写作方式与小说的相差无几。回忆录并不是一件要向法律负责的文档或宣誓书——回忆录的作者并不需要在法庭上对法官发誓自己没有做伪证，但从某种意义上讲，回忆录就是一份呈堂证供。回忆录并不是用来换取赦免的忏悔录。对于一些作者来说，将过往记载下来已是一种高尚的胜利；对于另外一些作者来说，撰写回忆录虽不是赎罪，可也算是搭乘了一艘装载了谅解的巨型战舰。

从内容范围上来说，回忆录与自传并不相同。自传的作者通常是上了年纪的人，内容通常是作者从自己的少年、青年到老年，按照时间顺序完整梳理。回忆录则不同，如果人生是一块面包的话，回忆录就是这块面包的一个切片。在《安吉拉的骨灰》之后，弗朗克·麦科特林又写了两本回忆录。达尼·夏彼洛、玛丽·卡尔、帕蒂·史密斯、海伦·福里斯特、佩内洛普·莱夫莉、瑞克·巴斯，甚至蒂娜·特纳①都写过多本回忆录，他们的作品着重讲述各自在人生不同阶段

---

① 这些作者英文名依次为 Dani Shapiro, Mary Karr, Patti Smith, Helen Forrester, Penelope Lively, Rick Bass, and even Tina Turner。

经历的形形色色的事。总结起来就是，一个人在一生中可能会写多本回忆录，但是自传往往只会有一部。

回忆录往往聚焦于作者一生中的某个特定时期，比如孩童时期，或者青春期；有时也会是某个重要的时刻或事件，比如第一次为人父母，又或是某次离婚。有一位与我关系很好的作家曾经将她在北卡罗莱纳州参加一个名叫"营火少女团"夏令营的经历写成了回忆录，最终这本由克恩县历史协会出版的书成了那个夏令营的骄傲。还有一位作家记录了自己五十年前在一次非洲昆虫考察中做厨师的经历，等她回国后发现自己的变化竟跟美国那些年发生的变化一样大。然而回忆录可不仅仅是用来记录这些单一性的人生事件的，安东尼·波登撰写的《厨房机密档案》就完整地记录了他的职业生涯。如果你稍加注意就会发现，在许多非杜撰类型的文学作品的开篇，都有一小段回忆录，用来介绍作者是如何对书中所写的内容产生兴趣的。回忆录还可以将完全不同的体验加以融合，例如那本非常著名的《美食 祈祷 恋爱》中，作者经历了失败的婚姻和一段没有结果的艳遇，又立刻开始了一段充满异域风情的旅行。许多关于旅行的文学作品就是在对体验和历史进行观察与记录，所以它们实际上都是回忆录的一种形式。在《亚美尼亚的史诗：一百年的旅程》一书中，作者唐·阿纳希德·麦基恩同时讲述了她祖父1915年在土耳其的经历，以及她自己在试图重塑祖父的这段令人难以置信的经历时所走过的旅程。谢丽尔·斯特雷德在《走出荒野》中将自己对刚刚离世的母亲的怀念，和在太平洋屋脊步行道所遭遇的挑战紧密地结合在一起。有的时候，回忆录可以给某些影响作者很深却难以被定义的人画像，比如很强大但有一点虐待倾向的父母，或者手足情深却有些性格缺陷的兄弟姐妹。诺曼·麦克林恩的《大河恋》就是典型的例子。而保拉·贝克儿的《摇摇欲坠的家：毒瘾中的母亲》则是描写自己对孩子的爱意，尽管这些孩子对她来说也是难解的课题。回忆录能让那些微不足道的小人物成为激动人心的历史中的一部分。稍加研究就会发现，似乎每个生活在 20 世纪 20 年代的人都写了回忆录，哪怕记载的事情只是在巴黎的一家咖啡厅里洒了咖啡。某种程度上说，《爱丽丝·B.托克拉斯的烹饪指南》和露丝·蕾舒尔的《天生嫩骨》是一种模式的回忆录。

回忆录也可以记录作者没有亲身体验的东西。在弗拉基米尔·纳博科夫的名著《说吧，记忆》的开篇，有一长段看似和书的主题并不相关的文字，这段文字记录了他的祖父母和外祖父母 20 世纪在俄罗斯生活的场景，尽管那个时候他还没有出生。亚历山大·斯蒂尔在回忆录《万物之力：和平与战争年代的婚姻》中讲述了他父母令人动容的爱情故事：他的父亲是从法西斯魔爪下逃脱的意大利籍犹太人，母亲是信奉新教的美国上流社会女性。有时候回忆录的主人公也可以不是作者本人，而是某位与作者产生过某种关系的人。《海伦的苍鹰》是海伦·麦克唐纳的回忆录，书中，作者看似是在着重描写自己训练鹰的过程和表达自己对已故父亲的怀念，实则是对另外一名作家 T.H. 怀特的详尽调查。玛莎·奥利维亚·史密斯的回忆录《玛莎的曼陀罗》，是作者基于自己孩童时期和青年时期的故事写作的，然而她真正的写作目标是她那有着惊人艺术天赋的奶奶玛塔·培根，因为她嫁的居然是一位喜欢作诗的独裁者，而那场婚姻看起来是一个荒谬无比的组合。我最喜欢的回忆录之一是汤亭亭的《女勇士》，那是一部短篇文章合集，在第一篇《无名女子》中，作者凭借想象力塑造了一位祖先，而这位祖先我们甚至连她是否真实地存在过都不得而知。

一本关于家庭的回忆录应该将那些即使作者没有亲身经历的事也收录其中，特别是那些近乎被遗忘的事。这一点在我母亲佩吉·卡尔帕金·约翰逊的身上得到了很好的实践。刚刚开始写回忆录的时候，我母亲按照我在第二章提到的方式进行思考，认为她有必要将她父母的故事也记录下来。佩吉是兄弟姐妹中唯一一位还健在的人了，只有她能阻止自己的家族故事像陈旧的相册一样，随着时间的流逝，被后辈遗忘在记忆的某个角落，被历史的尘埃掩埋，最终消散。

你一个人就能讲完整个故事

回忆录作者所面临的限制和约束，要比小说作者所要面对的多得多。小说作者经常使用"创造一个有距离感的叙事者"的方式来写作，这个叙事者与小说中其他角色都有着明显的空间割裂感，这就是我们所说的第三人称叙事者。在这种叙事模式下，所有的人物都可以用"他"或者"她"来指代，第三人称叙事者可以自由穿梭于任一个角色的想法中，也可以从不同的角度来观察或定性某个事件。例如在《愤怒的葡萄》中，斯坦贝克将故事在乔德家庭的不同成员中从容地转换，第三人称的叙事者帮助作家和读者拓展了故事的宽度。然而回忆录不同，在回忆录的叙事中，故事必须通过"我"的视角来陈述。这不代表"我"要在每一个情景都出现，或者在每一个事件发生时都在场，但是"我"是梳理整个叙事逻辑的润滑剂。与第三人称叙事者不同，第一人称叙事者可以帮助作家和读者获得更佳的阅读深度和亲密感。当小说作家想要获得读者的亲密感时，他们也会采用第一人称叙事者——"我"来进行叙事。例如，《了不起的盖茨比》的主人公尼克·卡拉威、《杀死一只知更鸟》的主人公斯科特·芬奇。还有一些更久远的例子，例如丹尼尔·笛福的《摩尔·弗兰德斯》和那本空前绝后的《罗克珊娜：幸运的情妇》。与这些小说作品不同，回忆录中的第一人称叙事者与读者间有着一种天然的、更深层次的亲密感，因为读者能从回忆录的字里行间中体会到一种"'我'一个人就能讲完整个故事"的感受。

我们能够从上述叙述中得出一些显而易见的结论，首先就是"我活着，所以我才能讲述这个故事"。正如我们在弗朗克·麦科特林的《安吉拉的骨灰》中看到的，尽管他的童年极度贫穷，饱经磨难，甚至到了让人无法想象的地步，但他活下来了，因此才有了我们后来看到的那本书。读完谢丽尔·斯特雷德的《走出荒野》，我们不知道她是否成功征服了太平洋屋脊步行道，但是我们知道她尝试过并且活了下来。在小说中，哪怕是最重要的主人公也可以去世，但是回忆录通常是没有以叙事者的死亡或者毁灭作为结尾的，偶尔也存在一些例外，比如《马尔科姆·X 的自传》和保罗·莫奈的艾滋病回忆录《借来的时间》，这两本书的作者在写作的过程中死亡了，因此回忆录是由他人代为完成的。

其次是"我一个人就能讲完整个故事"意味着确实发生过这样一个故事。不管回忆录中的内容有多么荒诞，读者都会相信，因为叙事者在记录这些时是清醒的，所以故事在逻辑上是通顺的。小说则不同，因为小说的叙事者就像流浪的野兽一样，往往是不可信的。小说中的故事经常会在时间和空间中大幅度跳跃，还要求读者必须时刻跟随叙事者的思维逻辑，让读者跟得气喘吁吁。但回忆录的叙事者比较谨慎，因为进行不合逻辑或者不连贯的跳跃，就意味着自己撕毁了与读者间的某种不成文的约定，虽然有些时候回忆录的叙事者会因一些情绪上的波动用到夸张的描写。尽管回忆录的文字并不是完全意义上的"通俗易懂"，但是人们默认回忆录的叙事者比小说的叙事者要更可信。

回忆录被认为是一种有"形状"的故事——主人公从一种外部环境到另外一种外部环境所经历的变化，以及这种变化所引起的某种"弧度"。主人公的变化可以是天然的，比如从少年到成年的变化，也可以是悲惨的，比如被流放的编年史。其产生的原因可以是政治性的，也可以是由性启蒙引发的，又或是某种挫折导致的。内容可以是康复的过程、冒险的旅行，甚至可以是直接讲述一个比拥有书写大权的作者本人更美丽、更危险或更勇敢的主人公的故事。在那些由短篇文章组成的回忆录里，你读完任何一篇都能感受到故事的形状，但只有按照短文排列的顺序从头到尾读完才能完全理解全书的主题。

说到回忆录的必然结果，那一定是叙事者总是能够学习、成长，并受他在书中事件的影响而有所改变。下面这句话是我能够想到的、对回忆录作者最为重要的指引：回忆录不是关于你知道了什么，而是关于你是怎么知道的。

为什么要写回忆录？没有谁的一生可以简单到用他在网络上发布的帖子、文章、朋友圈等这些只存在于虚无缥缈的云端内容来总结概括。为什么要写回忆录？因为"你一个人就能讲完整个故事"，哪怕你的故事是像营火少女团或者非洲昆虫冒险那样，由许多人共同经历。你的人生故事值得被你记录下来，如果你不把自己的故事写下来，那么那些宝贵的经历、特殊的感情、形形色色的人和事，都会随着时间的推移变得越来越微不足道，那些让你难忘的夏日阳光、结了霜的夜晚，开怀大笑、泪流满面和惊声尖叫的时刻，都会慢慢地变成虚无。相反，我保证，在你拿起笔的那一刻，你的过去会为你重新打开一扇门。你在进行回忆录写作时就会发现，你的记忆变得更加精确，思维也变得更敏捷，你会记起很多你不知不觉间遗忘的事。

2. 开篇不难

"当然是在开头的时候开始。"国王严肃地说，"继续前进，直到你到达终点，然后停下。"

——刘易斯·卡罗尔《爱丽丝梦游仙境》，1865 年

万事开头难。对于作者来说，开头阶段往往是充满沮丧和忧虑的。要从哪里、用什么方式开始我的故事呢？任何回忆录的作者，当他们开始写作的那一瞬间，眼前看到的都是些盘根错节的人物和乱作一团的事件，它们的存在缺乏逻辑关系，就像刚刚煮沸的水冒出的气泡，让人感到困惑。

应如何重塑过去？

作为作者，你有许多方式定义过去：1. 过去是一系列事件，像倒下的多米诺骨牌一样，可以由一件事而引发连锁反应；2. 过去是一件事，必然导致另一件事的发生，也就是说，没有其他的可能性；3. 过去像是被裁切的布片，可以被无数次地重新排列，尽管用的是同样的材料，但是会形成不同的图案。总之，开头是让人混乱的，

你必须学会接受这一点。如果你写下了"第一章",然后期待剩下的故事能够从这里铺展开来,那么你或许会盯着"第一章"这三个大字看很久很久,甚至可能导致某种写作麻痹症。

正确的方法是,先写一些简单朴素的陈述性文字,然后再用这些作为核心基础,增加深度和细节,这个过程你需要用到写作的三大技巧:描述、加工、创造。

描述:迅速抓住读者。以视觉 / 感官描述为主。

加工:扩充,增加细节,向你的备选材料发问,哪怕没有办法立刻回答。因为这些提问也非常重要。

创造:用你已有的细节和描述进行叙事。将你准备的材料放在场景里、用在故事里。要记住,这也仅仅是草稿而已,稍后需要进一步充实。这里的文字并不需要有多美,但需要被写出来。

用任何你可以用到的东西来帮助你完成描述、加工和创造。废弃的场所、变黄的旧胶卷相片、模糊的拍立得一次性相片、日常物件、一闪而过的回忆——这些都可以帮助你将记忆变成回忆录的内容。

提示:一件物品

1. **描述这件物品:**你需要围绕着这件物品本身进行回忆,不仅仅包括它的外观,还有它的味道、重量、纹理。你需要提供尽可能详尽的细节，此处优美的文法并不是必需的。

2. 加工：将这件物品放在一个语境里，你在哪里、用什么方式看到它的？你除了需要生动形象地描述物品本身，还要描述它所处的环境甚至是它的格调。这里需要一些记忆力和想象力。语境会影响这件物品，举例来说：

这件舞裙是放在缝纫机上，还是在体育馆里？缝纫机上的舞裙还是一堆布片，而体育馆里的舞裙已经被穿在参赛者身上，还别好了胸花，表演起华尔兹。

这架立式钢琴是在你的客厅里，还是在 4 号大街的小酒吧里？

这件平底锅是在火炉上，还是在面包车的后备厢里为露营做准备？

这件化学实验套装是放在仓库里，还是放在教室里？

同样的娃娃，在一个孩子的怀抱里和放在衣柜底层抽屉里有着完全不同的语境、氛围和时间范围。

同样的睡袋，可能出现在住着一群爱打呼噜的外国旅人的廉价青年旅舍里，也有可能出现在一个小孩子们热衷参加的时尚睡衣派对上，两者有着截然不同的格调和氛围。

3. 用你加工的语境创造一个场景，并将这件物品与一位人物绑定起来：推着除草机器除草的人是你吗？是谁在吹长笛？吹笛人是在独奏会的现场还是随着游行乐队恰好经过？或者是在夏夜前门的走廊？场景不仅仅要描述外部世界，还需要唤醒这件物品所代表的情绪。此外，与物品绑定的人物应该与物品本身一样，被清晰地描述。

然而你脑海中的过去也许并不存在完整的、可靠的物品，也没有那么多让你确定的名词，或许它们只能以碎片的形式呈现在你眼前。

提示：先把"第一"搞清楚

第一次声响：你是否对一个特殊的或者持续的声音有记忆？例如街道上车水马龙的声音、雷声、冰激凌小贩的叫卖声、齿轮转动的声音、门铃声、针掉在地上的声音、打字机的声音、广播或电视的声音、一段主题曲或是童谣、下雨的声音，等等。

第一次记住的味道：是否有那么一种芳香、一种气味能让你回到历史的某个瞬间？或许你都不确定那个瞬间是在哪里。气味能代表很多东西：美食、季节、疲惫、养分、艺术，等等。

第一首歌：你记忆中学会的第一首歌是哪首？原唱是谁？你现在还能像当年那样唱出来吗？

第一部电视剧：你是否还记得电视剧的主题曲、人物的经典台词以及经典桥段？

第一个让你有印象的老师：老师的名字叫什么？你是如何看待他的？做一次人物画像。

第一位朋友：这位朋友是在什么情况下认识的？自小就认识，还是进了学校才认识的？他的名字叫什么？形容一下他。

第一张睡床或者第一间卧室：你是否记得第一次入睡或者第一次醒来的地方？

第一只宠物：它的名字叫什么？长什么模样？你是如何看待这个小生命的？在这只宠物身上发生过什么事情？

第一次乘坐的公共交通工具：你是在哪一站上的车，又是在哪一站下的车？

第一辆车：颜色？品牌？生产年份？

第一次旅行：去了哪里？遭遇了什么？

第一次"紧急事件"：狂风，暴雨，火灾，地震，还是某位亲人突然病倒？

第一次你真正意识到重要的人离开了这个世界：这个人并不一定是朋友或家人，也可以是巨星偶像。当时你在哪里？

如果你在某一个领域有着多个"第一"，不要陷入不断纠正自己的循环中。如果你的这些记忆并非一手获得，而是通过照片或者家庭成员口述获得的，也很好。让这些"第一"在你的脑海中随意碰撞组合，就像台球在台球桌上互相碰撞那样，然后回过头去继续挖掘，再把相关联的内容整合到一起。

我们来看一位名为内塔·吉布斯·斯文森的作家是如何选择自己的"第一"的。内塔是家里四个兄弟姐妹中最小的，她的大哥乔比她大 14 岁左右。少年时期，她跟对宗教虔诚无比的祖母最亲近。内塔认真整理了她的几个"第一"，然后挑选出下列三个"第一"用年代排序，写出了她的叙事内容。

第一首歌：《天赐恩宠》。

第一次记住的味道：鞋油的味道和须后水的味道，或者是男士发胶的味道。

第一部电视剧：某个叫不上名字的福音布道类电视节目。

我们来看看内塔的回忆录选段：

周六晚上和周日早晨

祖父过世后，祖母就来和我们一起住了。房子本就不大，在祖母到来之前就已经拥挤不堪了。祖母自己一个人住一个房间，为了得到这个特权，她包揽了全部的家务活儿。祖母是一个异常虔诚的人，她的人生其实不算顺利，情感上屡屡遭遇失败，经济条件也非常不佳。我真的认为宗教信仰给了祖母一个释放的出口，让她能够放声歌唱。我是兄弟姐妹中最小的，那时也就三四岁的样子。哥哥加里和姐姐德里亚要去上学，爸爸妈妈要出门工作，只有我和祖母留在家里。每天早晨大家离开之后，祖母就把电视打开，把熨衣板支在电视前。我和祖母跟着电视里的福音布道者、唱诗班和那些被拯救的人一起大声歌唱。祖母在厨房做饭的时候，我们就把电视的音量调大，总之，我觉得我和祖母每天都在被拯救。那个时候最火的歌应该是《舞蹈皇后》，但是我唯一一记住的歌曲是《天赐恩宠》，现在听到这首歌依然会让我眼眶湿润。4 岁的时候，我已经有了洪亮的嗓音，并且能熟练地咏唱《天赐恩宠》的所有段落，教堂的人都认为我是上帝赐予他们的天才。每个周日大家都在家里睡懒觉，只有我和祖母去教堂祈祷并歌唱。然而大哥乔回家之后，周日早上就再也不一样了。

母亲告诉我，乔是在迪克斯堡军营当了 18 个月的兵之后回来的。我后来才知道他其实是因为偷车进了监狱。我的家人并不在意这个谎言能不能瞒住我，他们只在乎能不能瞒过邻居并且麻痹自己。乔刑满释放回家时有 20 或者 21 岁了。对于祖母来说，乔在监狱里的服刑仅仅是还了他欠下的社会债，他依然需要被拯救。她缠着哥哥，让他把自己毫无保留地献给主。不管是白天还是晚上，祖母总是喋喋不休。她把《圣经》放在哥哥经过的一切地方——他的桌子上，甚至是枕头下面！偶尔，祖母也会关注一下加里哥哥、德里亚姐姐，还有我的父母，但是总的来说，她把绝大部分时间花在拯救乔的灵魂上。

　　乔出狱之后找到了一份工作，在考夫曼家用电器商店给本尼·考夫曼的父亲打工，本尼是乔高中时期最好的朋友。乔需要上夜班，这样本尼的父亲就能在晚上陪伴家人了。

　　每个周六的晚上乔都要出门玩耍，出门前总是要霸占家里唯一的洗手间。每次他洗完澡后我走进洗手间，总能闻到那种"出门玩耍"的气味。那种气味可能是香水，可能是发胶，也可能是肥皂或者是除臭剂。作为出门前的最后一项准备工作，乔要在后院给自己的皮鞋擦油。看着沾着鞋油的刷子在他的西诺拉皮鞋上充满节奏感地前后往返，我甚至有点想翩翩起舞。乔在洗手间里的时候祖母管不到他，但是后院对他来说可就不那么安全了——他每次擦皮鞋的时候，祖母都缠着他，聊一些关于"坏朋友"和"还没有被拯救"一类的话题。乔几乎不怎么说话，我猜这应该是那段监狱时光导致的吧，但是他也从没有顶撞过祖母，这种最起码的尊重他还是懂得的。在我的印象中，乔的脸上总是写满了冷静，也许这也是他在监狱里学到的。周六晚上出门之前，他总会对祖母说晚安，然后对我说"晚安内塔小点点"，他这么叫我是因为我那时候还是个小不点。

　　周日早上当我和祖母准备出发去教堂的时候，乔大概也就回来了。我们知道有人送他回来，因为总能听到街角的汽车声，但是直到现在我也不知道送他回家的人是谁。他总是衣冠不整地顶着乱糟糟的头发从后门进屋，下巴上长出来的胡茬让他看起来疲惫不堪。看到准备出发的我们，乔总是很开心，并问祖母能不能在出发前给他准备点早餐。在我的印象中，乔在周日早上的味道和周六晚上的略有不同，虽然都是那种芳香的"出门玩耍"的味道，但周日的味道中混杂着鞋油、须后水、烟草和一丝女性香水的味道。在周六晚上的须后水和周日早上我所熟知的《天赐恩宠》之间，我感受到了一种巨大的割裂感。

祖母又像拨浪鼓一样对着乔唠叨着那些被拯救之类的话，但是现实不允许她坐在那里发牢骚，所以她需要一边做饭一边和乔聊天。乔只是坐在那里安静地吃饭，偶尔会打断祖母让她再盛一碗饭给他。祖母背过身去给他盛食物的时候，乔就会偷偷向我做个鬼脸。那一瞬间，我感觉我和乔就像天使与魔鬼一样，我们这对老幺和老大的组合就此成立了，我们要一起对抗其他人，包括家里的人、城市里的人，甚至整个世界的人。

将三个"第一"联系起来之后，内塔又将它们拓展开来。"周六晚上和周日早晨"这段描写很短，虽然只有一千来字，虽然颇有情感煽动力，但是还需要进行修改和提炼，当然也要进一步扩展。她的叙事在有些地方偏离了正轨，例如关于本尼和电器商店的那段描述就需要重新编排。分段和过渡也没有做到完美，如果能给乔和祖母之间的互动增加一些视觉效果就更好了。但是这个小段落里的原料是十分丰富的，这些原料给内塔进一步挖掘整理提供了很好的基础。在她完成一些修改之后，例如增加一些对话和场景描述，这个小段落就能成为她回忆录中的一个章节了。

先定好标题。从一开始就定下标题是非常好的写作习惯。标题是指导我们航行的浮标，而不是让我们停下来的船锚，好的标题能够帮助我们集中精力搜集材料。但是要记住，标题是可以改变的，如果你描述的重点发生了变化，你的标题也需要改变，不要觉得变来变去不好，因为这种事是无法避免的。"周六晚上和周日早晨"对于内塔所写的故事来说是个不错的标题，虽然比"我和我的祖母"好很多，但也不是唯一的选项。乔的名字并没有出现在"周六晚上和周日早晨"这个标题里，但是他也被巧妙地包含了进去。当你改变你的标题时，你也改变了想要传递给读者的最有意义的信息。F.斯科特·菲兹杰拉德的《了不起的盖茨比》一书，原本书名是《长岛西卵的特里马奇奥》，想象一下……

你的"第一"不仅限于发生在孩童时期。

第一次打工：上班地点在哪里？同事是谁？工资多少？工作内容是什么？老板怎么样？这份工作现在还存在吗？

第一个男朋友 / 女朋友或者暗恋对象。

你买下的第一辆车：品牌、型号、颜色、其他特征……

第一套公寓或者宿舍：你的室友是谁？

第一次觉得自己很失败。

第一次觉得自己能成功。

第一次与自己的爱人、长期合作伙伴或者挚友见面。

除了"第一"以外，你还可以对别的记忆进行描述、加工和创造，例如，四个最让你感到开心的时间和地点，四个最让你感到担心和焦虑的时间和地点，等等。我们的目标就是寻找可以用来重新塑造的材料。

提示：利用照片写回忆录

或许不是所有的"第一"都来自真实的记忆，而有的是从以前的照片，甚至可能是你还没出生时就有的照片中知道的。将描述、加工和创造用在照片上往往可以填补记忆里的空缺，帮助你进一步了解过去。

寻找一些老照片，尤其是那些能够与你"对话"的照片。

1. **描述照片**：用精炼简明的语句描述。照片里的人是谁？背景是什么？在哪里拍摄的？什么时间拍摄的？人们的穿着打扮如何？

2. **加工照片**：对照片进行提问。这张照片是否与某个特殊场合或者某件特殊事件有关？你能否鉴别或者推测出照片中的气氛？能否在别的地方找到照片中人物关系的线索？（除了家庭关系或朋友关系，也可以是他们如何看待彼此，甚至是他们拍照时的互动、情绪。）照片里人物的站姿或坐姿能否说明一些当时的情况？在照片里找到能够表明拍照时的季节、天气及时间的线索。如果照片是黑白的，要尽可能地在你的脑海里将它变成彩色的。还要想一想我们无法从照片里看到的东西，例如：拍照片的人是谁？照片中物品的旁边或者后面是什么？这张照片里的声音是什么，是音乐、风声，还是人物之间的对话？……你能否给照片加入一些其他的感官信息，比如气味？记忆中的或是想象出来的都可以。

3. 用这些元素创造一个场景： 尽管照片是静止不动的，但我们可以让照片里的人动起来——想象在按下快门的前一刻或者后一刻都发生了什么？

我们继续以内塔为案例，看看她用照片做了什么。她并不着急把漂亮的文字写在纸上，甚至不需要严格地遵从语法规则。这次动笔的目的是抓住照片的重点，这需要敏锐的观察力。

1. 描述：

一家人站在后院里，旁边是那辆老雪佛兰。那辆黑色的雪佛兰轿车为这家人服务了很久很久。背景里可以看到晾衣绳，照片中的人物有 3 岁的我、母亲、父亲、10 岁的德里亚、13 岁的加里、18 岁的乔和不知道多少岁的祖母。祖母手里拿着《圣经》，我穿着那件硬邦邦的衬衣裙。从大家的着装上看，应该是星期天拍的。草丛里隐约能看到蒲公英，应该是春季。阳光有点刺眼，从影子来看拍摄时间是上午。我判定这张照片应该是 1977 年拍摄的——我的祖父 1976 年去世，之后祖母就搬来和我们一起住了。

2. 加工：

为什么要在后院拍这样一张照片？我妈妈只喜欢我们的前院，后院里除了草坪、工具房和晾衣绳什么都没有，除了我的家人没什么人到过那里。但是在这张照片里后院成了永恒，晾衣架上甚至晾着我父亲的四角内裤！为什么母亲会拍摄这样一张照片？我看起来心情不错，但那是因为我正穿着自己喜欢的玛丽·简斯的鞋和粉裙子——裙子面料之所以硬，可能是祖母特地给它上了浆。除了我，其他人看起来——怎么说呢，一点都不开心。我父亲脸上甚至有一种紧张、生硬并忧心忡忡的表情，我后来才知道那其实是父亲最正常的表情。他看起来十分痛苦，但那时的他还没有得病。母亲的眼睛直视前方，看起来像是在拍一张入狱前的大头照，而不是一张家族合影。加里的鼻涕都没有擦干净，但是看起来仍然沾沾自喜，德里亚看起来无聊得要命，乔的眼神呆滞而茫然。祖母的手紧紧地抓着乔的胳膊，好像他下一秒就要逃跑一样。我甚至觉得照片里的祖母有点微微发颤，但是她为什么颤抖，是因为愤怒还是恐惧？乔和父亲都穿着正装——白色衬衫、领带、西服外套。照片里的人似乎期待着什么，好像我们即将出发而不是刚刚归来。我们要去哪里呢？

那时的我们几乎哪儿都没去过，最起码没有全家一起出游过，因为那辆老雪佛兰根本坐不下这么多人。

我想起来了，是唐纳！唐纳是拍照片的人！唐纳是乔的女朋友，乔偷那辆车的时候唐纳和他在一起。乔偷了车，然后带着唐纳兜了一整天的风。当天晚上他们超速被警察拦下，然后乔就因为偷车被捕了。乔坚称偷车是自己的主意，和唐纳一点关系都没有。警方同意让乔被保释出狱（天知道我父亲交了多少保释金），但是他必须回去出庭受审。我敢打赌这张照片就是出庭那天拍摄的，当时我的父母知道一家人将会在很长一段时间里都不能团聚了。我哥哥加里总是因为父母的痛苦而感到开心，且三十年来都是如此。祖母很生气，她气魔鬼诱惑了乔，也气乔在面对诱惑的时候屈服了。至于乔，我无法读懂他的表情，似乎是一半的羞愧不堪、一半的不思悔改。在乔服刑的整整 18 个月里，母亲对外宣称乔是被派去迪克斯堡军营当兵了。

内塔在这里想到什么就写什么，时而顺叙时而倒叙，但成功地给这张照片找到语境、背景和情绪。通过这段文字描述，我们能获得一个极其重要的信息——吉布斯一家不想让外人看到这张照片。这就能解释为什么拍照地点在后院，而内塔的母亲甚至都不介意挂在晾衣绳上的内裤。这张照片诠释了什么是私密的、悲哀的、重大的时刻。

历史性的照片

19 世纪中期摄影技术的面世给了我们一扇进一步了解过去的窗口。没有人能够忘记马修·布雷迪在美国内战时期拍摄的那些伟大的照片，一百五十多年过去了，那些作品依然震撼人心。许多家庭都珍藏着老照片，那些照片不仅能将重要的事件永远冻结在相框里，也能揭露人们的情绪，特别是那些涉世未深的还没有学会掩饰内心的人。在我母亲佩吉·卡尔帕金·约翰逊的《百年回忆录：献给我父母的礼物》里，她家那些老照片起到了很好的提示作用。其中最让我心碎的是那张摄于 1908 年阿达纳一家照相馆里的照片。阿达纳是土耳其东南部的一座城市，佩吉的母亲赫果希一直在那里住到 1921 年。在那张照片里，一位母亲和她的女儿一动不动地并排站着。女儿（赫果希的姐姐）马上就要移民国外了，你可以从她们的眼睛里看出，她们都清楚这辈子可能再也见不到彼此了，自此天各一方。很明显，她们拍摄了两张照片，女儿将其中一张带到了美国。而据我所知，留在土耳其的那张照片和其他所有的家庭照片一起在 1915 年被永远掩埋了，所以当土耳其人来侵占房子时也就无法通过照片找到那些人。

现在，无所不能的智能手机具备了拍照和摄影功能，走进了我们的日常生活，我们已经很难感受到照相机作为纪念某些特殊事件而被郑重赠予时的那份欢欣。为了纪念我小学毕业，父母给了我一个"巧克力砖"作为礼物。那是一个小型黑色正方体，只要我的手指一按，就能给我的好朋友拍一张黑白照片。柯达胶卷面世后，我们终于看到了彩色照片。当时的人们并不知道，照片上的颜色最终都会变成黄色，风靡一时的拍立得相片会慢慢变得模糊不清。尽管如此，那些照片对于一个作者来说仍是弥足珍贵的。

为了更好地向过去提问，哪怕是被珍藏在照片里的静止不动的过去，你都可以去记忆里搜寻。

提示：概述

雷娜塔·皮尔斯经常与朋友分享自己与那个永远不会停下环游世界脚步的母亲——西尔维亚的美妙旅行故事。但是当她把西尔维亚这个复杂的角色写入回忆录的时候，她发现在鲁莽、兴奋和酸楚之间很难找到一个平衡点。雷娜塔还发现自己在写作的过程中会遇到某种阻力，这种阻力来自她生命中出现过的"群众演员们"，比如酒店服务生，飞机乘务员，各式各样的司机、导游、小偷、警察，等等。为了在这些无穷无尽的可能性中寻找一条最佳的叙事路径，雷娜塔决定先从概述开始。概述能够帮助她回答一些普遍性的问题，填补空缺的细节，并且放大她答案的价值。

这个人（或这些人）是什么时候出生的？有无兄弟姐妹？

他们年轻的时候住在哪里？纽约布朗克斯区的公寓套房里，内布拉斯加州的农田，爱达荷州的乡村，休斯敦的郊区，还是泛迈阿密地带？你需要尽可能多地填补细节，哪怕那些细节只是道听途说。

他们去哪里上学？只有一间教室的小校舍，教会学校，城市中央的那种大学校，隔离校区，还是在家上学？如果他们读了大学，那么是公立大学，还是私立大学？当然，上学还可以包含参加训练营、当学徒工或者服兵役。

哪一个历史事件对他们的人生产生了影响？

任何一场战争都会带来极大的影响，被影响的人远不止那些参与战争的士兵。比如那些年纪太小记不得战争的孩子和战后出生的一代人，他们长大之后就会生活在一个被战争改变了的世界。美国内战、冷战和第二次世界大战之后，世界形成了新的政治格局。美国从越南撤军之后，东南亚的难民像潮水一样涌入了美国，大量难民的孩子也进入了美国的学校。像大萧条和新冠肺炎疫情这样的大规模经济倒退和它们导致的社会动荡，也会影响成年人和孩子们的一生。20 世纪早期发生了移民潮，一大批人从南方移民到北方的城市里居住，许多传统就此被颠覆。民权时代同时影响了白人和黑人的生活。麦卡锡时代以及 20 世纪 60 年代末期发生的文化运动改变了一代人的生活状态和核心信仰。卡特里娜飓风和玛丽亚飓风这样的自然灾害以及气候变化所造成的各种灾难，比如干旱和森林火灾，迫使人们不得不离开自己的家园重建生活。

遭受了什么才使得一个人的人生轨迹发生了巨变？父母离世，

慢性疾病，毒瘾，酒瘾，工业事故，离婚，还是失业？

比如，他们是什么时候结婚的？与谁结婚？结过几次婚？目前的状态是离异还是丧偶？是否有小孩？

他们从事什么工作？

有没有影响他们一生的兴趣爱好、技能或是性格特征？

西尔维亚的概述

我已故的母亲西尔维亚是世界上最坐不住的人，与她一起生活的时候我从来没有感到过无聊，哪怕是一秒钟也没有。她可以收拾机场的洗手间，或者给法国宪兵抛媚眼，但是如果你没法跟上她的步伐，你就只能自认倒霉了。事实上，我们都没法跟上她，她总是在旅行的路上，直到去世。她在一艘邮轮上因为感染新冠病毒去世了，死的时候离我们每一个人都很远，或许她一点都不介意这一点吧，我永远都不可能知道了。对她来说，旅行就是毒品，让她欲罢不能。

她在俄亥俄州的阿斯托里亚出生并长大，与海岸线过近或许是她一生都无法停下脚步的原因之一。她对于自己的年龄一直含糊其词，但是我知道她出生于1935年。她父亲是一个做贸易的渔夫，身上的鱼腥味和烟草味让她十分厌恶，她也同样厌恶做小学教师的母亲身上的粉笔灰味道和头皮屑味道。她在家里的五个孩子中排行老三，因此她无数次地向我们抱怨，说她小时候穿的衣服都是哥哥姐姐穿过的。而相对来说，西尔维亚或多或少地创造了她自己。西尔维亚在任何时候都是无比优雅的，她穿衣的风格、抽烟的姿态和拿酒杯的手势都告诉人们，她知道自己是一个优雅的人。她的马提尼酒做得无比销魂，而且她是一个众所周知的喜欢喝酒的人。

西尔维亚于 1953 年前后从阿斯托里亚高中毕业，并对外宣称做了空姐，但是我并没有在任何一本校刊里找到过关于她和阿斯托里亚高中的联系。她先是就职于一些毫无生气的甚至现在早已不复存在的航空公司，后来通过个人努力，最终进入了还算不错的泛美航空。在 20 世纪五六十年代，空姐绝对是一个让人羡慕的职业，她的工作也在一段时间里满足了她到处旅行的愿景。看到她在照片里和其他空姐一起穿着笔挺的工作服在跑道上欢快地招手，我很好奇她是如何学会穿着高跟鞋和紧身短裙，在机舱的过道里来回行走还时刻保持耀眼笑容的。

她与我的父亲麦克斯韦尔·皮尔斯是在一趟国际航班的头等舱里相遇的，这一点都不意外，因为坐在经济舱的人们想从她那里得到一次可乐续杯是很困难的。麦克斯韦尔的父亲发明了购物车，尽管现在早已遍地都是，但那东西的专利权让他在那个时候赚了大钱。麦克斯韦尔的妈妈是购物车发明家的第二任妻子，麦克斯韦尔是这对老夫少妻唯一的孩子。麦克斯韦尔小时候是在火奴鲁鲁附近的一个十英亩①大的庄园里长大的，从家里能看到辽阔的太平洋，管家

---

① 1 英亩 ≈ 4046.86 平方米。

和仆从无微不至地照顾他，但是在我看来，他从自己的父母那里几乎没有得到一点关注。他比西尔维亚大8岁左右，之前结过一次婚，但没有小孩。我母亲让他神魂颠倒。

西尔维亚和麦克斯韦尔有三个孩子——两个女儿和一个儿子，我是他们的第二个女儿。我们住在蒙特西托，一个离圣巴巴拉不远的城市，但是比圣巴巴拉更繁华，几个孩子都上了私立学校。我的祖母过世后，我们全家就搬去了夏威夷的十英亩庄园，我们几个孩子转学去了那里最好的私立学校普纳荷中学。我们把大把时间用在旅行上——当然只坐头等舱。我在去纽约之前就已经去过英国的约克郡了，我还没有学会骑自行车时就已经在埃及学会了骑骆驼，我还在瑞士的格施塔德学会了滑雪。

但是我父亲对旅行一点兴趣都没有，事实上他对任何事都没兴趣，也没野心和追求。或许可以说他是一个收藏家，虽然只是一个半吊子，另外他在房地产和股票市场也稍有涉足。我父母在我14岁那年离了婚，那时我的姐姐刚刚读大学，已经离家，于是我和弟弟开始跟着妈妈一起生活。

麦克斯韦尔在与西尔维亚签署离婚协议的时候一定十分大方，因为他们离婚以后我们的旅行次数一点都没有减少。事实上，没有了我父亲拖后腿，我们在路上的时间比之前更多了。西尔维亚有一次带着我和一帮来自约旦的阿拉伯人一起旅行，还在露营时住在他们的帐篷里。我在非洲曾经和光着脚的原住民一起吃烤蚂蚁，还在里约参加狂欢节，这些体验都让我感到恐惧。旅行占用我们的时间实在是太多了，于是她给我和弟弟请了家庭教师。那些家庭教师大都是年轻男子，其中几个令我印象深刻。

雷娜塔坦言："如果我按照年代的顺序来讲故事，那么故事的前面就不会展现她的能量、她的热情和她异常坚定的利己主义。所以，我不如写几段关于她最让我难忘的事。也许我会写她让我害怕的时刻、她照亮我的时刻，或是她让我失望的时刻。我会缓缓地介绍背景故事，在有必要时再提供少量的信息。描写她最好的方式是通过讲述她一生中唯一热衷的事——旅行，我甚至觉得她前往下一个目的地的时候就像是在逃离上一个目的地，但她究竟要逃避什么呢？"

为了让你的叙事内容更完美地表现你的材料，你也可以重新洗牌。我们注意到，雷娜塔在架构概述的时候并不是按照她提问的顺序来给出答案。为了将这个复杂的故事、这个复杂的女人写出来，她的概述只策略性地选择了一些重要的元素。对这位作者来说，按照时间线来简单排序是不够的，因此她的开头不是像《大卫·科波菲尔》那样用"我出生了"来做开头，而是用了西尔维亚的女儿——故事的叙述者来说最生动的地点和事件。将这些元素单独罗列出来之后，雷娜塔就可以在之后进行修改时再决定如何重新架构，让故事形成一个整体。

提示：列表

哪怕再简单，顺序列表也可以帮助你找到写回忆录的逻辑。你可以将"描述—加工—创造"作为一种写作技巧，运用在诸如乘船远行、体育竞赛、你的第一辆摩托车、第一次爬过的山、第一次旅行的国家、骑过的马、让你陶醉或厌恶的花园、收养你的人、盛大的宴会等，简单来说就是任何在你的过去重复发生的重要事件上。雷蒙德·卡佛在他那首完美的诗《汽车》里就是这么做的，诗里的每一句都用"那辆车"开头，接着列出各种款式型号的车的清单。诗中也有他只是写一些关于机械的寻常内容，但其中的一些语句就会按照时间顺序记录一些重要的事件或窘迫的事件，如酒后驾驶，抑或是滑稽有趣的事件，如把妹成功。虽然这算不上优美的叙事语言，但是他每一个精炼的短句都预示着这有可能在将来成为回忆录。

居住地也可以用来帮助我们更进一步了解过去的事。不是每个人都参加过牛仔表演，但是每个人都有自己的地址，有些地址更是格外难忘。我母亲起初是拒绝写回忆录的，她不太情愿地列举了自己孩童时期住过的地方。第一个地址是加利福尼亚州威尼斯哈丁大街 905 号。佩吉是 1922 年在君士坦丁堡出生的，她的父母哈鲁图和赫果希·卡尔帕金在 1923 年移民美国，那时的佩吉才刚学会走路。佩吉对于那段旅途完全没有印象，但是对那栋房子时至今日仍记忆犹新。房子两层高，10 个房间，有着高耸的角楼和一个宽敞的环绕式门厅。对于那些挤在二等船舱刚刚从希腊来到美国的移民来说，这个地方简直像宫殿一样富丽堂皇。那栋房子的主人是佩吉的姨夫和姨妈。姨妈就是 1908 年那张照片里的女孩，姨夫是住在圣巴巴拉的一个条件不错的药剂师，正是他签署了卡尔帕金一家的移民文件。佩吉、她的父母以及她的姐姐并没有住到哈丁大街 905 号里面，而是住在旁边专门给园丁提供的一个有着两个房间的小屋子里。四年之后，他们搬到了威尼斯运河旁边的一个只有一间卧室的小房子里，再之后搬去了阿尔伯塔大街上的一个公寓套房里。我祖父在距离那个公寓 15 分钟车程的地方租下了一个杂货店，并一直在那里工作。1923 年到 1940 年，卡尔帕金一家一共在洛杉矶搬过六次家。

佩吉发现，她记录这些地址的时候，一扇通往过去的门被打开了。对她居住地的描述和加工让她发现了一连串逸闻趣事，其中一部分她很久都没有想起过，而大部分她从来都没有和我们分享过。我最喜欢的故事之一，就是她们卡尔帕金三姐妹自己创立"广播电台"的事。她们藏在客厅的一个大纸箱里为父母提供"广播服务"，这给她们的父母带来了无尽的愉悦。她们当时根本没有收音机，但是大概知道广播是怎么一回事。随着写作的进行，佩吉的地址清单也越来越长了。她意识到她父母的故事要比那些居住地宏大得多。就在那个时候，她在电脑上创建了一个新文件夹，名字就叫《百年回忆录：献给我父母的礼物》。她之所以用这个名字是因为她的父母是在 1917 年结婚的，与她开始写回忆录的时间正好隔了一百年。

固定"套路"

或许你并不太需要上面提供的建议。因为某种原因，你脑海中已经有了一个来自过去、生动而引人入胜的场景，这个场景正在祈求你把它记录下来。这也是一个开始写回忆录的好方式。当你把这个场景写下来的时候，千万不要为如何将那个瞬间之前或者之后发生的事联系起来，或者如何把这段记录与整体故事联系起来而困扰，因为这些都会自然而然地得到解决。在你创造并修改材料的过程中，慢慢就会理解，一切就好像是肌腱和韧带一样天生相连。拿起你手中的笔，将这个让你灵感迸发的场景记录下来，你就会发现这种灵感是有传染性的，它能够带动更多的内容和章节。

写作的过程像是做面包，而不是调鸡尾酒。调鸡尾酒的时候，你要在杯里倒一些这种酒，再撒一些那种酒，最后再来点装饰，一杯鸡尾酒就做好了。做面包的时候，你需要精准确认酵母和面粉的比例，把面粉搅拌，揉成一个球，放置一段时间，回来继续摔打，再次揉捏，最终定型，这些都是烤面包之前要做的事。写回忆录的时候，你也要进入这种耐心模式：搅拌、添加原料、发酵、塑形，等。永远记住，草稿是可以修改无数次的，而任何没有印在纸上且配有书号的文字都是草稿。在写作的过程中，将你删掉的内容放在另一个独立的文件夹里，因为你可能会在别处用到它们。将"描述—加工—创造"的工具用在你从过去提取的那些原材料上，你会发现场景和细节都会丰富起来，并自然而然地融合在一起。在写回忆录的初始阶段，塑造场景和内容是最重要的，千万不要担心它们的排列顺序是否合理或者它们之间是否有足够的关联度，你在修订时可对内容重组、压缩和重新排序。现在你需要做的就是尽可能多地创造。

写的东西越多，看到的过去也就越多。过去也从来都不是一整块布料，而是一些小的布块和边角料。你要用你的想象力将这些看起来杂乱不堪的事件进行缝合、连接、镶边，做出漂亮的图案。要记住，一个错误的开始总比从不开始要好很多。

3. 消失的领域

火炮闪闪发光，炸弹轰轰作响，

它们都在见证，国旗安然无恙！

——弗朗西斯·斯科特·基，1814 年

你需要一个场景才能将私人的记忆改成叙事性回忆录，这个场景可能是阿拉斯加州的农场，也可能是朝气蓬勃的都市，又或者是家中的某个区域。这些场景也不一定要真实存在，有些可能已消失在历史的长河中，比如说因灾难消失的，像卡特里娜飓风之前的新奥尔良，或者"911 事件"之前的下曼哈顿区。再比如说因为时局动荡、新的建筑法规、区域的重新规划而消失的领域。当然还有那些因科技进步而不复存在的地区，如曾经一望无际的紫苜蓿农田现在变成了众多住宅组成的规整街道。一个超高档公寓可能曾经是孩子们在黄昏时玩耍棒球的旧公寓楼，公寓里的人没有锁门的习惯。有一些领域的消失完全是由于时间的腐蚀，比如不再被需要的工作方式、搅拌式洗衣机或者每次移动起来都会发出声响的滑轮晾衣绳。

消失的领域还可以是在圣诞节期间做玉米面团的仪式感、在夏天做山莓果酱的传统，或是在夏天的清晨去划船的习惯。

在回忆录中，这些消失的领域必须用戏剧的方式优美地表现出来。为了让场景更加生动，在叙事上文字作者需要比编剧承担更多的责任。编剧只需要写下"外景。雨夜。一个电灯照亮的小巷"这样的描述，就可以在布景师、灯光师、道具师、声音设计师的帮助下将场景变成现实。可是回忆录作者就只能依靠自己创造场景，或者说是再现场景。对事件和人物优美而详尽的描述、将人物设置在不同的场景中，完成这些才能推动叙事线的发展。如果这些场景刻画得不够生动，那么人物的情感、动机和行为就会显得杂乱无章，像是一艘小船在大海中漂泊着，无处可停靠。

你，作为一名回忆录作家，用简洁的语言就能描绘出脑海中的场景，例如"我们回家了""我们在厨房吃了饭""我们有一辆老爷车""我在餐厅当服务员"等等。而我作为一名读者，无法通过这些简单的语言去想象那些场景，因为这样的语句既不优美也不够具体。如果你想要将回忆变成回忆录，那么请一定要在这些简化的东西上做文章，不然缺失的东西太多了！灯光、声音、气味、感官体验、天气等。你感到舒服还是不适？你是怎么回家的？路况如何？走路，还是骑车，抑或是坐船？还记得你脚下摇摆的甲板和波浪起伏的大海吗？厨房的氛围如何，是摆满了高级不锈钢厨具的让人向往的天堂，还是拥挤不堪的仓库一样的空间？有没有塌陷的地板、锈迹斑斑的洗手池、粘满蚊虫尸体的窗户？

为了让消失的领域有声有色地出现在读者眼前，作者除了做记录和阐述，还必须援引，就像布景师、灯光师、道具师、音乐设计师都有创造真实且生动场景的责任，你要思考如何在纸张上完成这些感官刺激，征服读者。

光

为你的场景和人物赋予光亮，读者就能领会到这些场景对于人物的一生或者作者本人一生的意义是什么。光是一个可变量。一支蜡烛就能照亮黑暗，让我们把骇人的阴影抛在身后；正午时的阳光可以让整个场景沐浴在光辉之中，但有时这光也可能成为一种致盲的武器。光亮是至关重要的，也分为很多种：荧光、月光、灯光、阳光、雨天的幽光、氛气刺眼的强光、被烟雾笼罩的光、沙漠中高速公路上闪烁的微光、中午让人睁不开眼的雪光、在漆黑的夜里瞬间照亮大地的闪电光、烟花发出的红色光……

《星光灿烂的旗帜》曾经是一首诗，弗朗西斯·斯科特·基用它来纪念自己一生中最重要和最富戏剧性的事件。在巴尔的摩战役中，他与一名同伴作为代表就释放被扣留的美国平民一事，到英舰上与英军进行谈判。整场战役英军都把他们扣在战舰上，让他们眼睁睁看着英军趁着夜色炮击麦克亨利堡。诗的第一段让人感觉到时间的流逝，也让人感受到光的流动："哦，你可看见，透过一线黎明的曙光，我们对着什么，发出欢呼的声浪？……"接着，在漆黑无比、烟雾笼罩的夜晚，只有"火炮闪闪发光，炸弹轰轰作响"的时候，他隐约看到竖立在麦克亨利堡的美国国旗，这令他振奋无比。没有灯光的加持，这个场景几乎无法存在。

音景

在回忆录《阿尔忒弥斯之心》的第一页，作者布莱尔①回忆了自己在拉合尔的一天。那天早上她刚刚起床，就听到窗外印度双人马车与街道碰撞的声音，那么熟悉，令她心生宽慰。她意识到是马蹄发出的嘚嘚声将五十多年前的孩童岁月拽回眼前，那是维多利亚时代的晚期，她在伦敦生活。那时候还没有发动机车（英国人管汽车叫发动机车），没有出租车，头顶上没有飞机。除了远处隐约传来的火车声，布莱尔的童年世界是伴随着马蹄声移动的。马蹄声有着鲜明的节奏，道路上的四轮马车、城市里的两轮两座出租马车、由一小群马拉动的公共马车、由一大群马运送货物的重载马车、马车上的侍从们，他们制造的噪声和声响环绕着布莱尔。

噪声和声响！想象一个能够让你回忆起过去的声响，一个现在

---

① 布莱尔原名温妮弗蕾德·埃勒曼（Winifred Ellerman, 1894—1983），英国女作家，被视为现代派的典范。

不复存在的声响：打字机噼啪作响。或者更现代一点的如 CD 碟片机从一张光盘换到另一张光盘时发出的机械声响，或者是送奶工到来时响起的奶瓶碰撞声。一个存在于我孩童时期但现在不复存在的声响是赫瑞姆斯面包房的大卡车的声音，那个时候赫瑞姆斯偶尔会开着他的卡车来圣费尔南多谷的街道旁卖面包和糖果，人们听到赫瑞姆斯停车的声音就会聚起来围着他的卡车买东西。

作为你回忆录的声音设计师，你需要认真考虑收录进来的声音的质量，因为这会影响到你场景的质感：想想让人烦躁的持续不断的狗叫声、冰雹掉落的声音、踩雪的声音。在一些危机紧要的时刻，人们会将注意力放在某种单一独特的声音上，比如水龙头的滴水声或者钟表的嘀嗒声，这些独立出来的声音会给人带来恐惧或紧张的感觉，尽管它们在日常生活中只是微不足道的声响。声音创造出来的节奏能增强情绪，让静止的场景变得更有活力。想象一下，在一个餐厅中，流水线厨师和传菜员的交流声，将脏盘子扔到水桶或洗手池里面的声响，洗碗机运行时的声响，头顶上的喷雾器发出的嘶嘶声，鸡蛋被打碎的声音和冰块掉到地上的声响，等等，如果你把这些声音都拿走，那么你将得到一幅爱德华·霍普的油画：沉默的、静止的、无声的油画。

提示：感官信息和场景描述

对你即将要进行描述、加工和创造的原料进行筛选，将原始内容放到一个单独的文件夹里，而后在修改时对场景做细节上的展开。这时候你需要保留、展开、援引。

开始的时候，你只需要将你的印象全部写下来，不仅要援引道具和视觉影像，还要援引感官元素。例如，声音：老冰箱的嗡嗡声，打字机键盘的声响和老办公室里的闹铃声；质地：夏天里油布黏在手指上的感觉；味道：烟蒂和烧尽的火柴；光线；等等。不要忘记那些没有被你看到的细节：棒球场散发着夏天和孩子们身上的汗水的味道，杂货店出纳机合上时发出的"嘭"的声音，你酸痛的双脚和脸上永远挂着的笑容，让你厌恶的桶装番茄酱和蛋黄酱，以及你爱的千岛酱。用细节将你的人物、情节设定和环境包装起来。文字的魅力源于详情，而概述极其无聊。

当列完感官信息清单后，给你的场景加入数据，再建一个文件夹，将新内容加入原稿。不管笔下的人物处于什么样的环境，你都可以在人物的行动中植入感官信息。

我课堂上的一位作家学员将自己的毕生心血都献给了教育事业，她记录了自己第一次讲课时的紧张心情。在第一段她描写了教室，但是教室只是叙事清单上的一项，写出来的文字是静止的、枯燥无味的。在修改之后，她将叙事者置身于教室的门口，然后穿过教室。通过更优美地描述一排排书桌、"艺术角"和书架，道出了她对这份工作的想法。消失的领域和叙事者的情绪重新获得了生命。

对于我的家人来说，消失的领域是电影院。许多电影院已经在数字流媒体的冲击下不得不另寻他路。下面一段文字是我于2019年发布在个人网站上的一篇博客，写的正是电影院。

黑暗的电影院

我是带着对电影的一腔热情把我的小孩养大的。在他们小小的身体还无法压下座椅的时候，就被我带着看电影了。那时我家附近有三家电影院，人一旦进入那昏暗的放映厅，就立刻感觉自己身处在密闭空间之中。但是除了这点是相同的，这三家电影院有着明显的不同。

日落广场有四间狭小且拥挤的放映厅，通风不畅，座椅都塌下去了，每次进去鞋底都会被洒在地上的汽水和爆米花黏住。在夏天的午后，母亲们将自家小孩轰去前排，她们则坐在后排聊一下午的天。

舍霍姆电影院主要放映文艺影片，比如那些改编自简·奥斯汀小说的电影。座椅也是塌的，但是空气稍微好一些。

商场里的大电影院共有六间放映厅，想看大片就得来这里。这家也有一点拥挤，但是空气很好，而且座椅塌陷了就会换新的。美中不足的是，如果隔壁放映厅正在放映战争片，那么势如惊雷的炮火声会让沉浸在甜美爱情片的你十分不爽——荧幕上的人在谈情说爱，你却听到爆炸声和撞击声。

现在，三家电影院都关门大吉了。商场里的大电影院现在是一家连锁餐厅。另外那两家则是一片废墟，紧闭的门窗更是显得阴森凄凉，让人看了就怕。

帝王院线公司在一个废弃牧场上开了一家新的现代型影城，大约有 16 个放映厅，全 3D 放映，各种新型设备一应俱全。进入影城大堂，你会立刻感到各式各样的灯光在刺激你的眼睛。售票窗口前一溜人，好像在机场排队过安检一样。一大杯软饮足够饮饱一匹马，装爆米花的桶和橡木桶一样大。豪华座椅排列在一个陡坡上，我坐在后排甚至有点头晕目眩。

几个月之后，我的大儿子贝尔·麦克里里在他的网站上写了一篇题材几乎相同的文章。在那篇文章里，叙事者将自己放在了电影院和音像店。简单来说，他住在了那些场景里。我的那段文字是叙事性的，但是缺乏一些情绪。贝尔让叙事者在不同的场景中移动，捕捉年轻时的兴奋感，道出这些地点对他来说意味着什么。

我少年时期的电影圣地

我和我高中时期的伙伴们都不知道，在 90 年代中期，我们已经生活在模拟时代的末期了。在短短的几年后，互联网的普及在各方面重新定义了我们的日常生活，但是在少年时期，对我最重要的地方就是日落广场购物中心的疯狂麦克音像店。

每个周五我们全家都会去租一摞录像带，为即将到来的 48 小时做好准备。店里的每个员工都认识我，我也认识他们每个人。一到夏天，我总是不厌其烦地给他们打电话，问最近新出的电影是不是已经摆在货架上了。久而久之，为了摆脱我的纠缠，店员在我打电话之前就把最新的电影录像带放在货架旁边。我乞求他们给我看所有的陈列，并送给我剩余的电影海报，这些海报至今贴在我的房间里装饰着墙壁。

生活在模拟时代，关于电影的讨论只存在于人们的口中，因此信息的传播速度依然停留在冰河世纪。那时候还没出现烂番茄这一类仅凭一个评分就能在几秒钟内给一个电影的好坏定性的平台。在疯狂麦克的过道里，年少的我们只能通过电影的海报、名称和直觉做出选择。选到烂片的风险对我们来说也算一件乐事。有些时候，那些所谓的"烂片"反倒成就了我们最难忘的夜晚。对录像带艺术的好奇心让我找到了最喜欢的电影，包括《越战先锋 2：开端》《圣剑屠魔 2》《白痴》电影合集和《末日杀戮》。很多冷门佳片，例如《鬼玩人》《生存还是毁灭》以及《食人魔：歌舞剧》，让山姆·雷米、彼得·杰克逊、崔·帕克和马特·斯通等导演初显才华，《蜘蛛侠》《指环王》和《南方公园》这样的主流大片那都是后来的事了。

日落广场购物中心的日落广场影院，是这座城市里唯二的综合型电影院。我在那里阅片无数，但不得不承认那里环境确实不怎么样。那里几乎没有任何隔音系统，每次都能听见背景音乐里有某种低沉的轰隆隆的声音，那是隔壁放映厅传来的爆炸声，但是我依然无比热爱着那里。

我曾经在这家电影院连续三晚观看了《魅影奇侠》。第三次看片的时候我才意识到，我根本不在乎电影里的内容，只是很想再听一次由杰里·戈德史密斯创作的哥特风格的电影配乐。1996 年 2 月，我去看《勇敢的心》的重新上映，那是我第七次坐在电影院里欣赏那部影片。在结尾的时候，我们全家及坐在前几排的一个身材健硕的大高个都把眼睛哭肿了。我在日落广场影院看的最后一部影片是《南方公园》（超长未剪辑版），在"干死我舅舅"那段戏播放时，我差点因为爆笑引发的痉挛而当场毙命。

现在日落广场影院已经变成荒芜的废墟，尽管入口被上了锁，但是招牌依然挂在屋檐下，悲伤地提醒着我它曾经的辉煌。

通过优美的描写让人物在时间中前行

大学毕业后不久，我短暂地做过社工。那段经历并不值得写进回忆录，但在我撰写《美国的土地》时生动地重现了它。主人公的名字叫艾米莉·肖恩，是一个生活在加利福尼亚州圣艾尔摩的刚刚毕业的女大学生，她发现自己根本就不适合社工的工作。在书中的

第二章，艾米莉与社会福利受助人、猫王脑残粉乔伊斯·杰克逊打了一通电话，下午回了社会福利部的办公室整理乔伊斯·杰克逊那一摞厚厚的材料，一直忙到夜里。作为作者，我必须将艾米莉在办公室整理文件的叙事拆散，才能体现她加班到很晚。我完全可以利用挂在墙上的钟表来呈现时间的流逝，但是我想起做社工加班时，有个保洁员在晚上打扫卫生。所以，我决定在环境中移动的人物是一个无名无姓的保洁员，他恰好看到了加班中的故事主人公。我必须写清楚办公室很大，艾米莉是 5 点开始加班的，等她处理完材料天已经漆黑。

你骗人的心

　　艾米莉是在下午 4 点 55 分将县里的公车还回停车场的，这比规定的时间晚了 25 分钟。她飞奔进社会福利部的办公室，家庭协助类的工作部门占据了这栋大楼很大一部分的楼层和区域。所有的社工和监督都在一个大房间里工作，荧光灯照亮各个房间，房顶很高，只有后面的墙壁上有窗户。每五张办公桌为一组放在一起，主管的办公桌独立放在旁边，在艾米莉看来，这样的布置就好像一个喂孩子的母鸭子的巢穴。下午 5 点之后，人差不多就走光了，此时除了艾米莉还有一名社工在加班，他正与一位客户在电话上紧急交涉。虽然离得很远，但在空荡荡的办公室里，他的声音听起来慷慨激昂。终于，他也挂了电话离开了，办公室里就只剩下艾米莉和一位刚进来的保洁员。保洁员从办公室的另一端开始清理，他将一个个金属垃圾桶里的垃圾扔到垃圾车的大篮子里。垃圾车上有一个晶体管收音机正在大声播放着西部乡村音乐，似乎将他和杰克逊的案宗卷入虚无⋯⋯

保洁员在音乐的陪伴下继续倒垃圾，他离艾米莉越来越近了，艾米莉抬头看了他一眼，他咧着嘴笑着回应艾米莉。看到他的笑容，艾米莉尴尬地招了招手。他嘴里好像有一组由黄色牙齿和黑色空间组成的方阵，让艾米莉莫名其妙地想起了妓院里的钢琴。当然她没有在妓院里弹过钢琴，连见都没见过⋯⋯

垃圾桶在她身后发出碰撞的声音，并在地上疯狂地打转。保洁员离她越来越近，她能清晰地听到广播里的歌曲《你的欺骗之心》（*Your Cheatin' Heart*）。艾米莉正在全神贯注地阅读卷宗，并没有注意到保洁员的靠近。她抬起头来，看到他刚刚把拉吉·玛姬的垃圾桶倒干净，嘴里似乎还含着一个只吃了一半的好时牌巧克力棒。他离她太近了，艾米莉几乎可以闻到他嘴里呼出的带着巧克力味道的空气。她坐在那里，不知道该说什么，也不知道该做什么。这个男人和这个瞬间似乎在她面前被冷冻了，直到他继续向前，将垃圾车和《你的欺骗之心》挪到了下一组办公桌。艾米莉将注意力重新挪到面前铺开的文件上，这才意识到，自己一直费尽心思把这些材料重组成一个悲壮感人的故事。但事实上，文件里的内容都是悲伤和失去、不忠和绝望，是监狱里散发的失败者的气味，是厕所，是床铺，那种满是污渍、臭气熏天的沾满汗水和精液的乱糟糟的床铺。此时外面已经一片漆黑，那种想法闪现在艾米莉的脑海里，之后它就像荧光灯前突然出现的牡蛎粪一样刺伤了艾米莉的双眼。这光给艾米莉泼了一盆冷水，她意识到自己遇到了棘手的事。

让人物在场景中移动

　　在社会福利部，艾米莉在这个打官腔的空间里移动，尽管这些都是在她幻想出的世界里。艾米莉的未婚夫里克正在遥远的乔治城大学读法学博士。前一天晚上，在他们照例每周一次的电话中（故事发生在 1982 年），里克让她失望了，他们大吵了一架。第二天前台同事没缘由地把她叫了出去。下面这一段文字将艾米莉回到办公桌后的情感展现得淋漓尽致。

燃烧的爱

　　前台工作的女士们冲艾米莉露出笑容，密谋一样地用手指向一束花。这束花显然是花店送来的，色彩搭配蛮惊艳，由小苍兰、康乃馨和雏菊作为点缀，一大束美得让人窒息的玫瑰在蓝色的玻璃纸里呼之欲出。女士们笑出了声，自认为这保准是个美妙的惊喜就没有提前告诉艾米莉。

　　"谢谢。"艾米莉打开了花束里的小卡片，上面只是简单地写着"爱你的，里克"。

她把卡片放回到信封里，试着挤出一丝微笑。没错，她没有其他选择，必须微笑——一个女人收到鲜花必须微笑。一个男人给你送花是在公开宣誓热烈的爱意。将花送到办公室，无疑是为了在公共场合表现自己。这意味着艾米莉也必须遵守习俗，做出她在公共场合应该做的回应：脸上挂满羞涩的红润，一进办公室就获得所有人的注意，同事们的脸上都露出理解和美慕的笑容。年轻的女秘书们都觉得艾米莉的未婚夫是一个甜蜜而且体贴的人，而年长些的女士则知道这个混蛋肯定是做了错事正在道歉。捧着这束花穿过社会福利部的办公室就意味着艾米莉已经公开原谅了里克。这天晚上，艾米莉会给里克打电话，感谢他送来的花，而里克会在她耳边说些甜言蜜语，就应该这样，一切都像是写好的剧本。艾米莉低下头闻了闻花束浓郁的香味，感到头晕目眩，甚至有点恶心。她看到里克的一个全息投影在自己面前闪闪发光，像猫王一样穿着缀满小亮片的紧身衣，表情也像猫王一样充满了热情和苦恼，肢体语言谦逊并引人注目。

艾米莉打开办公室的门，看到了一屋子金属办公桌和埋头工作的人。在她眼前，全息投影里的里克旋转着，跳跃着，沿着办公室中间的过道翩翩起舞。过道两旁响个不停的电话、噼啪作响的打字机和官僚主义的高管们似乎都着魔了。办公人员和秘书好像统统跳到灰色的办公桌上，为里克的精彩舞蹈高声伴唱。啦啦啦，啦啦啦，音准出奇地完美，女生清澈的高音和男生浑厚的低音交织在一起，像教堂里的福音演奏班一样协调。他们边跳边唱，里克沿着过道一路前行，《燃烧的爱》的旋律已经抵达屋顶，并像雨水一样洒落在每个人身上。艾米莉抱着象征着爱的一大捧喷香的花束，不得不跟在里克那个可爱的小屁股后面。里克发声歌唱，紧身衣闪着白亮亮的小圆片，社工合唱团也充满了激情，艾米莉也必须摇滚起来，跟随着她的爱人在同事们满眼美慕的目光中穿梭。她努力跳舞，炫耀着她的花，明显是为了向同事和全世界展现这束花带来的快乐和安全感，喜悦、兴奋、期待、欲望、渴求、欢腾、解放，只有这首《燃烧的爱》才能给予艾米莉这些感情。他们来到了艾米莉的办公桌前，全息投影里的里克蹲下身，变得更风流更真诚，他呻吟着、娇喘着并哼唱着，他的声音突然变得甜美性感。他似乎要在她面前点燃自己，灼烧的火焰能把自己活活烧死。他无法让自己停下，这就是《燃烧的爱》的魔力。

"花真好看。"上司玛姬对她说。

艾米莉想用"我觉得它得浇点水了"来作为回应，但是这些话卡在嘴里说不出来。她紧闭着嘴唇微笑着，她在戴着牙套的青春期就能挤出这样的笑。她一语不发地走进女卫生间，用力将花塞进无底洞一样的钢制垃圾桶里，把里克写的小卡片撕碎扔进了马桶，顺带尿了泡尿。

消失的家园

下面我们来看一看萨拉·简·帕金斯的回忆录选段，在这个段落中她讲述了自己少年和青年时期生活在华盛顿州的事，那个时候正赶上美国的经济大萧条。她的父亲在1927或1928年的一次伐木中因意外失去了一条腿，后来安了一条木头做的假腿，只能靠另一条腿勉强行走。为了养活家人，他在斯卡吉特河上买下了一个破烂不堪几乎没有什么生意的老酒店，并在那里非法贩卖自己用土豆做的劣质酒。在禁酒令时期这东西有人买。

那段时间对于其他人来说是大萧条，对于生活在斯卡吉特河沃森码头上的我们来说，却是很幸福的一段日子。老爸粉刷了一个写着帕金斯酒店的牌子，但是我们都管那个地方叫沃森码头，尽管那地方从来都不真正属于我们。老爸在河下游的一个小岛上有一座小型酿酒厂，酒厂藏在一个山林里的小棚屋内，那些税务检察员根本找不到。他售卖味道糟糕透顶的烈酒，但是销量非常可观，主要的客户来源是在沃森码头每周停留两次的轮船。那是一艘搭载着乘客和货物吃水很浅的小型平板轮船，往返于上游的伐木场和农田以及下游的弗农山庄和其他坐落在低洼地势的河边小镇，甚至一直开到普吉湾。轮船在码头上停留的时间恰好够乘客下船来酒店买酒喝。

1931 年 11 月，发生在华盛顿州西部地区的一场毁灭性的洪水将帕金斯一家的繁荣冲走了，让他们一无所有。洪水过后，沃森码头成了真正意义上的消失的领域。在萨拉·简·帕金斯的回忆录中，她可以用我在本段开始的那段文字里的语言风格来讲述自家发生的故事"1931 年 11 月，在华盛顿州西部地区发生的一场毁灭性的洪水"，但是她没有。在下面的选段中，她将她的行为（也就是叙事者的行为）和洪水的细节编织在一起。尽管我们已知萨拉在洪灾中活了下来，但她用到的动词、生动的行为描述和非标准的对话重现了当时的场景，让读者跟着惊慌、紧张起来。

河流和暴雨

那是一个 11 月，贾斯伯先生从船上下来，嘱咐船员在码头上等他一会儿，之后便一路跑到酒店里。他告诉我父亲，在雨停之前轮船都不会再来了，河流的水平面已经涨到很高，情况十分危险。他对我父亲说："这么和你说吧，阿莫斯，这绝不是寻常的雨。斯卡吉特河上游的暴雨很严重，已经漫出很多新的小支流，岸边的泥土都被卷进河里了。如果雨还不停，上游的水一旦到了你这儿，水流就可能改变朝向，那时候的河岸就不是现在的河岸了，而是地狱。沿河两岸都有可能遭殃，包括你这里。"

贾斯伯先生建议我们带上现金，和他前往更安全的下游，最起码应该把老婆和四个孩子送走。

老妈对此嗤之以鼻，说绝不可能因为一场雨离开自己的房子，放弃自己拥有的一切。老爸说他要留下来，保护财产和家畜，他建议我们几个人和贾斯伯先生一起走。老妈拒绝了，说如果老爸愿意抛弃妻子的话，那他可以带着孩子跟贾斯伯先生一起走。她说话总是这样，让事情听起来糟糕又美好，美好又糟糕。

老爸从来都不相信灾难，老妈却恰恰相反。多亏了贾斯伯先生的预警，尽管我们没有登上轮船，老爸还是准备了自己的船。船桨、水桶、结实的绳子和钉子、用来遮挡风雨的帆布，一切准备就绪。在准备这些东西的时候，老爸看到了河里漂着的树木和母牛——能填满半个谷仓的母牛，它们肿胀着肚子浮在雨中的水面上，被激流冲向下游。老爸这才意识到贾斯伯先生是对的，上游的水流已经变向，漫出来的新支流正向这里进攻，我们必须尽快转移到高地上。

"都给我上船，"父亲说，"去岛上！"

"天快黑了，阿莫斯。"我的母亲说。

"棺材里的天更黑。就现在，都上船，什么都不拿。萨拉·简！"父亲呼喊着我的名字，"赶紧上船！"

我拿起《海蒂》和《鲁滨孙漂流记》，那是我10岁生日时收到的礼物。乔治安娜抱着狗和娃娃。老妈带着现金和4岁的小宝贝，她总是像抱小猪仔一样把他夹在腋下。我们跑向绑在码头的船，哥哥维吉尔和老爸已经在那里等我们了……

岸上的杨树仍安然无恙，但是上游的树木已被连根拔起，在棕色的水里翻滚相撞。当我们吃力地爬上船时，水流已经漫过了沃森码头的堤岸，冲垮了我们的花园，摧毁了我们的房子，并继续朝着谷仓里的那群家畜进军。奶牛太笨了，根本不知道马上就要大难临头，猪仔却早已坐立不安了，母鸡发出刺耳的叫声并用力扇动着翅膀。所有不会爬树的活物最终都被水流和暴雨吞噬。斯卡吉特河发出震耳欲聋的咆哮。我们解开缆绳驶离码头，老爸和维吉尔用尽全力划着桨。那一瞬间我们意识到，小船游向何处完全取决于河水的方向。好像是为了证明自己的威力，激流把小狗带走了。

"别管狗了！朝岛上划！"老爸哭喊着，"维吉尔！岛！"

老爸和维吉尔一直和洪流里的东西斗争。树木、房屋的残骸、动物的尸体，甚至还有一辆老式福特T型轿车。我们看到了一具陌生女性的尸体。她的裙子像热气球一样膨胀着，硕大的胸部让她像浮标一样漂在河面，脸已经是灰色和绿色的混合色，令人作呕。往下游行了没多久，我们就看到了老爸亲手做的帕金斯酒店的标牌从身边漂过。老爸一直大声呼喊着："朝岛上划！千万别错过，维吉尔，"他哭喊着，"岛！"

那条河就好像一个摔跤角力的棕色蟒蛇，又好像《圣经》里抵抗所多玛和蛾摩拉的圣物，想生吞了我们。11月的下午是很短暂的，一旦失去了宝贵的光线，我们就看不清冲击小船的树木和房屋残骸；小船要是被撞毁，我们就等着被淹死。那座岛距离码头也就一英里远，地势很高而且林木茂盛，老爸对那里了如指掌。

已经能看到岛了，但是水流仍在跟我们作对。老妈把小宝贝放到乔治安娜的怀里，并叮嘱道："千万别撒手，不然他和小狗一个下场。"老妈拿起桨和维吉尔、老爸一起拼尽全力朝岛的岸边划去，再不快点我们都会成为漂尸。我也没闲着，疯了似的往外面舀船里进的水，可岛看起来离我们更远了。老爸在岸边亲手造的绑船用的桩子现在连影儿都没有，应该是被水淹没了。看起来岛就在船后面，可我们依然在激流的中央挣扎，纹丝不动。我一边往外舀水一边祈祷着，每倒一桶水都要抬头看一眼小岛。岛上最高处的树木被盘旋着的乌云遮挡住了，暴雨没有一丝停下的迹象。水流实在是太湍急了，如果我们真的被冲走就再也没有机会划到岛上了。夜幕逐渐降临，河水变成了搅拌机，树干、谷仓、木板，我们努力分辨眼前的杂物——或许过不了多久我们的船也会变成碎片。

"坚持住！"老爸大喊着，"岛！上岛就行！"

事与愿违，无论多用力划桨，我们依然在原地兜圈子。岛越来越远了。噢上帝，上帝啊，我一边向外舀水一边不停地祈祷着，对主的神力深信不疑。我们逐渐远离了水流的中央，巨石、树木、小岛，我们好像越来越近了。河岸早已被疯狂的河水吞噬，水流彻底变成了棕色，水平面不断涨高。岛上的石头和树木成了危险的暗礁，感觉处处是死路。

维吉尔拿起缆绳跳进河里，将缆绳绑在一颗大杨树粗壮的树干上，用脚掌"抓紧"水下的树枝，用尽全身的力量将船从河水里往岸上拉。老爸凭着那一条好腿的力量跳进了水里，帮助维吉尔固定缆绳。他的木头腿杵着杨树周围潮湿的地面，好腿紧贴着树干，"快，老婆！快点！"老妈用胳膊夹住小宝贝，吃力地往船外爬。"现在到你了，乔治安娜！"但是她除了哭泣什么也不会做了。"那好吧，你先来，萨拉·简！跳！现在，乔治安娜，到你了！跳！"乔治安娜痛哭着，不敢往外跳，老爸继续冲她大喊道："你可以的女儿，别看，只管跳！"

我跳回船上，狠狠扇了乔治安娜一嘴巴，我把她从那该死的船上拉了起来，她跟着我上了岛。这个时候我才意识到，比起父亲，我其实更像我的母亲。

回忆录不是关于你知道什么，而是关于你是怎么知道的。你要生动、流畅地将你的体验写下来，让读者同你一起学习和了解那段经历。

4. 加工人物

整个世界都是舞台，男男女女，演员而已；

他们各自都有退场和登场；

人生在世扮演着多种角色。

——莎士比亚，《皆大欢喜》，1599 年

"人物"这个词，特指戏剧或小说中杜撰的人物，或者某些人类品质的合集。我们说起一个人的品质，和说起一个人的性格是不同的。我们会说一个人有着高尚的品质，却不会说一个人有着高尚的性格。有些人会有一种很好的性格，但是这是个单数词，仅能表明一种让人感到舒适的社会存在性。性格并不涉及价值观层面的内容：选择、决定、错觉、忠诚、爱和矛盾等。在锅里将这些东西搅拌一段时间之后所产生的结晶，才是一个人品质的根本。人物是复杂的，人的品质并不完全归结于一个人的经济条件、家庭环境、宗教信仰、种族、出生地和职业身份，同理，它们也不能完全推导和反射出这个人物的品质。尽管回忆录中记载的都是在这个地球上真

实地生活过的人，但在一页页纸稿上他们是人物，就像小说或者戏剧中的人物一样。读者会在阅读的过程中对回忆录中的人产生感情，或者说对人物产生感情，因此作为回忆录的作者，你需要加工你的人物。也许你可以迅速并轻松地在记忆中整理清楚你回忆录中出现的人物，但是作为作者，你的责任是要让他们在纸张上活灵活现起来。

先说人物的长相。有些时候，你最熟悉的人恰恰是最难形容的人。我回到东岸读研究生的时候，有人问我我的母亲长什么样子，我惊讶地意识到我根本不知道应该怎么描述她的长相，尽管她是我最熟知的人。我的眼睛可以清晰地看到她的面容，她有着和我一样的黑色头发和黑色眼睛，但是除了这个我似乎说不出别的什么东西来。相反，如果有人问我我小学六年级的老师长什么样子，我可以在一瞬间回答这个问题。好好想一想是不是这样：你最熟知的脸庞恰恰是你不知道该如何描述的脸庞，而那些你生命中的过客往往会给你留下更深刻的视觉印象。内塔·吉布斯在自己回忆录的开头部分并没有描述外婆和乔的长相，从上述事实来看，这似乎是可以理解的，但是这就意味着这两个人物缺少了活力。萨拉·简·帕金斯对洪水的描述很不错，但是她没有描述那艘船上的人的样子，只提到老爸的木头腿和老妈宽阔有力的手臂——像抱小猪仔一样把最小的孩子夹在腋下，对乔治安娜和维吉尔着墨更少。

除了头发、眼睛、体形、年龄、伤疤、残障这些显而易见的东西，外貌描述还可以从人们的行为状态入手：他们是如何在这个世界上生存的。他们的兴趣和职业会对外在容貌产生影响：会计、音乐家、无家可归的人，是鲍勃·克拉切兹还是吝啬鬼埃比尼泽·斯克鲁奇[1]（确实，狄更斯是历史上最会描写人物的文学家之一）。他们走路的姿态是像运动员那样轻盈自信，还是充满着由不确定性带来的紧张感？对于一些人来说，一种没精打采的坐姿就能体现他们的精神状态；对于另一些人来说，摇摆着行走的步伐能体现出他们在这个世界的位置，或者说是他们希望自己在这个世界的位置；那些胆怯且不自信的人会在外表流露出自己缺乏安全感的事实。任何教过书、当过餐厅服务员或者零售业销售员的人都知道，有些人的外在容貌能释放出正能量或者负能量。着装品位和风格就可以表现出人物的性格，甚至是一小部分的内在品质：衣冠楚楚的商人，时尚界的大佬，还有那些不管穿什么衣服都会让你感觉她是个博物馆管理员的女士。身穿法兰绒的男女差不多就是同一类人（我是搬到西岸的北部地区之后才认识穿法兰绒的人，他们可不会住在加利福尼亚的南部。泳装先生和花领带女士倒是常见。我在读大学的时候，一件干净的 T 恤和牛仔裤基本上就是时尚和清爽干净的最高标准）。

那么更深层次的人物呢？什么是我们通常说的"好的品质"？

---

[1] 鲍勃·克拉切兹（Bob Cratchits）和埃比尼泽·斯克鲁奇（Ebenezer Scrooges）是狄更斯《圣诞圣歌》中的两个人物。

我们如何才能书写出这样的内容？不可磨灭的经典人物的呈现往往是作者的功劳，作者对于细节的描述能力，决定了读者能否通过人物的对话、行为和选择更加深层次地了解人物。作为叙事者，仅仅说一句"某人是个禽兽"是远远不够的，读者必须见到该人物进行的残忍行为或者做出的残忍选择。英国和加拿大双国籍作家海伦·福里斯特写了三本回忆录，讲的都是大萧条时期她在利物浦的悲惨童年生活。她的家庭与弗朗克·麦科特林的不尽相同——后者一直以来都很贫穷，而海伦的家庭曾经挺富裕。海伦的父母做出了一系列无比错误的选择，导致家境急转直下。海伦是家里最大的孩子，悲剧发生的时候她12岁。在海伦的第一本回忆录《两便士横渡默西河》中，叙事者从来没有直接表明自己的母亲是禽兽，但是母亲的种种行为让读者毫不犹豫地相信她一定想杀死海伦，因为家里需要养活的孩子实在是太多了，海伦看起来是被牺牲掉的那个孩子，父母似乎想用身体上的饥饿和情感上的忽视甩掉这个包袱。弗朗克·麦科特林的父母则不同，他的父母缺少责任心，酒精上瘾且自私无比，但是这些丑恶行为都不是刻意为之。

我们可能都会在人生的某个阶段醉酒、对生活不用心或者做出自私且不负责任的行为，但是人物是需要通过长时间的观察才能定义的。当然，人物也可以随着时间的推进而改变，叛逆的少年可能在中年时变成保守派，其坚守的价值观可能恰恰就是他年轻时极力反对的东西。例如《教父》里的迈克尔·柯里昂，年轻时他对女朋友说，他和自己的家人完全不是一路人。后来发生的事情迫使他背叛了当初的承诺，甚至成了家族代言人。

就像人物一样，长期的人际关系（家庭、友谊、爱情、同事）也是十分复杂的。即便是在彼此尊重和爱护的前提下，也没有哪种人际关系是毫无裂纹和瑕疵的。人际关系总是要经历各种冲突，有时候两个人会因为很小的事情拌嘴，例如谁拥有电视遥控器的控制权，为什么昨夜的垃圾没人扔掉；有时候则是双方家庭的大对峙，例如由钱产生的纠纷、遗产继承、离婚、与岳父岳母的关系、毒品或者酒精等。家庭环境之外的人际关系会因为外部条件的改变而改变，甚至消亡。斗争、自然灾难甚至是供养子女读书等，这些问题都会制造出人与人之间激烈的冲突，关系中的人们虽然遭遇了磨难心生动摇，但最终变成忠诚甚至是爱情，只是不再是最初的那种亲密无间的连接。

提示：已故之人

为了在回忆录中呈现复杂的人物和人际关系，作者经常需要置身事外。我们要从本质上剖析人物，并且帮助读者理解。"已故居民"是查尔斯·狄更斯的《远大前程》里面的标题，在这本伟大著作的开篇段落中，皮普前往墓地，并在那里遇到了可怕的囚犯马格维奇。马格维奇想知道皮普父母的踪迹，皮普用手指指向自己身后的墓碑，说："在这里，先生，已故的本教区居民。"从某种角度来说，这本小书就是要把你写的人物变成"已故之人"：先将他们处决，然后再加工他们。当然，身为作者，你在使用本条提示时并不一定要描写已故的人物。

选择一个人物，一个你尚未完成的作品中出现的人，用下面的四个步骤来写作：

1. **讣告**。写一个会出现在报纸中的那种讣告，简单说明以下内容：出生年月，父母是谁，出生地点，在哪里接受教育，葬礼在哪里举行，职业，婚姻状况，是否有孩子或孙子孙女，等等。

2. **悼词**。悼词通常都是非常宽容的。对于沉痛怀念的对象，我们基本上都尽可能讲正面的事情。关于一个人的短处和缺点，悼词基本上会略过不提：他生命中偶尔的不思进取、醉酒、自私或者不负责任的些许行为都会被掩盖，人们只想强调他优秀的品格，铭记他好的那一面。悼词中展现的都是光彩夺目的瞬间。在《汤姆·索亚历险记》中，小镇居民都认为哈克和汤姆已经死了，并为他俩和男孩子们举行了一场追悼会。男孩子们躲起来偷听追悼会，听到自己在大家心目中有多么完美，大家有多么爱他们的时候，男孩们眼眶都湿润了。当然，是因为他们死了，大家才这么说的。现在给你的人物写一篇悼词。

3. **逆悼词**。我们依然用马克·吐温来做示例。当年，马克·吐温想要娶奥利维亚·兰登为妻，她的父亲要求马克·吐温提交一份人格担保。马克·吐温求助了身边最讨厌他的三个人（包括小说家布勒特·哈特），并让他们为自己写了担保。这三个人的信让兰登先生大吃一惊，马克·吐温告诉他，读过这些信就可以知道他身上最坏的品质了。现在给你的人物写一篇逆悼词。

4. 选择人物生命中的一个场景并记录下来。 在创造这个场景的时候，要确保用到——葬礼、悼词和逆悼词，这些元素会让人印象深刻。也就是说，你要写人物的历史时刻及其来龙去脉，人物品质中正面的元素和人物品质中负面的元素。利用这个场景来拓展和加深你对人物真正品质的理解和诠释。悼词和逆悼词的写作可以给回忆录作者提供额外的灵感——那些可能由于回想时的谨慎和某种情绪而被忽视的东西。小说作者同样可以利用"已故之人"来创造人物或进一步刻画人物。

没有谁的一生可以被压缩进一个场景里。最让我难忘的一篇"已故之人"来自我在华盛顿大学时教过的一位学生。她的父亲是一个杂货店老板。三十多年来，他一直都在镇政府里担任重要职位，还曾经是教育委员会的一员。她想象着父亲葬礼上的悼词，读悼词的人可能是镇长、教育部门的负责人或者某位将他视为小镇权威的普通公民，他们在朗诵父亲对政府部门的诸多贡献，她父亲听起来就像是本·富兰克林的自传里描述的那种三好市民。作为逆悼词，作者想象自己坐在教堂的长椅上，聆听着大家对她父亲的赞美之词，心里想的却是父亲为了获得这些赞美牺牲掉的家庭利益——他如何要求家人一切都以他为重。他给予小镇的精神财富、仁慈、时间和努力，又何尝不是他对妻儿的亏欠。

　　她在悼词和逆悼词呈现了一个很平常的场景：发生在工作日的一顿家庭晚餐。质朴的场景恰恰是有力量的，标题也简单明了："晚餐时刻"。这个场景发生在厨房里，描写起来并不复杂。父亲总是坚持晚餐必须在下午5点半准时开始，这样他就有时间去参加政府会议，但是今天的晚餐被某个无法预料的事情耽误了。厨房里的气氛十分紧张，妈妈匆忙将晚饭端上餐桌，叙事者"我"和"我"的哥哥摆放餐具。一家人终于在餐桌前就座，父亲狠狠责骂了儿子在学校犯的小错。人物对话中，父亲对哥哥的批评愈演愈烈，不仅仅是因为他的错误行为本身，还因为这事儿对自己产生的负面影响。大概的说辞就是"如果我儿子犯了错，人们会怎么看待我？我不允许你这样羞辱我"。在这个场景中，没有人高声说话，也没有人做出反击，更没有人敢挑战父亲的权威。晚餐结束后，父亲穿上大衣钻进了车里，赶去主持学校的董事会会议。读者读到这里，已经理解了一切。

　　令我感到惊讶的是，我读到的悼词和逆悼词往往体现的是相同的个人特征，只不过是从不同的角度来解读，就像《晚餐时刻》一样。让我们来看看童话故事《蚂蚁与蚂蚱》的原版呈现：

　　一个寒冷的冬日，蚂蚁正在晾晒夏天收集的谷物。一只快要被饿死的蚂蚱恰好路过，它乞求蚂蚁分给自己一点食物。蚂蚁反问蚂蚱："为什么你没有在夏天的时候存下一些食物过冬呢？"

蚂蚱回复道："我没有时间，我每天都在唱歌中度过。"

蚂蚁嘲讽蚂蚱："如果你愚蠢到把夏天的时光荒废在唱歌上面，那么你在冬天饿死之前也可以跳支舞。"

传统意义上来说，这个童话是站在蚂蚁的立场上的。蚂蚁的行为都是正确的，这就是故事想要表达的寓意。蚂蚁虽然看起来有点刻薄，但是它的做法是合乎情理的。蚂蚱虽然很可怜，但是遭到拒绝也不意外。当我们写悼词和逆悼词时就会发现一些童话故事里无法表现的细微差别。

简单来说，蚂蚁的悼词差不多是这样的：

加斯帕·P. 安特是一只谨慎且诚实正直的伟大蚂蚁。他总是刻苦工作，忠实并且专注。他得到了老板的欣赏，并且数次获得"月度最佳员工"的嘉奖。他从不要求特殊照顾，也从不给予他人特殊照顾，他总是能在关键时刻做出正确的选择。加斯帕是一只沉默的蚂蚁，他总是将充满智慧的教条说给自己，敦促自己不断进步。

蚂蚁的逆悼词可能是：

不论任何时候，加斯帕·P. 安特都在埋头工作。他按时打卡上班，当他下班时，没有任何人会想念他。没有什么事情能让他感到快乐，哪怕是一声"干得漂亮"也不能。他不相信任何轻率的举动，他的妻儿是一群悲哀的人。他几乎从不参加非正式的朋友聚餐。尽管他会参加由公司官方举办的野餐和冬季酒会，但是当大家都在因为一个笑话而开怀大笑或者为音乐鼓掌的时候，他总是面无表情。他十分吝啬，进出他房子的每一根草、每一颗谷物都会被详细记录。他为自己的正直感到骄傲，事实上他是一个没有丝毫同情心的蚂蚁。

想阐明上述品质应该用什么样的场景呢？日常工作的一天？冬日酒会上他对同事浮夸表情的厌恶？还是加斯帕收到"月度最佳员工"奖项时，他妻儿脸上虽然挂着温柔的笑容，但暗自担心谁一句玩笑话让加斯帕感到被冒犯？

对于蚂蚱来说，他的悼词可能是：

我们的詹宝——詹姆斯·G. 格拉斯霍普走到哪里都能点燃人们的热情，他有着超凡的个人魅力并且天赋异禀。詹宝一直是酒会上最耀眼的明星，他的音乐鼓舞人心，当他拉起小提琴时大家就会翩翩起舞。詹宝知道的笑话比任何人知道的都多，他可以让所有人的脸上挂满笑容。他的魅力让女士们感到喜悦，男士们也觉得他值得尊重。詹宝就好像一束点燃的火把，人们都喜欢靠近他的光辉来取暖。

逆悼词是：

詹姆斯·P.格拉斯霍普是一盏明亮的灯，但是肤浅无比，因为他只对自己感兴趣。他对所有的事情都漫不经心，并相信他的魅力、他的运气和他的长相就能够确保他获得他所需要的一切。他似乎自然而然地认为他配得上别人为他做的所有事。他喜欢卖弄自己的天赋，他需要掌声，需要被关注，而且这种需求永无休止。他声称自己朋友成群，事实上他仅仅满足于拥有一众追求者。他有许多女朋友，但是从未结婚，而且没有任何直系亲属。

想阐明上述品质又应该用什么样的场景呢？某个集会上，詹宝在聚光灯下点燃他忠实簇拥者的热情？或者是当某人需要他给予真诚的关怀，而不是一首美妙的乐曲时，他的无计可施？也可能是他抛弃了爱人去观众中寻找新欢？还有另一种可能性：蚂蚁和蚂蚱同时出现在一个场景中。夏日的阳光下，蚂蚁们举办了一场盛大的野餐，詹宝被邀请进行音乐伴奏。他美妙的音乐让平常只知道辛勤工作的蚂蚁们跳起舞来，詹宝的天赋和价值在蚁群聚会上得到展现和欣赏。如果这一幕真的发生了，蚂蚁因蚂蚱的才华体验到了快乐，那么蚂蚁之前的骄傲自满就会显得十分恶劣，哪怕詹宝曾经的确对什么都不在乎、不负责任甚至烂醉如泥。

下面我们来看一个比《蚂蚁与蚂蚱》复杂得多的人生故事。这个人在很多地方生活过，进行过各式各样的冒险，并且用不同的方式影响了许多人。

讣告：

梅森·道格拉斯，1898—1970，生于爱达荷州的边境，他的家庭信奉摩门教，他是家里六个孩子中最小的儿子。在他还蹒跚学步时父亲就去世了，母亲将家搬到了加利福尼亚州的圣埃尔莫，那年是1900年。1916年，梅森从高中毕业了。当美国被卷入第一次世界大战的时候，梅森成为美军的一员，并在法国英勇作战。1920年，他成为国会议员尤斯塔斯·P.吉丁斯的助理。他在华盛顿工作时娶了玛格丽特·丹顿为妻。他的妻子依然健在，两人育有两个孩子，并有四个孙子孙女。

悼词：

梅森·道格拉斯是个细心、勤奋且温和的人。尽管尖锐的嗓音导致他无法在政坛继续职业生涯，但他依然为国家做出了伟大的贡献。他曾在第一次世界大战时在法国英勇作战，还曾为国会议员尤斯塔斯·P.吉丁斯工作。他是一个真正意义上的倾听者，而且总能出色地完成工作。他通过观察获得灵感，从而成为一个敏锐的投资者。他非常善于发现那些有增长和扩张潜力的公司，尤其是在房地产领域、畜牧业和矿业领域。之后，他利用自己精明的头脑帮助许多企业开辟了新的战场。在科罗拉多州、佛罗里达州、爱达荷州和加拿大的阿尔伯塔省都能看到他留下的商业奇迹。他创立了许多公司,让自己和身边的人变得富有。当陷入亏损的时候,他也总能优雅地接受现实,并且百折不挠地开始下一段冒险。

逆悼词:

梅森·道格拉斯是个自由职业者,也是个盗窃犯。他曾为国会议员尤斯塔斯·P.吉丁斯工作,逐渐成为一名政治说客,之后更是堕落成一个职业骗子。他善于用别人的钱为自己牟利,并且深谙权谋之道。他暗中操纵债券、期票、抵押协议、房契、信托和投资,他意识到,仅凭纸张发出的摩擦声和一些不切实际的空话,就能让厚道老实的人产生满脑子不切实际的财富梦想。缺乏戒备心的农场工人和受过高等教育的银行家都是梅森·道格拉斯的诈骗对象。在选择下手对象时,他根本不在意人种、信条和肤色。当他的阴谋破产时,他总能在法律制裁之前及时脱身,在身后留下一片废墟。

场景:

启　示

吃完晚饭之后,梅森和他的朋友启示·平克尼在圣艾尔摩市中心的街道上悠闲地散步,他们马上要参加一场为第六国会选区的候选人举办的政治集会。启示的本名叫哈罗德·平克尼,人们都叫他启示,因为他对于政治实在是太狂热了。梅森对政治一点都不感兴趣，他愿意一同前往的原因是这个周六的晚上实在没有什么更有趣的事情可做。

"神秘人，他们就是这样形容我的。"启示向梅森透露道，"但是我告诉他们，我干的事根本不需要什么天赋。想玩政治，你只需要一点经验、一点小聪明和一点手腕。"他十分看重自己的手腕，就好像这双手腕能在关键时刻帮自己出庭作证一样，"我这么和你说吧梅森，眼前这个年代，1920 年，真正聪明的家伙都在政坛里！共和党的政坛里。你懂我意思吧？"

"当然，当然。"梅森回复着启示，尽管他知道自己过于尖锐的嗓音意味着自己在政治领域不会有任何前途。

"民主党的那帮废物都是懦弱的外国佬，满脑子想的都是怎么把国家拱手送给移民和教皇。但是共和党，他们才是百分百真正的美国人！"启示边走边说，两人已经看到了彩旗飘扬的场地，他们站在人群的后面。台上，候选人尤斯塔斯·P.吉丁斯站起身来走到演讲台前，他的旁边都是些重量级人物。

吉丁斯是共和党提名的候选人，他的目标是接替已经82岁的现任议员。吉丁斯看起来与众不同且充满魅力，满头金发里零星可见几丝灰色，凹陷的眼眶里似乎藏着许多伟大的思想。他在演讲台上刻意停顿了一下，就好像他需要时间来翻译他演讲稿上的希伯来语一样。他的声音富有磁力。"朋友们，在华盛顿依然有不少人相信，摩门教徒是不能当选国会议员的，他们认定教徒会将教派和国家混为一谈。让我告诉你们，说这些话的人愚蠢至极！每个人都知道，好教徒和好市民根本就是一回事！华盛顿需要一个正直的人来为正直的人民代言！"台下掌声雷动。

梅森本人没有任何演讲的天赋，他只能眼红地看着吉丁斯在台上收获一波又一波的掌声，这20分钟对他来说很煎熬。之后，他的注意力被候选人身后那些衣冠楚楚、沉默但散发着贵族气质的共和党人吸引了。他们圆滚滚的大肚子上都挂着金闪闪的怀表链子，一看就是名望很高且富有影响力的一群人。有个东西在梅森的脑子里闪现了一下，谈不上是一种启示，更像是某种灵感。他看着坐在那里的绅士们，开始觉得或许启示·平克尼说得对，政治游戏并没有自己想象中那样狭隘。为什么自己不能和那些人一起坐在台上呢？梅森也去过巴黎，见过世面，喝过的红酒和睡过的女人一点也不少，为什么还要和母亲住在一起？为什么他还在杂货店做店员，每天干的都是搬东西、扫地，整理货架这类让人烦躁的工作？这根本无法体现自己的价值。梅森对自己的未来野心勃勃：脚上是沾着碱的野地战靴，手里是望远镜，怀里是地图、表格，他在荒无人烟的群山中探寻真相，最终环绕在他四周的是亮闪闪的矿山开采机械。怀揣着这个梦想，他申请去科罗拉多矿业学院读书，但就在这周他的申请被拒绝了。

第二天早上，梅森管他哥哥借了一身黑色西装并来到了吉丁斯的酒店套房，用他过于尖锐的声音向吉丁斯介绍了自己：梅森·道格拉斯，共和党人；摩门教徒；一战老兵，被授予紫心勋章；毕业于科罗拉多矿业学院。他脸上挂着笑，与周围所有的人热情地握手，为吉丁斯的竞选活动出谋划策。自此，梅森把自己彻底献给了尤斯塔斯·P. 吉丁斯，成为共和党执政期间的一位政客。

这个场景描述了梅森青年时期的一段经历，从这里我们能找到需要在葬礼里呈现的必要信息——他曾生活在加利福尼亚州的圣艾尔摩，参加过第一次世界大战。这个场景中核心语境的变化让我们同时看到了悼词和逆悼词里的梅森。在悼词的语境里，我们可以看到一个"通过观察获得灵感"的人。同时，根据悼词的内容，梅森在通过观察发现了这个潜在的晋升之路之后，便迅速行动起来，第二天一早就挂着和蔼可亲的笑容出现在了吉丁斯的酒店套房并开始努力工作，"讨好他人"似乎是他本能的一部分。我们还看到，梅森眼都不眨一下就能说出"紫心勋章"和"毕业于科罗拉多矿业学院"这类的谎话，这似乎与逆悼词的内容十分相符。不难想象，当梅森的阴谋破产时，他会在面临法律制裁之前及时脱身，并在身后留下一片废墟。

加工人物意味着加工场景，人物要在场景中行动，人物的选择和对话要体现出他们内心中各种各样的冲动，而我们每个人的心中都有这些冲动。相比于经过加氯消毒处理、闪着蓝色光斑、清澈见底的游泳池，我们的内心更像是大海，到处都是乱糟糟的包裹着沙子的琥珀、锈迹斑斑的海藻、破裂的贝壳、灰白色的浮木、散落的漂浮物和飞速穿行的鱼，还有那些在绿色的盐水里被时间的潮汐淹没的事件。我们要寻找的正是那些潮水退去后留在记忆的海岸上的痕迹。

5. 真的这么说了吗

这本书中用了很多种方言……人物语言上的细微差异是我取材于熟悉的人物，精心设计出来的。我在此做出说明，是因为如果不这样，读者可能会认为这些人物只是在尝试用同一种方式说话并且失败了。

——马克·吐温在《哈克贝利·费恩历险记》的注释，1885 年

他真的这么说过？这些话真的是他上下嘴唇碰撞后说出来的？你能准确地记住人们曾经说过什么吗？毫无疑问，这些问题的答案都是否定的。但是，回忆录不是法院，我们不需要宣誓我们所写的"证词"一定是真实无误的。回忆录是作者唤醒沉睡的过去，让人物变得生动的创作。人们的声音、措辞、说话的方式、口音等，都是保存人们记忆的介质。在回忆录中给人物安排对白并不是为了一字不差地回想起他说过的每一个字，而是为了唤醒当时的语境，包括人物声音中起伏的声浪、丰富的音调和说话的内容及方式。回忆录中的人物并不一定要像温斯顿·丘吉尔或者玛雅·安吉洛那样善于雄

辩，但他们也可以拥有伟大、让人无法忘记的声音。对白是人造的，声音才是真实的。

在任何类型的文学作品里（包括杜撰及纪实文学），对白的功能有以下三个：（1）揭示人物；（2）加深矛盾；（3）传递情绪、价值和必要信息，增强故事的可读性。

你写下的每段对话都必须能够实现上述三个功能中的至少一个。

创造意义深刻的对白时需要遵循下面四个原则：

1. 口头对话和书面对白是完全不同的。

口头对话通常是漫无目的、带有重复性且令人厌倦的，书面对话则不能这样。在写作中，哪怕是最仓促、最漫不经心的对白也是十分重要的。对白是一种人造的叙事结构，可以帮助你重塑故事并丰富故事的内容。

如果想要深刻体会口头对话有多么漫无目的、带有重复性和令人厌倦，那就去浏览一下书籍里关于"水门事件"的录音带的记录报告。读者知道自己面前正在展现的是一件影响历史的宪政危机，但是涉事人的对话记录实在是平淡无味，无聊至极。他们无非是喋喋不休地骂骂人，跑题，然后再回到正题上，但很快又跑题……

在日常对话中，人们会打岔，交流的话题不甚明确，中途会有人加入也有人退出。对话中充斥着类似"你知道的""你懂的"，偶尔会说一句"不会是真的吧"和许多毫无必要的"像"，当然还有那些难听的脏话。举个例子，当你和亲近的朋友打电话时，总是要聊上很久。在谈话中，你们会约定下次通话的时间，但基本上就是一句"很快再联系"，有时候为了确认时间，你们会做一些模糊不清的参考，例如，"当然我周二有时间，除非我的车又抛锚了，我那个破车已经快散架了。""我懂你！我车的散热片上周也挂掉了……""哦，天哪，哦对了……"。当然"爱你"和"多保重"这类的话语也会出现很多次，通话快结束的时候，你们可能会互相问候一下对方的家人或者交流一下感情生活。如果一字不差地写下来，这段通话可能会有一整页纸那么长，但是根本没有起到加深矛盾，进一步揭示人物和传递情绪、价值和必要信息的作用。

与口头对话不同的是，对白必须是经过梳理的、能达到一定目的的语句。对白是人为创作的；作者的职责就是将对白变得更加有机，让声音变得更加真实。

2. 作者不是导演，作者不是编剧，作者就是作者。

亲爱的作者朋友们，我要很抱歉地告诉大家，作者并不具备演员身上的天赋——可以用自己的双眼、脸部表情以及层次分明、共鸣力强的声线将意义、情绪、意图、讽刺、挖苦和深层次的情感表现出来。作为一名作者，你没有任何视觉线索可以使用，你所能拥有和使用的只有你在纸上写下的文字。

所以对脸部和肢体的描述尽量简洁。如果加入了太多的耸肩、皱眉、眨眼、摸下巴、揉脸等等这类的描写，对白的力量就会大大减弱。"他耸了耸肩""她眉头紧锁""他抿了抿嘴唇""她惊讶地挑起了眉毛""他担忧地摇了摇头""她的眼神充满了恐惧"，如果你的作品里有太多这类描写，甚至是在每次对白过后都要加上这样一句话，读者就会感到无聊，人物之间对话的重要性也被大大降低了，读者的注意力将会转移到想象角色的肩膀、鼻子和眉毛到底是什么样的，而不是角色到底说了什么。

干脆把这些东西都扔掉，让人物的对白完成真正的工作。

3. 语法的规则并不是非常重要。

大多数人说话时并不用分号进行分割。在书面对白中，你可以写很多的流水句，这样可以让你描写的声音更加真实。有时你也可以加入一些奇怪的口音，例如"麻溜地给老子把饼干拿过来"；糟糕的语法也是允许的，例如"他来教堂就是为了免费的咖啡和甜甜圈，不是别的原因"。创造真实声音的关键是不停地提供对白。

4. 措辞成就人物。

措辞能增强人物的真实性。回忆录中的人物是你自己的人物，你当然可以听到他们的声音。然而你的工作并不是法庭上的抄录员，如果把声音想象成是一道菜的话，你需要将声音中的滋味、口感和散布在对话中那些怪异的简称记录下来，这当然包括他们偶尔顾及不到的语法规范和优雅的举止。语言模式、隐喻的选择和明喻的运用都能使人物更有深度。以上这些内容让阅读体验变得更有趣，为人物灌入活力和个人色彩。不管你的人物是谁，你都不希望他们听起来像是平淡无奇、高度雷同且受过标准化训练的电视主播。在为你回忆录中的人物创造对白时，时刻记住他们是如何表达自己的，他们的发言有可能会由于地域、民族或者文化特殊性而与众不同。

暗码　陈腔滥调　群体性表达

我们用梅尔维尔的著名短篇故事《书记员巴特尔比》做参考。"我宁愿不这样做。"主人公有一句这样的对白贯穿整个故事。但是想象一下这句话有多么丰富的可能性，有多少种说出"我宁愿不这样做"的方式？一个经常去教堂祷告的女士的用词，一个来自犯罪率很高的城市的小孩的用词，一个20多岁的扎眼网红的用词，一个法官的用词，或者一个已经工作了一天筋疲力尽的餐厅服务员的用词，他们都是怎么说出"我宁愿不这样做"这句话的？

家庭成员之间或者好友之间对话时，他们会用某种暗码沟通，这对于外人来说是无法理解的，甚至偶尔会显得很奇怪。这种用于内部沟通的短语和口头禅，会形成一种简略的表达方式。情人之间总是喜欢用让旁人费解的名称和方式来示爱，我的一个朋友就喜欢用"你可真臭"这句话来表达她对丈夫的感情。我相信每个人都有这样的朋友，每次聚会都用"最近怎么样啊，你们这帮蠢货"来和大家打招呼。每个家里的最小的孙子或者孙女都会给爷爷奶奶起个昵称，这个昵称将会永久沿用，例如"太后"或者"老佛爷"之类的。外号和拥有情感背景的名字往往会伴随一个人一生。如果你不常接触这一家，孩童的用语可能会让你困惑，但是一旦进入了他们情感的语境，你的智商就会"下降"到和小孩子一样的水平。一些特定的用语可能是对某件事简略的表达方式。在我们的家庭中，"猫头鹰的屎"这句话是很有分量的，它源自"×××和猫头鹰的屎一样奇怪"这句话（尽管我不知道为什么猫头鹰的屎是奇怪的东西）。有些话语在家庭信仰的语境下有着更深层次的意义。一个家庭中，被烫到嘴唇的小孩可能会被告知"给你的汤吹一吹就能降温了"；在另一个家庭中则是"应该示范孩子怎么做，而不只是说给他听"，或者"我没告诉你要闭嘴吗"。在一些家庭中，"我用拖鞋揍你一顿"可能会引起恐慌，但在别的家庭中，这句话可能只是向未成年人夸张地展示一种充满爱意的烦恼。

　　如果一个人说话时经常喜欢引用《圣经》里的典故，这并不一定代表他是个狂热的信徒，但一定意味着此人有着一套属于自己的内在的话语逻辑。《圣经》里的许多话已经被融入我们的日常语言之中（尽管我认为新一代人中已不明显），但是人物对《圣经》的引用程度能传递出人物的内在世界和身世背景。有的人会在受到惊吓或者感到焦虑时说"噢，天堂里伟大的上帝啊"或者"阿门"，有些人仅仅会说一句"噢，上帝"，甚至是"见鬼了"，这些人的信仰和准则显然是不同的。当然一些有基督教背景的人可能会说"耶稣，玛丽和约瑟夫"。我的小说《最近几天》中的一些人物是虔诚的摩门教徒，他们需要用语言表达愤怒和焦虑，但是很明显他们不能用那些常用的亵渎神灵的语句。我参考了基督教徒的"耶稣，玛丽和约瑟夫"，让他们说"耶稣，约瑟夫和艾玛"，后面两者代表着摩门教的创始人约瑟夫·史密斯和他的第一任妻子艾玛。对于小说中的非摩门教徒人物提普顿医生来说，他同样不能在这个信仰摩门教的小镇用那些亵渎神灵的语句，为了他我创造了一句"奔腾的胆结石"！

当你为回忆录中的人物安排这种充满独特背景和个性的表达方式的时候，他们的背景就被表达了。介绍完成后，你可以继续利用这些表达方式，它们可以起到更具有戏剧性的效果。让我们依然用《安吉拉的骨灰》来举例，作者写道，父亲深夜归来，把熟睡的孩子们叫醒并让他们高喊"为了爱尔兰而死"的时候，正是这位父亲烂醉如泥的时候。这句"为了爱尔兰而死"是某种简略的表达方式，但是就比直接写出"我父亲每晚都要喝得酩酊大醉才回家，他把我们叫醒，并让我们重复爱国的口号"更生动也更有效。

将你回忆录中的人物用这种家族用语武装起来，就相当于给你的读者发放了一张邀请函，邀请他们进入人物的语境并彻底理解他们的信仰和准则。随着叙事的推进，他们会逐渐与你的人物产生共鸣。

在创作对白时，不要害怕用一些陈词滥调。"这是压死骆驼的最后一根稻草"，你的语文老师可能会把这句话重点圈红。确实，在叙事中，我也建议尽量避免这样的用词。但是用在对话中，嘿，如果你的爷爷原本就这么说话，那就这么写，别管谁来挑毛病。用在对白中的陈词滥调是完全合理的，他们可以表达人物和环境。

有些时候，那些有着移民背景的人会使用特殊的用语模式，这种模式会代代相传。我儿时有一个要好的朋友，她的祖父母在年轻时就从意大利移民来到美国。他们的英语都说得很好，但是仍然能从造句的方式上听出来一些不同。"闭上灯"，她的祖父总喜欢这么说，尽管"关上灯"是更加寻常的用语，她们家的人依然说"闭上灯"。我的母亲写《百年回忆录：献给我父母的礼物》时也加入了一些在我的家庭中非常寻常的亚美尼亚用语。我都没有意识到，我所使用的许多短语、名词和措辞方式其实都来自亚美尼亚语，只有我们的种族会用这种方式讲话。例如，"keebar"的意思是"高级的，一流的"；"parovyless"的意思是"恭喜你"；"gerjejook"的意思是"老者"，特别用在想要表明某人开车开得很烂或者犯了小错的时候，例如"我觉得我要变成一个gerejook了。"；"pernich"的意思是"棉垫子"，我的孩子们在和他们的朋友说话时也会时不时地用到这些词语，例如厨房发生紧急情况的时候，总会有人一边念叨着"Pernich"，一边找棉垫子。

对母语并不是英语的人物来说，创造对白要小心谨慎些，不要做得太过，当然也不能做得不够。例如：我们要做一本漫画，里面一个法国人在说英语，假定法语里没有 th 的发音，所以他们在说 th 开头的单词时发音不是很标准。我们如果在漫画对白的地方用"介系我们缩话的方式"（zees ees zee way we speak）来代替"这是我们说话的方式"（this is the way we speak），用"介系你们浊系的方式"（zees eez zee way you do zees）来代替"这是你们做事的方式"（this is the way you do this），就会显得很愚蠢，并且它本身会引起过多无意义的关注，这也就意味着给读者的阅读和理解制造了障碍。为非母语人士创造对白时一定要尊重他们的语法。

在欧内斯特·海明威的《永别了，武器》一书中，主人公美国人弗雷德里克·亨利正在第一次世界大战的意大利前线打仗，他和一群意大利士兵住在一起。对于两个国家的人的说话方式，海明威特地做了处理。例如，在英语语法中，我们会说"我 20 岁了"（I am twenty years old）或者"我饿了"（I am hungry）或者"我渴了"（I am thirsty），但在意大利语的语法中（任何拉丁语系语言的语法都是这样的，比如法语），这些话的正确语法构造是这样的"我有 20 年了"（I have twenty years）"我有渴了"（I have thirst）"我有饿了"（I have hunger）。海明威在描写意大利人的对白时尊重了这种语法，所以读者一看就知道对话是用意大利语进行的。

杰拉德·达雷尔的著作《我的家人和其他动物》是另一个将有着浓厚口音的英语完美表达的例子。这是一本小巧玲珑且可爱无比的回忆录，记录了一个英国家庭在 20 世纪 30 年代时在希腊科孚岛的短暂停留。小岛上的常住居民斯皮罗成为他们的亲密好友，他会说一点点英语，但是听起来相当奇怪。达雷尔将斯皮罗所说的所有内容都用复数形式表达：名词、动词，所有的一切。yous 代替了 you，theys 代替了 they。这种非同寻常的语法构造让斯皮罗讲话的风格和节奏都与众不同，但是他想表达的意思却从来不会让人难以理解。

有些时候，一种语言中的惯用语会慢慢渗透进另一种语言中，并且以某种新的形式成为该语言的一部分。我的父亲最喜欢说的一句脏话是："犹大圣徒都是周五的 H！（Judas Priest All Friday H！）"我根本不知道这句话是什么意思，我们家其余人也不知道，但是每当父亲说了这句话，我们就知道父亲一定是勃然大怒的，要么是被某件事震惊了，要么就是遇到了什么他的智慧解决不了的问题。我问他这话什么意思，可他也不知道。几年前，我翻阅了埃里克·帕特里奇的《英语俚语俗语词典》（这是一本巨型著作，而且让我爱不释手），在书中读到了关于犹大圣徒的内容，这是法语里"jeu d'esprit"的变体词，第一次世界大战时传到了在法国打仗的美国和英国士兵那里。我父亲的两位舅舅都曾在法国打仗，他们回到爱达荷州后也经常说这句话。"都是周五的 H"这句话我至今依然毫无头绪。我父亲还有一些其他标志性的话，都反映了他少年时期在爱达荷州经历的大萧条。"不长胖的都能吃得饱"，还有我最喜欢的那句："邪恶的人不得安宁，正义的人不需要安宁！"这句话只有像父亲那样立场的人才说得出来。至于"关上门！你是在谷仓里出生的吗"这句话，我认为是从他的父亲那里学来的，毕竟我的祖父就是在爱达荷州边境的一个地洞里出生的。

如果你回忆录中的人物很喜欢土里土气的用词，或者他们的交流方式受到了多种不同文化的影响，你可以放开手脚修改拼写以达到你想要的效果。但是要注意，过多地出现不规范的用词可能会产生严重的负面影响。如果不想让你的人物听起来古怪而刻板，也不想让读者在阅读对话的时候感到困惑，那么你给每个人物设计几句重复性的话贯穿始终就可以了。

有些时候，为了确保人物对白在历史意义上的正确性，你需要加入一些额外说明。我将小说《音乐室》的故事发生时间设定在1969 年至 1970 年，这是一个关于一小群人物的非常温馨的故事。故事中有一对嬉皮士恋人，他们经常称呼对方为"我的老女人"（my old lady）和"我的老男人"（my old man），在那个时候这就代表着"我的女朋友"（my girlfriend）和"我的男朋友"（my boyfriend）。如今这样的称呼一般用来称呼自己的母亲和父亲，因此这本书的编辑对这两句对白感到困惑，于是我思考了一下要不要将这两句话完全删掉，但是又觉得它们可以给故事增加原汁原味的感觉。最终我决定在这两个人物第一次出场的时候加以说明。

"蒂姆，这是我的侄女们，玛赛拉和罗斯——雷尼。女孩们，这是我的老男人，蒂姆。"

"他可不是你的父亲，"玛赛拉皱了皱眉头，"你父亲不是在佛罗里达吗？"

"你们想让我怎么说呢，孩子们？他是我的情郎？"琳达的脸上涌起了一阵笑容，"我和蒂姆在一起了。"

"我们都是小蛋糕。"他笑着说。

措辞

说话的方式可以反映出受教育的程度，但是绝大部分美国人，即便是那些受过最好的教育的人，也会用简明的对话风格来交流。"看电影不"而不是"你愿意和我一起看一场电影吗""六点在那儿见"而不是"你是否愿意六点钟和我在那里见面"。大多数美式英语的对白是很轻松的，像是不经意间说话那样，即便我们不用 gonna 替代 going to、wanna 替代 want to 也是这样。但是在作品的对白里用 gonna、wanna、coulda、woulda 这些口语词汇代替 going to、want to、could have、would have，它们的意义就远远超过了这些词语出现在日常口语对话中的意义。这是因为它们能够反映出对话者的身份。如果你用文字记录下了一个人在口语对话时说出了"我多么希望我可以和你一起走"，读者就能接收到大量的信息。

简单的对话风格也意味着在一些单词中"g"这个字母可以被省略。"我对这件事没有什么可说的"（I have nothing to say about that）可能就会成为"我对这件事没啥可说的"（I have nothin' to say about that）。"你也一起来吗"（Are you coming too）在口语中可能会变成"你一起来不"（Are you comin' too）。一旦你在人物的对白中用到 goonna, wanna, coulda 这些词汇，它们的重要性和意义可比口语对话中的大得多。如果你的人物有这样说话的习惯，你大可不必用撇号填满你的页面（comin', nothin', goin'），更有效率的方法是直截了当地表现出人物说话时听起来到底是什么样的。（时间久了他们就会逐渐在纸上生动起来。）让你的人物说"不赖"或者"那可真了不得"。你只需要将他们到底说了什么提供给读者，读者就会自然而然地了解的人物讲话的韵律。如果你用这种构造方式塑造对白，就必须要保证它在同一个人物身上连续出现。你只要能够做到这一点，你的读者就能毫不费力地感受到你所要表达的东西。当你要出版你的回忆录时，你可能要提醒你的编辑，这种不同寻常的构造方式是有意而为之，让他不要随意更改。这是我的经验之谈。

即便你的人物有着同样的社会处境、年龄、教育程度、种族和地域背景，他们不同的性格也可以通过不一样的说话方式折射出来。一个专横霸道的小女孩和她害羞、缺乏安全感的同班同学的说话方式肯定有所不同。那些缺乏自信心和有着谦逊的内心的人会通过他们的声音展现自己的性格。在下面这段对白中，一个家庭至上的年轻男人吉迪恩·道格拉斯正在和他的叔叔弗雷德·道格拉斯告别。吉迪恩上一次见到叔叔的时候还是个孩子。弗雷德现在已经是一个流浪者了，他找到了吉迪恩，但也只是和他度过一顿晚饭的时间。读者们通过弗雷德的对白不仅能够感受到他的不安和逃避，更能感受到他在兜着圈子回答追寻真相的侄子的临别提问。

一次离别

"我并不是想让你重新经历一遍这些东西，弗雷德，但是我必须要知道，"吉迪恩用央求的口气问道，"我爸爸是怎么死的？到底发生了什么？"

两人站在路灯下的光里，弗雷德的眼睛盯着围绕着路灯的飞蛾。"唉，吉迪恩，我又能说什么呢？那样的事情就是会发生在某些人身上，而不发生在别人身上。如果你像我一样不是那么聪明的话，这真的很难解释。塞缪尔才是那个聪明人。"弗雷德咳嗽了一声，吐了口唾沫，"但是我告诉你我知道的真相，吉迪恩，发生在你父亲身上的是一件很不好的事。"

"他受到了很多折磨吗？"

"好吧，是的，我认为他是的。不过我们都遭遇了折磨，但是有些人遭遇的比其他人更多。还有一些人在遭受真正的折磨之前甚至不知道自己在遭受折磨，塞缪尔就是这样的人，我的意思是说，我认为他是这样的人。"弗雷德深吸了一口气，又咬了一口甘草糖，"至于那座房子，好吧，我猜应该是没了，早就没了。就像你说的，我并不清楚它到底是怎么被烧毁的，但是在那种温度和那样的火焰下，什么都能被烧着，你知道的，而且没人能救得了塞缪尔，吉迪恩。在他被火焰吞噬之前根本没人能救他，火甚至有可能是他自己放的。"

"他自己放的？"

"是由于他自己的不小心和欠考虑，吉迪恩，塞缪尔经常粗心并且欠缺考虑。我得走了，调度时间表可不等人，你知道的。"他似乎想和吉迪恩握手，但最后还是抱住了他，"我一直知道你一定能成点事的，看到你现在的样子我就放心了，我已经非常满足了。"他坚定地拍了拍吉迪恩，转过身缓缓向车站走去。

在创造对白时，作家一定要记住，女性往往比男性更加包容。当一个群体中男性的人数超过女性时，男性总是习惯性地打断女性说话。有些人是天生的和蔼友善，而有些人则是天生争强好胜，还有一些人享受放出爆炸性新闻的快感。

我一直认为在《了不起的盖茨比》的开篇中，F. 斯科特·菲茨杰拉德对于人物对话的运用是教科书级别的，这些人物的性格和他们的品质被完美地展现出来。他们的对白看似不够震撼，没有深度，也不像祷告室里的忏悔那样面面俱到，却能给读者以启迪。在开篇中，尼克（第一人称的讲述者）在 6 月的一个下午去布坎南富丽堂皇的家中拜访，并向读者介绍了汤姆·布坎南、黛西和乔丹·贝克尔，本书的三位主要角色。黛西是尼克的第二个表妹，他在耶鲁大学上学的时候就认识了黛西的丈夫汤姆。乔丹是一个年轻的职业高尔夫球手，也是黛西的好朋友。这个场景长度可观且表述从容，尼克在这里巧妙地构造了诸如视觉效果、隐喻和格调之类的一切细节，同时还对人物做了细致的观察。例如汤姆·布坎南的身体是"有着巨大的影响力的——一个残忍无情的人"，即便我们忽略那些辅助的叙事内容并把注意力集中在对白上，也能得到富有深度的信息。

他们开始吃晚餐的时候，有人要点上蜡烛，黛西用充满渴望的口吻问："你们会不会总是盼望着一年中最长的那一天，然后却错过了呢？我总是会期盼着一年中最长的那一天，然后错过它。"

乔丹说："我们应该计划一下。"

"没错，"黛西说，"我们计划点什么呢？"她无助地转过身，看着我："人们都计划些什么呢？"

通过晚餐的对白再次确认了描述汤姆身体时透露出的残忍，他刚刚在《有色帝国的崛起》这本书中搜集到了一些信息，并在餐桌上为了取悦客人而做出一些极其糟糕的声明。在她丈夫的演讲过后，黛西侧身对着尼克窃窃私语说："我要告诉你一个家庭秘密……关于管家的鼻子的。你想听我聊一聊管家的鼻子吗？"

尼克殷勤地回复："这就是我今晚来此的目的。"

尽管更多的大放厥词和夸张调侃接踵而至，这段短暂的交流有效地挫伤了汤姆关于《有色帝国的崛起》的那段浮夸的声明的锐气。电话铃响了，汤姆被叫去接电话。黛西随着汤姆而去，而那位原本有些沉默寡言，看上去有点脆弱的贝克尔小姐突然热情起来，并加入了众人议论是非的争论中。

叙事者尼克离开布坎南的宅邸时已经是夜晚了，他用"稍微有一点恶心"来形容自己，而这恰恰是作者想要读者感受到的。

下面的这段对白摘自我的小说《告诫》，故事发生在 1916 年。注意我保持了人物的用词和说话方式的高度一致，从而给每个人物建立了独特性格和他们所代表的价值。小说中的第一人称叙事者是卢修斯·蒂普顿博士，他正在与汉克·比彻姆交谈。蒂普顿博士是一个友好的、受过良好教育的人，但是他的语言是口语化的，语法上也会偶尔犯错。汉克·比彻姆的用词、语法和发音传递出他只接受过十分有限的正规教育。汉克说话时经常会忽略一些字音，他一直用"would of"和"could of"代替"would have"和"could have"。

这个场景发生时这些人物已经几十年没见面了。汉克·比彻姆是一个成功的求雨法师，今天是他二十多年第一次回到故乡加利福尼亚州的圣艾尔摩。城市已经经历了很长一段时期的严重干旱，尽管城市的大部分人对于汉克的家庭充满了蔑视，但急于求雨的管理者们不得不请来汉克，而这些事汉克全都知道。这个场景发生在夜晚，地点是医生的书房。当天下午，汉克刚刚见完城市的管理者并谈好了获取他服务的价格。当时是 1916 年 11 月，第一次世界大战的战火正在欧洲蔓延。

原住民的回归

"好吧，汉克，请告诉我为什么管理者们会放弃上帝转而求助于一个求雨法师。"

"你自己问贲（他们）。我要么接受这活儿，要么就不接受。我可以这么说，我和上帝（之）间的区别就是，上帝是免费的。"

"当他工作的时候。"我说。

"但他不想（工）作的时候，你也没法买通他。"

"你就可以？"

"我这不是来了吗，亲爱的，5 万。这就是我和他们下的赌注。要么全是我的，要么我一分不拿。我把水库填满，我拿走 5 万美元；我不把水库填满，我一分钱拿不着。"

我花了一阵子才从这个概念中回过神来，这个数字对我的影响力太大了，5万美元！！！我甚至不确定我有没有回过神来。我问他有没有看过水库，他表示还没看过。"看都没看就打这个赌，你很有自信啊。"

"我很擅长我做的事情。"汉克折了折他的指关节，"5万。"他嘴里说出这几个字的时候，似乎是在品尝一道味道极佳的浓汤。

我打开抽屉，拿出两只雪茄，把其中一只递给汉克。

"我只抽烟。"他告诉我。

"烟草就是一种练习。但是，一只好雪茄……"我将雪茄拿到耳朵旁边，聆听着卷烟纸褶皱处发出的声音，"那可是艺术品。"

"我懂啥艺术，科学还行。"

我从燃烧的火柴后面打量着这个头发花白的访客，他的强势和信念掩盖了他蓝色眼睛中的空虚。"我也相信科学，科学总是追求真理。"

"我对真理不感兴趣，但是我总觉得我和科学挺来电，我在修缝纫机的时候就这么觉得了。你看了一台缝纫机就等于看过所有缝纫（机）了。但是暴风雨，那可真是科学。每个暴风雨你都能得到一点崭新的、惊艳的东西。我就站在那儿，看着大雨往下落，我就知道我（干）成了。可太壮观了，雷和电在天空中摔跤，它们都愤怒了。"他一边说一边拿出一包烟草和卷烟纸，开始制作一支手卷香烟，"通过科学，我大概知道当上帝是个啥感觉。如果我懂上帝就好了，可我不懂。"

我从最下面的抽屉里拿出一瓶"燃烧灌木"威士忌。"要喝一点吗？"

"我不喝酒。"

"是这样。"我倒了一点"燃烧灌木"到我的杯子里，我想起他的父亲耶利米·比彻姆是爱喝酒的，他的哥哥也爱喝。"哎，你似乎逃离了你的家庭诅咒啊。"

"老爸把他碰过的一切都毁了。除(了)我。我能(逃)跑是因(为)老妈，老妈和运气。"

"运气就像雨水，"我说，"有些时候它不请自来，而有些时候你需要自己制造一点运气。"

汉克·比彻姆发出了"哼"的一声，也有可能是他独有的笑声。"我自己造的运气还算可以，但也就证明了是没办法（计）算好运气到底是怎么弄到的。我的老爸，他给了我运气。那个喋喋不休的醉汉，他每次喝醉酒，在能从椅子上或者地板上站起来（之）前，就尿了自己一裤子。但是他给了我想法，还有一堆伤痕，眼眶瘀青，偶尔会断几根肋骨。那个老男人最爱的就是内战，当然是除（了）喝酒以外。希洛战役，传教士岭，那些硝烟和流血。内战就是他人生中最快乐的时光。"汉克瞥了一眼报纸上关于西线战场的头条，"他估计也会爱死这场战争的，这对他来说太完美了。"

汉克那位烂醉如泥的父亲耶利米是一个充满怨恨的同盟国老兵，在书的后面他也会有一段话。那段话并不是直接引述，而是从一个第三人称叙事者的口中暗示出来的。

耶利米提到那位永垂不朽的将军——帕特里克·克利本时总会热泪盈眶：那位将军是有史以来最英勇的爱尔兰人，也是整个同盟国阵营中最无畏、最聪明的将军。如果老帕特是南军最高指挥官的话，同盟国的命运一定会被拯救的，上天作证。如果有混蛋敢在耶利米面前声称格兰特将军比克利本将军更伟大，那他一定会遭到耶利米的一顿暴揍。"你（想）怎么挨揍吧，选！比拳头？比刀法？"耶利米根本看不起格兰特，谢尔曼将军也是一样。"北军（根）本不该在希洛战役获胜的。我就想问问为什么，战役的第一天，谢尔曼的人遭到刺刀攻击的时候还在帐篷里睡觉？他们还有脸觉得惊讶？至于格兰特？格兰特让自己的士兵在第一天晚上就背对着田纳西河，哪都去不了了。格兰特就（应）该当场淹死在田纳西河里。他本（来）是要被淹死的，（要）不是……"

注意到耶利米并不会说"would of"或者"could of"。耶利米更老，头脑昏庸还常醉醺醺的，他会说"woulda"和"coulda"和"shoulda"。他的用词和他儿子的用词不太一样，说话的口气也不尽相同。他的性格正是靠说话的口气展示出来的。耶利米是非常好斗的，他迫不及待地想和人打一架。汉克说话时喜欢用清脆的短句，当我们把这些短句集合起来观察，就会发现他是一个强势而谨慎的人。

将对话写在纸上

为了让你的对话更有效率，你必须正确地将对话写下来。

每个讲话者都要新开一个段落，每个讲话者的手势和动作应该与他的台词出现在同一个段落中，每一个人物的整段式的话应该保持一体性。

类型举例：

"所以你觉得我的想法怎么样？"他站在画板前眉开眼笑的，"非常不错，是不是？"

"很有趣"已经是我能提供的最正面的形容词。诚然，他的想法还不错，但是又能怎么样呢？吉姆已经浪费了属于自己的机会，而我是那个不得不告诉他"你是不同寻常的"的人。

"这张画和黄铜的质感简直太搭了！你觉不觉得？嘿，他们一定会爱死我的！"

"吉姆，"我最终认定此时残忍或许才是最大的仁慈，回复道，"他们永远都不会爱上你的。他们抓到你撒谎了。就算你今天把比萨斜塔扶正了，也不能弥补过去的事情了。"

注意，在这段文字中，囊括了吉姆的行为以及叙事者内在的思维过程。这样做的好处就是接下来要说话的人物可以紧跟他们的节奏。还要注意到当吉姆的身份被确定为一个站在画板前面的人的时候，他的下一句话前面不用加上"他说道"，显而易见这句话也是吉姆说的，因为这句话也在这个段落中。

剔除掉那些平淡无味和无效的内容。永远不要在那些琐碎的小事上浪费像不动产一样宝贵的叙事篇幅。

"你好。"

"你好。"

"我是斯嘉丽·欧哈拉。"

"你好，斯嘉丽。我是瑞特·巴特勒。"

"你过得怎么样？"

"哦，还不错。你怎么样？"

这些内容老套、乏味，而且无聊至极，你的读者读到这里可能就睡着了，甚至可能直接跳过不读。如果你的对白里有太多俏皮话也会起到这样的负面效果。要把琐碎的事尽快介绍完——"他们热情地和对方打了招呼"——如果他们只做了这个，就赶紧进行下一步叙事。

不要过度使用亵渎性词语。虽然偶尔出现的脏话可能会帮助你定义你的人物，但是脏话就像其他所有的东西一样，一旦被写在纸上就会更有分量，因此过度重复会很快让人感到厌倦，读者很快就会一目十行地阅读了，你的作品也就成了单词拼成的电脑桌面墙纸了。当你给年轻人创造对白时，可能会用到一些他们非常喜欢用的词语，再次强调不要过度使用这些词语，原因前文已经讲过了。

小心那些到处都是的"Ya"。大多数人会用简单的口语化方式交谈，读者也会通过简单的口语化形式接纳这种交谈。（参考上面提到的"看电影不"和"要看一场电影吗"）如果你为了加强口语化的效果而让你的人物不受约束地用"Ya"来代替"You"，例如"How ya doin"（你咋样）而不是"How are you doing"（你怎么样），那么读者的注意力就会被毫无必要地转移到这种口语化用法上。这会创造一种"硬音"，也就是德语里用来表示肯定的词汇，"ja"（读作"yah"）。为了在纸上体现出交谈的非正式性，可以将"ya"与其他单词连接起来。"Whaddaya think about that?"（你觉内事咋样？）"Seeya!"（拜了个拜！）你可以通过将单词连接起来而创造不同风味的说话方式。"Howzit hangin?"（过得咋样？）就比"How is it hanging"（你过得怎么样？），更口语。上面已经提到过，这种非常规的单词变化用在书面对白中的效果比用在实际发生的对话中更有效。

只有确认一句话确实被说过的时候再引述它。不要引述思维过程。对于思维过程，简单地用"她想到""他考虑到"或者"他陷入沉思"这样的词语就可以了。在许多 19 世纪的书中，内部的思维过程是通过引述的方式介绍的，但是这种写作方式很快被时代淘汰了。通常情况下你甚至都不需要用到"他想"或者"他思考"这样的表达方式。参考之前的例子，当叙事者与吉姆谈话时，将她的想法保留在她的脑海里就足够了。我同样建议在描写思维过程的时候慎用斜体字，把斜体字用在你真正想要吸引读者注意力的地方。

时间上的暂停应该在叙事中被体现。"他停了下来，看着窗外"（此处加入对白），或者"她一直小口咬着她的指甲"（此处加入对白）。如果你的人物是优柔寡断、犹豫不定的，一定要通过词语来表达这一点："我不觉得我们应该过去。我的意思是，也许我们最好就，哎呀我也不知道……我们就别去了，好吗？"不要用类似"嗯"或者"哦"这类的词。毫无疑问，你的读者会像你刚刚读到这两个字时心里嘀咕：这个"嗯"是确定的意思吗？有一些作者喜欢用"呃……"来表示一种礼貌并冷淡的反对，有些时候甚至是一种完全否定。但是"呃……"的过度使用会让你的人物看起来有些笨拙。

为了起到暂停的效果，同时在一个场景中增添重量和紧张感，你可以少量地加入手势和动作。例如：

"你愿意接我这个案子吗，艾伯特律师？"

艾伯特先生又往自己的杯子里倒了一些波本威士忌，他像正在研究某个哲学问题一样仔细端详了一会儿，然后一饮而尽。"不，但是我会给你推荐一个会接受这个案子的人。"

注意到艾伯特律师没有皱眉，没有咳嗽，也没有刻意地发出鼻音，他的眉毛或许有过上下挑动，但是面部表情基本不变。

所有的标点符号都应该是一种写作工具。"是的""不是！""是？""不是？"这样的表达读起来有着完全不同的含义。"婊子养的！你竟然离我而去！""婊子养的，你竟然离我而去？"有着完全不同的语气。其他标点符号在塑造对白时也有着特殊的意义。

在一句话的结尾加上省略号，代表说话的人是刻意选择让自己的声音中断的。"你看，如果你能用我的角度去看待事情的话，我们就能……"

在一个未完成的句子的结尾加上破折号，代表说话的人被某种并非出于本意的原因打断了。"你看，如果你能用我的角度去看待事情的话，我们就能——"在这种情况下，你必须立刻提供打断者的对白，或者是那个转移了说话人注意力的行为。

成为归因句。你可以在对白中加入形象的动词，例如哀号、讥讽、忧伤、尬笑、幸灾乐祸等。这些词汇体现了话是怎么说出来的，也就能体现读者阅读时的感受，因此可以增强对白的效果。但是用到副词的时候要格外小心，在你的归因句中过多地加入副词会起到稀释的效果。例如：

"我绝对不会做这种事。"他大胆地宣称，"你们竟然会这么想！"

宣称这件事本来就很大胆，改为：

"我绝对不会做这种事。"他宣称，"你们竟然会这么想！"

更好的一种改法：

"我绝对不会做这种事！"他用凶狠的眼神盯着其他人，"你们竟然会这么想！"

这里的感叹号就代表了一种宣言。他的愤怒通过眼神更加确切地表现了出来，在对白结束用感叹号而不是问号则再一次强调了这一点。

在叙事中加入对白

不论是小说还是回忆录，任何文章在草稿阶段叙事的占比都会很高，这是因为你需要向前推进故事。但是当你回顾你的内容时，尤其是在修订章节时，你会看到很多拓展的空间，你需要让描写更加优美，并进一步充实那些说明性内容。通常情况下，你可以通过增加对白来做到这一点。

你的回忆录中必须有对白吗？也不一定。理查德·福特的《在他们之中》是一本简练且充满爱意的描述他父母的回忆录，这本书中几乎没有什么对白，叙事中提及作者父母的时候，总是用"我的父亲"和"我的母亲"这样的尊称。类似这样没有经过发酵的、不添加对白的叙事形式，会让故事中的人和事与读者产生距离感。福特对他父母的描述是令人难忘的，但是由于我们无法听到他们的声音，这两个人物对于读者来说就显得静止且不生动。读者会感到自己好像坐在椅子上，观察作者用墨汁给他的父母画像。如果对白并不是你的强项，你更应该多加练习。对你熟知的声音进行再创造并将它们写在纸上会让你的回忆录更有生气。

提示：添加对白

拿出你已经创作好的素材并注入对白，让你的人物在符合他们设定的情况下自由地表达自己。

内塔·吉布斯在《周六晚上和周日早晨》的最后一段中加入了对白。这样做之后，她的描述显得更加优美，同时她的人物在对白时有了恰当的行动线。

当祖母喋喋不休地和乔聊着被拯救的那一套理论的时候，我和他能听见火腿切片被平底锅加热和烙饼在煎锅里发出的嗞嗞作响的声音。即便是这样，她也没办法安静地坐下来。"你什么时候才能找到耶稣，乔？什么时候你才能让他进入你的人生？进入你的心？我是为了你好，乔。而且我知道耶稣会欢迎你的，你需要做的就是仰望天空，然后大声说出，主啊，我属于你！"

"好啦，奶奶，"乔说道，"我正在等待着被召唤。"

"不要等待！要争取！算了，我自己来问。"她手持锅铲，抬头面向天空，"主啊，请你看看这个甜美的灵魂吧。乔·吉布斯，请找到他，用你的爱沐浴他，用你的宽宏大量原谅他，无论他做过什么事，哪怕是他还没做过的事。他知道他是个罪人，就像我们其他人一样。主，但是……"她回头瞥了一眼炉子，烙饼看起来就要糊了。她将煎锅拿起来，把烙饼滑入盘子里，用叉子取出火腿切片，一起递给乔。

"谢谢，奶奶。这么好的早餐有没有鸡蛋做个搭配？你知道我可喜欢吃鸡蛋了。"

"有的。"她说道。祖母打了三个鸡蛋，倒在平底锅内火腿肠切片留下的油汁上。她继续与主进行着对话，但是分了一些注意力在鸡蛋上面，以免它们像烙饼一样糊掉。

乔切了一片火腿，并冲我笑了笑。在乔冲着我做鬼脸的那一瞬间，我感觉我和乔就像天使与魔鬼一样，我们这对最年轻的和最年长的组合就成立了。我们要一起对抗其他人——家里的人，城市里的人，甚至整个世界的人。

通过祖母说出来的话我们能知道什么呢？虽然她是一个虔诚的基督徒，但她的咄咄逼人并不源于地狱之火里的硫黄或者酷烈的悲痛，而是源于乔曾经违反过摩西十诫之一，还曾因为偷车蹲过 18 个月的监狱。我们还知道，当她代表乔和主对话的时候还留意着烙饼不被煎糊。她的品质和她的价值观显得更加生动清晰了。乔则不然，给乔安排的对话十分简短，但是他的语气是充满尊敬的，他对祖母的请求的态度是逃避，而不是贬低。

他真的这么说了吗？

弗朗克·麦科特林是运用对白的大师，即便是他在塑造某个爱尔兰教师重复且乏味的嗡嗡嗡的说教声，而你作为读者只能听到嗡嗡嗡的声音时，也丝毫不会感到无聊。在《安吉拉的骨灰》里有不少这样的例子，然而，真正仔细的读者——也就是说当读者也是一位作者的时候——或许就会注意到这些典范性对白的内容和用心的设置。

在书的一开始，我们认识了科罗赫西一家人，他们比麦科特林一家更加一贫如洗，不仅如此，他们家里有更多的人——七个男孩和一个女孩。帕蒂·科罗赫西是弗朗克在学校的好友，在书的中段这两位男孩还会一起逃学。那天晚上，弗朗克跑到科罗赫西一家破烂不堪的房子里。他们的居住条件是意料之外的差，作者在此处的细节描写有些吓人。科罗赫西先生躺在房子里唯一的一张床上，因肺结核即将死去。他向床边的桶里喷出丑陋无比的大块黄色黏稠状唾液。当得知弗朗克的母亲是安吉拉·西恩的时候，科罗赫西先生似乎看到了希望，他绘声绘色地说起安吉拉是个多么伟大的舞者，他和她曾在少年时期一起愉快地跳过舞。他请求弗朗克在此时此地为他跳一支舞，尽管男孩以他没有继承母亲跳舞的天赋为理由拒绝了，他仍然坚持着："如果弗朗克是安吉拉·西恩的儿子，他一定会跳舞的。"弗朗克跳的舞很可笑，甚至有点可怜。夜晚降临了，弗朗克和科罗赫西家的其他孩子一起睡在地板上。他无法入睡，一部分是因为寒冷，还有一部分是因为他知道他母亲心里的焦虑——他之前未曾在外面过夜。

第二天早晨，安吉拉用绳子拴着她还在蹒跚学步的最小的孩子上门来了，她的身旁是一位训导员。训导员离开前痛斥了弗朗克一顿，并告诉他永远不应该让自己的母亲担心。德尼·科罗赫西和安吉拉这对曾经亲密无间的舞伴交谈了起来，他们像爱人一样回忆着往事，科罗赫西先生在一旁一边咳嗽一边无法控制地喷着口水。他请求安吉拉唱一首他们孩童时期的歌曲，安吉拉使出浑身解数表演着，科罗赫西先生试图加入她，但是他的身体并不允许。尽管科罗赫西夫人和她的七个孩子，以及那位麦科特林家的幼儿都在场，他们都成了或者在逐渐成为叙事的背景板。现场除了那首歌没有任何其他能被"听到"的声音。读者不需要知道安吉拉唱的是什么，也能体会到安吉拉声音中的伤感。声音和歌词一起从纸上飘浮起来，连同安吉拉和德尼的舞蹈闪烁着进入了读者的想象中。

安吉拉和德尼真的这么说了吗？他们之前关于过往的对话真的在科罗赫西肮脏不堪的房子里发生了吗？科罗赫西夫人、她的七个孩子以及那位麦科特林家的幼儿被要求安静些吗？安吉拉真的唱了一首歌，而那个将死的老人也曾经试图一同哼唱吗？这些问题的答案重要吗？对我来说不重要。回忆录被写下来的时候并不是用作法院里的呈堂证供的，而是用来唤醒和描述某个人过往中的诸多人物，并赋予他们真实声音的。这个场景中的这段对白让我们看到了年轻时的安吉拉·西恩，那个热爱跳舞的女孩，这个形象和我们到目前为止在书中看到的那个被贫困彻底击倒的女人完全不同。弗朗克·麦科特林完全可以选择通过快节奏的叙事来讲述他母亲的少女时代，但是这样一来我们还能体会到那种真实感、那种生气和那种情感冲击力吗？答案显而易见是否定的。人物的对话因不受束缚才得以被重新塑形，这一切都是为了更好地为过去服务。

6. 家族故事

"给我们讲个故事。"三月兔说。

"是的，求求你了。"爱丽丝乞求道。

"很久以前有三个姐妹。"睡鼠匆忙地开口了，"她们的名字分别是埃尔茜、莱斯和蒂莉，她们住在井底——"

"她们靠什么生活？"爱丽丝问道，她总是对吃喝十分感兴趣。

——刘易斯·卡罗尔，《爱丽丝梦游仙境》，1865 年

想一想家族的故事。每个家族都有故事。每段长期存在的友谊和感情的纽带都有故事。每个职业都有故事，诗人、画家、糕点师、机械师、教师、传教士和医生都是一样的。工作场所也有故事。在最自由的语境下理解"故事"这个词：任何被无数次讲述的逸闻趣事，在讲述的过程中被润色，被打磨，被归纳，现在故事中的那些瑕疵已经被清除。

通常情况下这类故事都由一个含有隐藏意义的感叹号作为结尾，它们都很有趣！它们都描述了某种让人捧腹大笑的事，或者让

人感到怪异的事，或者让人感动的事。

通常情况下故事的讲述者会成为牺牲品，确切地说，故事的讲述者或者叙事人会显得很愚蠢、很幼稚或者误入歧途，当然也可能就是纯粹的天真。

或者，家族故事讲了某件事是怎么发生的；某个字词因为什么对这一家子或亲戚之间意义非凡。

或者，家族故事可以是表现人物个性的逸闻趣事。

或者，家族故事有着深层含义的道德品行标准，你需要加以特别注意，不管如何去学的但最终学到了某种品质。

这些故事对讲述者来说是一种"速记"。大多数情况下，分享这些故事的人都认可这就是真实发生过的事。有时故事的内容会被再加工，家族或组织的成员在讲述故事的时候会用一模一样的声调。

我能立刻想到的一个轻松而愉悦的家族故事是《美丽的火腿》。我在这个故事中看起来愚蠢、幼稚而且天真。下面是我讲述这个故事的方式：

美丽的火腿

故事发生在我 19 岁那年，我从大学回家过复活节，母亲不辞辛苦地备好了一桌丰盛的家庭晚宴。她将火腿从烤箱中拿出来并对我说："这根火腿是不是很美丽？"要知道那时的我还是一个乳臭未干、优越感爆棚的 19 岁的小孩，我回复母亲，如果我用美丽来形容一根火腿的话，那我和洗过碗的泔水也没什么区别了，我的人生也就没什么盼头了。

毫无疑问，我的母亲感到震惊并觉得自己受到了伤害，她指责我，因为在我看来她就像洗过碗的泔水一样。但是后来发生的事情才是这故事里有趣的地方：我长大成人后爱上了烹饪，烘焙了很多美丽的火腿。我的母亲总是会赞扬我做的火腿很美丽，这时我们就冲着对方傻笑起来。美丽的火腿教会了我一个道理——不要做一个自以为是的讨厌鬼。

！！！对阵？？？

在精彩的家族故事中都会有一句与"！"同时出现的关键性的话。我本人就会习惯性地和朋友们讲一个好笑的故事，尽管这个故事和我的家族没有任何关系。我年轻时体验过几次穿越美国的旅行，其中一次我和"猪队友"一起开着一辆不太可靠的车横穿美国。多年来我一遍又一遍讲述这段痛苦旅行，逐渐将故事中的瑕疵剔除，剩下的都是娱乐性爆表的精华。我经常讲起这个故事，每次都会再讲到"！！！"时收获笑声。然而有一天我将这个故事说给两位作家朋友时却没有得到笑声作为反馈，这令我感到困惑。他们观察到了故事中精炼提取的内容，尤其是那位被我视作是负担的朋友。他们的反馈让我重新审视那些巧妙构造过的"！！！"，并且让我对自己的经历提问"？？？"。对一段成熟故事中的标点符号进行修改，我就必须进行彻头彻尾的重新整理，提出全新的问题并在讲述过无数次的故事中寻找未被表达过的新语境。在这个过程中，我对故事的起源和意义都有了更深层次的探寻。那段故事不可避免地变得更长了。我在一本小说中提到了这段趣事。在那本小说中我写了许多让人发笑的小事件，但是出现在第 19 章中的"开车穿越沙漠"却并不好笑。

下面的文字是我为了纪念约翰·斯坦贝克 100 周年诞辰而写的一个短篇回忆录《另一个故事》，我讲述的是关于我的母亲是如何爱上约翰·斯坦贝克的文学作品的故事。书中那个带着"！"的关键句告诉我们的道理是：不要坚持那些已经过时的偏见。《另一个故事》里的叙事者不是我的母亲，我向母亲提出了那个带着问号的句子：斯坦贝克对于你来说意味着什么？为什么？提出这个问题就意味着我对可能会到来的痛苦的反思打开了大门。

另一个故事

这不是关于我的故事，我本人甚至都不在现场。这个故事经历了无数次的更新和修饰，其中让人不愉快的痛苦已经逐渐被遗忘，这过程就像雨水冲刷下的石头遭遇磨损一样。今日，它在我们的家族成员中广为流传。这是一个关于我母亲是如何彻底被约翰·斯坦贝克征服的故事。她讲述得很出色，就像一个人正在描述自己是如何找到真正的信仰一样。与其他所有忠实信徒一样，我的母亲总是迫不及待地用她强有力的声音传播着斯坦贝克的文字。见证了她转变的过程之后，你可能会觉得世间万物皆有关联。不要成为心胸狭窄的人——这就是这个无痛苦版本中蕴含的道理。与所有经过时间磨炼的叙述一样，这个故事本身可以被缩减成某个独立的关键句。人物的心酸被隐藏在语境中，而并未被显露在叙事的过程中。

关键句差不多可以这样总结：1969 年左右，我妹妹的高中家庭教师要求她读《罐头厂街》这本书。我的妹妹海伦立刻爱上了那本小说，并且对我母亲说："你应该读一读这本书。"我母亲当时回答说，还是算了吧，我不太喜欢斯坦贝克。"我的妹妹回复："是因为他的哪本书让你很讨厌吗？"我母亲尴尬地回答："没有，我从来没有读过斯坦贝克的书。"

1930 年，我母亲佩吉·卡尔帕金生活在洛杉矶，那个时候的她，吸收了很多大城市人固有的对于来到加利福尼亚州求职的打工者的偏见。斯坦贝克的文字当然与这些人和其他被定性为不受欢迎的人有着很高的关联性。但是我母亲接受了海伦的提议，她也认为这些都是古老的、经不起推敲的偏见，并开始阅读《罐头厂街》。之后她又读了《煎饼坪》和《甜蜜的星期四》。这些是斯坦贝克的作品中题材比较轻松、阅读起来让人感到愉快的小说，它们让我母亲的思想慢慢转变，但是此时的她还不算是斯坦贝克的忠实信徒。

读完充满魅力的《罐头厂街》之后，我的母亲还读了《愤怒的葡萄》《人鼠之间》和《胜负未决的战斗》，之后又读了莎士比亚风格的《伊甸之东》。随着她对斯坦贝克的作品和人生的了解逐渐深入，母亲渐渐不再满足于从图书馆借书了，她买来了斯坦贝克的所有作品，每部作品都买了许多本。她将多出来的书塞给身边那些对斯坦贝克不感兴趣的人，并对他们说："你会爱上这本书的，读一读它。斯坦贝克是一个完美的作家。"但是她的转变并不是完全意义上的文学之旅。约翰·斯坦贝克拯救了我的母亲，在我母亲人生的黑暗时期，他仿佛真的陪在我母亲左右，搀扶着她度过那段艰难的路程。

当我母亲成为一个真正意义上的信徒的时候，我已经不和她住在一起了。我当时在南加利福尼亚以东三千英里的地方读研究生。我参与了在首都华盛顿爆发的大规模反战游行。我上街游行，高举着双手并用尽全力呐喊着，旁边站满了眼神里充满了警惕的国民警卫队。

我的哥哥当时在加利福尼亚以东六千英里的地方——越南，他是美国陆军第四步兵团的一员。他在热带雨林里被折磨得死去活来，一切都是由于哥哥在社区大学上学时傲慢地决定放弃一门课程，这导致他不再是一名全职学生，政府也就顺理成章地将他纳入了征兵名单中。他不太规律地从越南给家里寄着信，信写得也毫无章法，内容往往是可怕且令人费解的。我的父母收到哥哥的来信时总是感到绝望，但是没有来信的时候也感到绝望。和哥哥在同一个部队的另一个同龄男孩的母亲给我的母亲写了一封奇怪的信，建议她"坚强一点"，我的母亲没有回复。我的父母每天早上起床时都因为某种无法形容的不祥预感而感到恶心，每晚都带着某种无法形容的悲伤入睡。

这一年，我的父母还因为他们有可能失去小女儿而战栗不安。我的妹妹海伦才 17 岁，她受到了克罗恩病的困扰。过于孱弱的体格让她没有办法正常上学。她做了一次又一次的大型手术，没有一次是成功的。她的体重还不到 90 磅①。我的母亲是一位文秘，父亲是药品销售代表，白天都有工作要忙，回到家里还要背负着这些无人分担、难以忍受的心理负担。儿子的生命安全、身体健康和神智正在受到威胁，女儿可能活不到 20 岁，这样忧心的事情他们无法倾诉给无忧无虑的邻居、高高在上的老板、只有纯粹商业关系的客户。

我母亲被与日俱增的焦虑感、恐惧感，妹妹不明原因的疾病、哥哥在遥远雨林里随时丧命的可能性包围，这时约翰·斯坦贝克的文字走进了她的人生。斯坦贝克的书、想象力、人物和叙事都在和她对话。斯坦贝克坚定地站在我母亲的身旁，就像古神坚定地站在受难者的身旁一样。不同之处在于我们家族中的古神已经不复存在了。我父亲庞大家族中传承着的摩门教信仰并不是我母亲的信仰，而我父亲也不信摩门教。我母亲家族中传承着的亚美尼亚使徒教会需要懂得亚美尼亚语才能理解，但是我母亲并不会说亚美尼亚语。她年少时曾经信过新教，但是和在睡觉前困扰着她、在醒来时问候

---

① 1 磅约为 0.4536 千克，90 磅约为 40.824 千克。

着她的悲剧相比，新教的教条就像是一个沾沾自喜、不懂得反省自己的年轻人，二者完全无法相提并论。但是斯坦贝克却可以和悲剧的可能性相提并论。斯坦贝克能够敏锐地辨别什么是悲伤的时刻，他对于人们抗争的过程了如指掌，斯坦贝克那情节跌宕起伏的叙事对我母亲来说就像是《圣经》一样。

用福克纳的话来说，斯坦贝克笔下的人物从来不会真正地获得胜利，但是他们都百折不挠，而有些时候忍耐就足够了。毫无疑问，当一切可能性都存在的时候，在折磨中的忍耐就像是一种隐形的高贵品质，拥有这种品质的人才拥有胆识。我的母亲——一个看上去过着平淡生活的中产阶级女人——发现她似乎和斯坦贝克笔下的乡巴佬、饱受困扰的工薪阶层、《人鼠之间》里智商有限的蓝尼和遭遇了旱灾的农民一模一样。她被自己不能理解且不能控制的力量压倒了。斯坦贝克笔下的角色给了她忍耐和坚持的勇气。斯坦贝克本人的生平，他个人经历的苦难，他的奋斗，他的自我怀疑，都让我的母亲感同身受。当她读到斯坦贝克的儿子也曾经在越南打仗，她就知道他是能够理解自己的。这些年来，约翰·斯坦贝克一直像一个头发花白的幽灵一样坚定地站在她身边。

当然，他本人就是加利福尼亚人这一点也很重要。斯坦贝克的"天堂牧场"②就是我母亲的天堂牧场。他描写的人和事、天空、农田、

---

② 斯坦贝克的早期小说《天堂牧场》为他的作家生涯奠定了根基，小说中的小山村被称为"天堂牧场"。

景色、感官体验等等内容，我的母亲都能想象出来并且熟记。他的运笔和结构并不像莎士比亚那样晦涩难懂，他的每一句话都源于孕育了他的加利福尼亚州，源于在太平洋旁边的这片伟大陆地上的山川河流。我母亲的不满、担心和焦虑在冬天的时候尤为严重，她身边的一切都让她失望。是斯坦贝克的人物、语言和他充满悲剧色彩的想象力在母亲最需要的时候援救了她。

毫无疑问，我的母亲急需援救。她甚至曾经给在越南的儿子寄去过几本斯坦贝克的小说。也许那些书现在还在越南。

年轻气盛的我并不太需要援救，但是她也给我寄了几本平装本小说。我把每一本都读了。我差不多能算得上是斯坦贝克小说的狂热爱好者，但并不是像我母亲那样的忠实信徒。对于那时怀揣作家梦却未曾提笔写作的我来说，阅读斯坦贝克的小说，就像是听着我所熟知的加利福尼亚州的大峡谷对我说悄悄话一样，峡谷里的灰尘、干燥的风、风滚草、夹竹桃和众多不知道名字的沟壑都在我眼前展现。

最终，我妹妹的病被治愈了，我的哥哥也从越南回来了。但是这些都是另外的故事了。

我们是如何成为故事的

对自己生活感到满足的人，并不会选择与过去彻底切割然后开始一段全新的旅途。一个人往往要有特殊的能量和强大的体力和意志力，或者正身处绝望的深渊才会离家。在过去的某个时刻，绝大多数美国家族中都有这类焦躁不安的人，他们此生穿越着各式各样的边界线。在美国人看来，穿越边境线意味着与大自然对抗，不顾一切地冒着未知的危险进入未曾被探索的地方。对于欧洲人来说，穿越边境线意味着与历史、语言和身份定义进行对抗：一个人拿出自己的证明文件，表明了自己的祖国，然后进入另外一个国家成为外国人。无论是移民还是先驱者，这些不满的人都携带着他们的记忆和音乐、菜谱、宗教，对于一些人来说，还有古老的语言。简短地说，他们隐忍地藏匿了自己原本的身份，这种身份既不能在海关被暴露，也不会在坐上超负荷的大篷马车向西部奔腾的过程中被甩掉。随着时间的推移，他们记忆中的身份和冒险旅途逐渐成了叙事性的家族故事，此时他们遭遇过的艰难和痛苦，也就被提炼成精致的历险记。这些逸闻趣事都成了家族遗产的一部分，代代传承。这些故事的整合维系着家族的认同感。

我们都会有一种冲动：帮助我们的后代整理自己的过去，修剪、调理并解决家族故事中一切负面的内容，这种冲动是一种本能反应。反过来说，我们也有夸大其词的冲动。我们会将事件描述得尽可能精彩绝伦，我们会夸张地讲述自己吃过的苦和流过的泪，最终目的无非是展现自己最好的一面。在我们听到故事的时候，故事的前身也许已经被缩减或是被增加、被忽略、被改进，又或者被戏剧性地重塑。所有一切都是为了让故事被认定为事实真相，就像一种流通货币一样，获得大家的信任。

我父亲的家族姓氏是约翰逊，他们的祖先零散地分布在犹他州和爱达荷州，后来又去了华盛顿。他们是很唠叨的一个氏族，善于并且经常讲述关于自己家族的故事。这些故事最可信的讲述者是我父亲的姑妈莱拉。莱拉·约翰逊·卢茨是一个不屈不挠的人，她育有七个儿女，充满活力的她总是能让身边的人感到愉悦。莱拉是位极度虔诚的女人，她对于自己做的所有决定都非常自信。在莱拉版本的关于约翰逊家族兴衰的编年记中——绝大部分是——约翰逊的族人总是比别人更聪明，或者就是有着不可思议的好运气；家族中的男人们都是富有正义感的成功人士，女人们都是称职的妻子和受人爱戴的母亲；从来没有过令人悲伤的离婚，所有人都无比虔诚。在听莱拉讲述约翰逊家族的故事时，当故事行进到有趣的时刻你要发出笑声，当故事涉及某人的丰功伟绩时你的眼神要充满敬畏，当故事提到令人悲伤的情节时你要点头默许，但是切记，不要问超出故事的讲述者莱拉·约翰逊·卢茨所限定的叙事范围的问题。我是通过自身的惨痛经历学到这些的。

生活在城市的卡尔帕金一族，就不会喋喋不休地讲述自己的家族故事。我那来自亚美尼亚的祖父母，对于他们的过去几乎一字不提。他们将自己的人生经历——战争、种族灭绝、非法驱逐、破碎的家族等难以想象的伤痛包裹在深邃的沉默里——任何关于他们过去的叙事都会因为缺乏氧气而窒息，直到所有的一切被虚无吞噬之前，没有人会提起。只有三个特例，在那些绝对不能提起的事情之外，我的祖母塑造了三个令人着迷的故事：一杯咖啡的故事、热水龙头的故事、哑铃的故事。每个故事都经过精心的打磨与构造，确保其中的伤痛被彻底清洗，讲述他们的方式也一模一样，每个故事都有一个感叹号和已知的大团圆结局。我差不多是听着这些故事长大的，它们已经根深蒂固地附着在我的身体里。当我第一次尝试动笔写小说的时候，我就是从这三个故事开始的，当时我的想法是，最起码我不需要编造情节了，它们就在这里！我只需要把它们写在纸上——当时的我是多么愚蠢、幼稚、天真，甚至有些误入歧途。然而，当我尝试着将这些故事变成小说的时候，我不经意间地摘掉了故事里的"！！！"，我有义务为我的叙事创造合适的语境，为了做到这一点我不得不向过去提问。在这个过程中，我感觉我就像是在凝视痛苦的深渊。

让我们选择其中一个故事——热水龙头的故事！在我母亲写的《百年回忆录：献给我父母的礼物》中，她描述过这个发生在爱丽丝岛上的事件。当时卡尔帕金一家（包括她的父母哈鲁图和赫果希，赫果希的弟弟海高兹，当时还是个婴儿的佩吉和她5岁的姐姐）刚刚从君士坦丁堡穿越了地中海和大西洋达到美国。佩吉写道：

我们是坐三等舱来美国的，而且我们的船在大西洋中央遇到了机械故障，修理花去了整整一天的时间。因此，我们抵达爱丽丝岛的时间比预定的晚了一些。一等舱的乘客首先下船，然后是二等舱，当终于轮到三等舱乘客下船的时候，当日移民的名额已满。所以我们只能滞留在爱丽丝岛上——眼巴巴地看着纽约城和自由女神像。我们是在1923年8月2日到达美国的。这天正是美国总统沃伦·甘梅利尔·哈定去世的日子，他在就职两年后就病死在任期内。所有的联邦政府办公场所都关门了，爱丽丝岛上的也一样，国旗被降至旗杆的中间。我们一家和母亲的弟弟海高兹无论如何都无法通过海关。移民的名额已满，我们不得不回到船上向希腊的比雷埃弗斯进发。

想象一下我们当时的失望！失望！失望！

数年过后，当我的母亲和我们讲起爱丽丝岛上的遭遇时，她居然仅仅提到了当时她看到水龙头里居然流出热水时的愉悦、惊喜和讶异！！！

就是这个了！热水龙头的故事！我的祖母看到水龙头里流出温度正好的热水时那着迷的眼神！

至于他们是如何看着一等舱和二等舱的乘客先于他们下船，而等到他们下船时移民名额已满的事，则再也没有被提起过。那个所谓的移民名额是在我们到达前不久才刚刚设置的，目的就是为了限制从欧洲南部前往美国的移民人数。他们再也没有提起曾经那段近距离目睹曼哈顿的高楼大厦和自由女神像，却知道自己无法在那里踏足的经历，再也没有提起他们到达美国的时候穿的是厚衣服，面对 8 月的高温就像是在烤箱里被烘烤一样，何况当时我的祖母已经有了身孕。当他们被拒绝入境后，他们的护照被盖上了"驱逐出境"的字眼，就好像是先被接受而后才被拒绝的一样。被美国拒绝入境的人，通常情况下是老年人、残疾人、精神不正常的人或者有犯罪记录的人，但是卡尔帕金一家人仅仅是因为超过了名额限定数量而被拒绝。他们持有的是单向护照，没有办法回到他们的祖国——土耳其，他们也根本不想回到那里。不过当时轮船公司与美国政府签订了协议：轮船公司必须负责将无法进入美国的移民送回原国。这是一艘希腊轮船，卡尔帕金一家只好回到三等舱里跟随轮船前往希腊。我简直可以想象到那幅画面：五个人沮丧地排队，和那些禁止入境的老年人、残疾人、精神不正常的人和有犯罪记录的人一起重新进入船舱。我可以想象当时还是个婴儿的母亲在她父亲的怀里发脾气时烦躁的哭声，我可以听到他们从船梯上船，穿过甲板然后进入昏暗的三等船舱时沉重的脚步声，就连婴儿的哭声都被这脚步声吞没了。

但是这一切仅存于我的想象里，因为我家族的这段历史被保存于寂静无声之中，我们听不到任何声音。没有哭泣，没有咬牙切齿，没有咒骂，没有抱怨，没有他们被驱逐出境时的哀号，一个脏字都没有，甚至连一个单词都没有。尽管他们所有的努力、时间和金钱所换来的结果是一败涂地，也没有流下哪怕一滴眼泪。当时的情况是这样的：五个人被一同驱逐，重新穿越大西洋、地中海和爱琴海，到达一个他们完全陌生的地方——希腊，唯一懂得希腊语的祖母也只是在小学学过一点希腊语基础知识而已。但是关于上述所有经历的一切都被隐藏起来，所有的传闻都被粉碎，最终被断章取义地得出了配上惊叹号的"热水龙头的故事"！"是的，"我的祖母经常用充满惊讶的声音说，"我把爱丽丝岛上的水龙头拧开，流出来的是热水！流淌的热水！想象一下！我从来都没见过！"

他们于 1923 年 8 月 31 日抵达希腊的比雷埃弗斯港，并被临时接纳，护照也如愿以偿地盖上了戳。他们在那里短暂地生活了两周。至于他们当时是靠什么生活的，我一点都不知道，但是我知道他们离开土耳其的时候身无分文。然后，他们又登上了另一艘船，途经爱琴海、地中海和大西洋，并于 1923 年 9 月再次抵达美国，那段经历又是另一个故事了。

提示：对陈旧的过去进行再次访问

看一看你的家族故事，选择其中几个精彩的，然后写一个尽可能直白的版本（也就是！！！）。故事毫无疑问应当像《美丽的火腿》或者《热水龙头的故事》一样短小精致，或许不应该比日常说出口的笑话长太多。

现在利用你的想象力向过去提问，要尽可能地将自己放在历史或者故事发生同时期的语境中。然后用"？？？"代替"！！！"对当时的情景提问：参与者都有谁？如果有的话故事所蕴含的"道理"又是什么？问一问自己，这个故事想要提出或者阐述什么观点？这个故事能否展示讲述者或者是参与者的某种特质？最关键的问题是，这个故事想要隐藏什么？例如在《热水龙头的故事》中，试图被隐藏的是巨大的失望。之后再重新写一个版本，将里面的笑声去掉，加入感叹号。

进行上述步骤时，你应该站在你素材之外的角度思考：当你想写下例如"我的祖母"或者"我的母亲"或者"我的父亲"时，尽量用他们的本名代替。如果在准备素材的时候，你需要在某个和你毫无关系的场景中单独塑造那个人物又该怎么办呢？例如，《热水龙头的故事》发生在1923年，我的祖母那个时候还不能被称为祖母，她才22岁，用的还是来自她祖国的名字——赫果希。通过我祖母她自己——赫果希的视角，对那个瞬间进行重新想象和写作，就能改变这段经历的主旨。

在那个爱丽丝岛的洗手间里，赫果希站在洗手池前。洗手池装有两个旋转型水龙头。她转动其中的一个，洗手池被热水的蒸汽填满了。她的手指被热水烫到了，她吓得往后跳了几步。热水？他们是怎么做到的？水龙头里怎么会流出热水呢？简直是个奇迹！水不断地流向洗手池，墙上的镜子已经被飘荡着的蒸汽覆盖住了，她年轻的脸庞、蜡黄的肤色、苍白的嘴唇和充满疲惫感的黑眼圈都模糊不清了。她试着转动另外一个水龙头，冷水流进洗手池里。赫果希卷起袖子用双手将热水和冷水混到一起，感受到了一种令人愉悦的温暖。她将温暖的水泼到脸上，又把手放在水池里，之后又把温水泼到脸上，直到她眼睛里打转的泪水和水龙头里流出的温水融为一体。最终她还是痛哭了起来，她知道他们一家被拒绝入境美国，并且对即将发生的事情充满了恐惧。

这里我自由地展开了我的想象。我想象了一个有着两个水龙头的洗手池，而不是那种只装有一个能够自动混合热水和冷水的水龙头的洗手池，这或许只是一个细节上的考量，但是我认为这既尊重了历史，也帮助我更好地描写她是如何面对冷热两股水流的。我想象了她的眼泪，我认为在当时的情况下她流泪是完全合乎情理的。但是我必须澄清，我的祖母绝不是那种轻易流泪的人，不管发生了什么事。我的祖父在 1963 年过世的时候，她站在他坟墓的旁边，一滴眼泪都没有流。但是在 1923 年的爱丽丝岛上，她还不是我那个坚韧的祖母，她是赫果希，一个年轻的女人，两个孩子的母亲，肚子里还怀着第三个孩子，当时的境遇对她的毅力和已经支离破碎的心来说是一个巨大的考验。从作者的角度来看，用赫果希本人的第一人称视角塑造《热水龙头的故事》能让读者感到亲切并且置身事中，这个故事就不再像是一个被无数次重复讲述的让人感到厌倦的"历险记"了。诚然，如果我再进一步，将动词全部改成现在时，"赫果希站在了洗手池前，她看到了洗手池装有两个旋转型水龙头。她决定打开其中的一个，洗手池顿时被热水的蒸汽填满了"，那么故事将显得更加亲切和生动。

1992 年，我正在为我的小说《美国的土地》进行巡回宣传，是的，那个时候的小说还会有线下宣传和见面会，我不记得当时是从哪里去哪里了，但是我是要从芝加哥的机场搭乘一架航班。奥黑尔机场刚刚被重新装修过，也有可能我的航班是从一个全新的航站楼起飞的，不管怎样，我看到高得难以置信的天花板上布满了耀眼的弧形彩虹色灯光。如果说航站楼是旅行者的教堂的话，那么那些彩虹色灯光就像是教堂的彩色玻璃。我终于在大型航站楼里找到我的登机口，并趁飞机还没有开始登机去了一趟洗手间。周围是一个个独立的挡门，我听到马桶冲水的声音，还有刺眼的荧光灯。我站在洗手池旁边，困惑着水龙头的开关去哪儿了？我该怎么拧开水龙头？我朝旁边瞥了一眼，看到一位女士在洗手池里摆了摆手。我试着做了同样的事，在水龙头下面摆了摆手然后等着，之后我就看见喷涌的水流，温水！我着实感到惊讶！还可以这样？然后我笑出了声，我多么希望我的祖母还活着，那样我就可以告诉她我已经体会到她故事里的真实感受了，是的，它就蕴含在一而再再而三的绝望之中：温热的水治愈了疲惫，抚慰了旅行的人们。

在修改家族故事的时候，请为那个凭足够的洞察力和勇气对已经被接受的、从未被质疑过的内容做版本更新的自己鼓掌吧。但是，当你的亲戚看到你修改过、扩展过的家族故事，并将其中的"！！！"换成"？？？"的时候，他们可能不会感到开心，例如莱拉姑妈，她就很不喜欢。你可能会将故事推倒重建，甚至改变叙事的方式，在此过程中极有可能将不开心的事情重新摆上桌面。不要因为家人的怒火而感到焦虑，一切都会过去的，那些反对你创造的新版本的人终究会选择忽视。家族故事，都是坚不可摧的。无论作为作者的你如何修改，它们讲述的故事，就像是圣诞节时货架上摆放的夹心饼干和薄荷糖，或者是芝士通心粉，都是永恒的。

7. 过去和现在

过去就是另外一个国家；他们那边的做事方式是不同的。

——L. P. 哈特利，《中间人》，1953 年

过去也曾经是现在。当过去还是现在的时候，它就是杂乱叠堆的可能性和日常琐事。责任和必然性，焦虑和快乐，挫折和奖励，未能成真的期望，不必要的恐惧，等等，一切被混在一起，煮到一锅浓汤里。我们只会纪念那些宏大且光芒耀眼的瞬间：毕业典礼、婚礼、孩童的出生、爱的人去世等。但是真正有意义的时光往往看起来没有那么重要，也没有什么影响力。我们一生中会经历很多里程碑，然而在它们发生的时刻，我们对它们的重要性几乎毫无察觉。想象你第一次见到你最终婚娶的那个人（或者你深爱的但是没有婚娶的人）的时刻，或者你第一次见到今生挚友的时刻，那天是否天有异象？是否有乐团高声歌唱"哈利路亚"？我第一次见到我丈夫的地点，是在我们当时共同生活的公寓楼的游泳池旁。那是平常到不能再平常的一天，我们仅仅是礼貌性地介绍了自己。如果我在那

时有写日记的习惯，见到他这件事甚至不会记入我那天的日记。然而很显然，那天是我人生中关键的一天。很多年后发生了这样一件事，我的母亲坚持让我参加一个我不太想参加的聚会，为了动员我，她甚至亲自来到我家做我小孩的临时保姆，而我在那个聚会上遇到了最终成为我最好朋友的女人。我遇到这些无比重要的人的那一天在当时的我看来只是稀松平常的一天。这些时刻的重要性，是在"现在"变成"过去"之后才显现的。

回忆录的一大优势就是我们可以"事后诸葛亮"。撰写回忆录的时候，我们已经意识到了人物和时间的重要性，回忆录将过去放入了模板之中。回忆录中描述的经历并不是新鲜出炉的，也不是原生态的。日常生活中微不足道的沙粒已经被冲洗殆尽，回忆录是一部精心制作的、有完整表达逻辑的叙事体。

日志、日记和书信被历史学家称为基础文献，它们是一种与事件同时发生的文学表达形式，并不具备从事后的角度鉴别事件和人物重要性的能力。我们用多罗茜·华兹华斯举例，她在日志中分享了自己与哥哥——大诗人威廉·华兹华斯[①]的成年生活。她的日志内容丰富，对他们两人的日常生活进行了详细描写。通过她的描写，读者可以更深刻地了解威廉·华兹华斯、柯尔律治和其他活跃于 19 世纪初期的英格兰湖区诗人作品中的核心创作逻辑。在 1897 年，也

---

① 多罗茜·华兹华斯（Dorothy Wordsworth, 1771—1855）：英国浪漫主义诗人威廉·华兹华斯的胞妹，日记、书信体传记作家，诗人。

就是在多罗茜·华兹华斯过世四十多年后，她的日志被出版成书。出版日记的编辑们向读者保证，所有具备文学价值的内容都被保留。日志中 1802 年的一天显得格外迷人。这一天，多罗茜注意到，威廉开始写他的那首著名的"不朽颂赞……"当时哥哥和妹妹"一起坐在果园里"。于是读者们想象了这幅画面：多罗茜和威廉坐在充满诗意的苹果树林中，威廉正在大声地朗读他当天写下来的诗句。但是那个省略号是怎么回事？这意味着有一部分内容被编辑删掉了，那会是什么内容呢？ 2001 年，约翰·沃森写了一本书，《帮派：1802 年的柯尔律治、哈金森一家和华兹华斯一家》，这本书填补了那个省略号所代表的内容。阅读多罗茜的原始日记时，约翰·沃森发现在那一天威廉着手写《不朽颂》之后发生了另外一件事：奥利夫先生送来了一车粪便，威廉紧接着就去花园施肥了，之后他们才一起坐在果园里。编辑们看到了施肥这种日常生活中微不足道的小事，认为它不具备任何文学价值，所以将这段描写用省略号的形式冲洗掉了。但是在 1802 年，在"那一天"还是"现在"的时候，不朽的诗歌和肥料是被混在一起的。

在日记和书信这种文学表达形式中，"现在"可以说是尚未被冲洗过的。因此，日记和书信拥有独特的原始的活力。它们是基于直观的事件而著，而不是基于记忆。作为文学表达形式，日记、书信和回忆录各自有着不同的需求、亮点和局限性。

日记和日志：日记和日志的目标读者是作者自己。因此作者不需要添加语境、赋予意义或者为人物、地点和情绪进行身份定义。日记是新鲜的、原始的、在事情发生的那一刻写下的，没有任何事后视角。其中最重要最关键的内容恰好就混杂在不为人知的、微不足道的小事里。可以确定的是，理论上来说，日记和日志完全可以用只有作者本人才懂得的密码语言来书写。

书信：书信的目标读者并不是作者本人，但也是与作者有某种关联或者有着共同语境的人（不然他们为什么要写信呢）。书信也是在没有事后视角的情况下书写的，最重要和最关键的内容混杂在微不足道的琐碎里。

书信也充满了事件发生时的新鲜感，日常生活中的惊喜、愉悦或者是绝望，通常是在没有自我意识的情况下写出来的。书信不像日记那样亲密，它的前提是读者并不是作者本人，但是是与作者有关联的人。

回忆录：回忆录的目标读者是与作者完全没有关联的人，也是与作者的语境没有任何重合的人，当然，这也就意味着他们是读者不认识的人。因此作者必须给出语境，对人物和事件进行描述和扩展，创造逻辑连接并提供介绍和解释性的评论。回忆录给予"过去"形状和意义，这些形状和意义在"过去"还是"现在"的时候是不存在的。回忆录给"过去"提供了结构作为衣裳，又用叙事将"过去"打扮了一番。

为了体现一致性和展现意义，回忆录中的"过去"已经被重新编辑过了。

在差不多 11 岁大的时候，我收到了一份礼物，一个能用五年的带着锁的日记本。我无视日记本中四行一天的整洁设定，经常把一天的内容写满一整页。家里的地下室曾经被洪水淹没过，许多装有家庭纪念物的盒子被冲走了，但是我的这本日记被抢救了回来。我之后再读这本日记的时候，真的能切身地体会到我的思绪跳跃回旧时光！尽管我孩童时期的笔迹既潦草又笨拙，然而许多我早已忘记的事件和人物还是活灵活现地展现在纸张上。我偶尔会在日记中感受到一些恐惧（我的妹妹曾经病得很重），整体上来说我写的并不是一本反省日记。准确地说，我孩童时期的日记和安娜·格林·温斯洛 1771 年的日记十分相像，只是我的文字不像她的那样夸张。她的日记中同样充满了琐碎的小事，像"去吃了冰激凌……"一样的描述比比皆是。在被淹没的地下室里还有一件被拯救出来的珍贵物品，是一本我母亲在 1940 年的消费记录。那年的她刚从高中毕业并开始了人生中的第一份工作，每周的薪水是 16.5 美元，大概比那时一小时 40 美分的最低薪酬高一点点。佩吉·卡尔帕金女士对每一笔开销都做了记录，甚至包括花 5 分钱买的《周六晚邮报》和捐给慈善机构的 2 分钱。即便她赚得不多也总能做到收支平衡。

个人的书信往往不会用时间的顺序来记录这样微小的细节。书信是用来与外部的读者交流的文学形式，因此作者想必是有重要的事情要表达。书信的口吻通常传递了作者的心情或者是期望，也能够表达读者和作者之间的具体关系。我人生中最深刻的一次阅读体验就是《骄傲的孩子》②，这本书的编辑堪称完美。书中按照时间顺序列出了 1854 年到 1868 年之间乔治亚州一个富庶的大家族中不同帮派之间的信件往来，这些人在内战之前、内战时和内战之后所经历的种种事件都在信件中被记录，他们的"声音"在这本 800 多页的著作中创造了一部宏伟的歌剧。

那些被出版过的书信和日记合集，能为我们提供关于我们仰慕之人的生平逸事，有时是令人惊讶的内部信息。在维吉尼亚·伍尔夫出版过的书信和日记合集中，她经常抱怨自己的仆人，这让我感到十分困惑。如果那位伟大的维吉尼亚写过回忆录的话，关于自己总是被仆人惹恼的话题或许不会在里面出现，然而这确实是她日常生活中遇到的最迫切的困境。在《斯科特·菲茨杰拉德书信集》中，我们发现 20 世纪 30 年代的斯科特经常抱怨钱的问题，还特别喜欢吹嘘自己已经戒酒很长时间了，这是对他在那段时间的精神状态和悲伤境遇的描述。《崩溃》是他在 20 世纪 30 年代发表于《绅士》杂志上的个人短文系列，对于我来说，这个系列不太像是回忆录，更像是一个 40 岁的中年男人严肃地、带有贬低性质地审视 20 岁的

---

② 罗伯特·曼森·迈尔斯（Robert Manson Myers）著，1972 年耶鲁大学出版社出版的书信体文学作品，获得了 1973 年美国国家历史图书奖，还被美国图书馆协会、《纽约时报书评》《周六评论》《时代》《华盛顿邮报》和《新闻周刊》评为 1972 年最佳书籍。

自己。

如果你足够幸运，能在撰写回忆录的时候拥有日志和书信作为资料，务必视它们为宝贵的资源。它们可以为你提供当"过去"还是"现在"的时候所发生的真实情况。它们是值得信赖的，未经修饰的且没有经过其他视角的评判的内容。但是要注意用法。你不能简单地将书信和日志原封不动地放入你的回忆录，然后就期待着万事大吉。当用到日志和书信的时候，你可以将无关紧要的内容筛掉，例如送来了一车粪便、对值得纪念和有戏剧性的内容大书特书，例如开始写诗了。对于日志和书信的作者来说，介绍性内容是不需要出现的，但你在写回忆录时，有义务对这些内容进行尽可能详细地填补。在你从日记、日志和书信取材时，仅仅一句"我那天的日志写道……"是不够的，你也不可以直接大篇幅地引用你日志中的内容。你要将这些资源中具备独特性、具体性和时效性的元素提取出来，用它们丰富你的故事，但是要时刻铭记你是一部回忆录的作者。回忆录依靠作者的视角，对未经加工的原材料进行过滤、选取和塑形，你需要提供给读者的内容要比日志作者多得多。

那么这些多出来的内容是什么呢？首先就是优美的描写。日志的作者往往不会对自己身处的环境做细节性描写，多罗茜·华兹华斯就没有描写那个果园。但这些内容对于回忆录而言却是至关重要的。同时，日志作者大概也不会对日志上出现的人物进行描写，也不会解释人物性格是如何形成的。除了"我的哥哥威廉·华兹华斯"，多罗茜大概不会提供更多的人物定义。日志和书信中的坏心情、糟糕的决定、让人恼怒的小事和愤怒的状态会显得格外生动，当然也会写心花怒放的时刻，写给某个讨厌的人取了可笑的绰号，但是这些都不能对塑造人物性格有帮助。日志中的人们往往呈现漂浮的状态，他们时而出现时而消失，并没有任何证据能明确地表明哪些人物是重要的、哪些是不重要的，就像是那位送来一车粪便的奥利夫先生。日志和书信围绕着刚刚发生的事件进行记载，并不会给读者提供背景信息和过渡性信息，这些恰恰是回忆录中至关重要的内容。

总结来说，书信和日志中的人物和事件并没有被那些有着重要意义的语境约束。

你可以在下面的材料——一篇日记、一封信和一部回忆录的节选中看到我所阐述的规则是如何应用的。它们的作者是同一个女人，金妮·伯罗斯·道尔。她活跃于20世纪五六十年代，曾是一位牛仔竞技明星，之后转行做了特技替身演员。日志、书信和回忆录节选记录的是同一件事，但是你会注意到它们有着很大的不同！日志和书信是事件发生时金妮在山上的外景拍摄地写下的，当时她正在拍摄1954年上映的西部片《育空淘金客》。她的回忆录《女牛仔的五十年》出版于45年之后，书中按照时间顺序记载了她当牛仔明星和电影替身演员的职业生涯，包括她拍《育空淘金客》时发生的事。

日记

1954 年 2 月 17 日

莱斯（的）马在冰上滑倒了，（他的马）倒在冰面上，莱斯被摔进河中。那帮混蛋（不顾一切地）继续拍摄。马没（能再）站起来。莱斯把我们的枪拿来了，（他帮助）它结束了痛苦。（那匹）可怜的（马的）尸体被丢进河里。天气太冷了，无法洗澡，食物难以下咽。打德州扑克：20 美元 / 奥吉。+5 美元 / 强尼·法尔 +10 美元。已经拍了 3 天，还要在这个鬼地方再拍 4 天。

这里，金妮没有提供任何语境。莱斯是她的丈夫，也是一名替身演员。她有明确说明吗？当然没有，并且也不需要。奥吉和强尼·法尔是谁？她当然知道，但是我们不知道。她是日记的唯一阅读者，所以她不需要在意拼写、语法和结构是否正确，甚至不需要在意内容是否足够明确清晰。

书信

亲爱的妈：

他们告诉我《育空淘金客》是一部拍起来很简单的电影，而且格雷森小屋是一个极佳的野餐聚会地点。他们说这里充满乡村气息，我说这里屁都没有。我确定制片人省下了一大笔钱。我、莱斯要和奥吉、弗朗西斯还有那个叫特洛伊的男孩分享一个房间。他可真是

个蠢货，就五句台词，他就以为自己是加里·库珀了。不过特洛伊
多少懂得怎么骑马，这就比洛伊丝·邦纳强多了。他们甚至为她改
了台词，（她）不能骑在马上说台词，她只能拍静止的镜头，演技
和纸袋差不多。她睡了因斯科尔，这是当然的。我回家的时候会给
你讲很多故事，但是现在没时间展开了。不管怎样，老妈，特洛伊
的呼噜声就像威力号蒸汽船一样，我们根本睡不着觉。这里真冷，
我得把鼻子放到莱斯的胳肢窝里才能保暖。最起码楼下的大房间里
有个壁炉，我们在那里玩牌、吃饭。他们给我们喂泔水吃，油腻的
大炖菜，中间那些大块的洋葱、土豆还没熟。这里太冷了，我穿的
长裙子卷边刚被打湿就结冰了。就这我还怎么助跑跳跃？拍第三次
的时候我的裙子太重了，我都没法上下马了。因斯科尔让我们在冰
冷的黎明就开拍，到了黄昏还要重拍。为了光为了光！他这么说。
对于他来说，光比工作人员和动物演员都重要。我们在河上失去了
一匹马，老妈。它在冰上滑倒了，那里有一摊冻住的黏液，（它）
摔倒了，把莱斯摔到水里去了，他游出来的时候都快冻僵了。那匹
马站不起来了，腿断了。因斯科尔一直冲着摄影师嚷嚷，一直拍！
一直拍！别在意马！但是我们，我们所有人，那天就没再拍了。上
帝啊，那个混蛋可以把摄影机挪到地狱挪回来，反正我们没人听尤
金·因斯科尔的指挥了。莱斯去我们车里拿上了他的手枪，带着枪回
来。这时候因斯科尔闭嘴了。是的，他当然得闭嘴了。他可能以为莱
斯想要开枪打他。但是莱斯给那个可怜的受折磨的畜生头上来了两

枪。莱斯受了挺大的打击。（他）喝了半瓶波旁威士忌才睡得着觉。我打德州扑克的时候从强尼·法尔那里赢了 5 美元。是的，老妈。他长得挺帅的，但是蠢得像一头羊。你能不能给多莉丝打个电话，（让她）帮我约一个下周一的理发？我知道你讨厌我留短发，但是我必须得带着这些该死的假发才能更像洛伊丝·邦纳。哈哈哈，好了就这么多。不用担心我，我过得可开心了。

送上我俩的祝福。

金妮

1954 年 2 月 18 日

文风依然是十分亲密的，金妮一点都不在乎单词的拼写、语法和段落，她从来不用引号，经常漏写字词并且从不修改自己的错误。但是由于这封信的读者并不是她自己，相比日记中的内容，她有义务提供更多的语境。然而她并没有特别说明因斯科尔就是导演，她的母亲应该已经知道。她从马匹在冰面上滑倒，摔断了腿，不得不被枪杀的残忍场面直接跳到她在德州扑克游戏中从电影的男主角、帅气的强尼·法尔手中赢了 5 美元。她也没有说明他就是男主角，她的母亲也应该已经知道。

这些事情在金妮之后出版的回忆录中以一种完全不同的方式与大众见面了。为了突出重要的事件，她筛掉了很多无关紧要的内容。随着时间的推移（已经过去了 45 年），对于所谓的重要的事情的定义也发生了改变。而她现在的读者是她不认识的人。

以下内容为《女牛仔的五十年》节选，替身演员维吉尼亚·道尔的回忆录，1999 年出版。

我作为洛伊丝·邦纳的替身演员出演了一部电视剧和三部电影。其中最有名的一部当然是经典的西部片《育空淘金客》，主演还有强尼·法尔和卡尔森·萨莫斯，他们饰演了贪婪的兄弟俩。洛伊丝·邦纳饰演了小女孩。和绝大多数年轻的女演员一样，洛伊丝·邦纳不会骑马，但是为了拿到这个角色，她告诉导演她会骑马，这也能理解。莱斯尝试教她骑马，他教会了很多人骑马，但是邦纳小姐是他的一个失败案例。她胆子小到连坐在马背上都不敢，事实上她一点都不喜欢和马待在一起。因此在电影里我骑在马背上潇洒地穿越雪地，勒住马，然后跳下来，当时我已经被冻得直流鼻涕，脸被冻疮染成了红色。在下一场戏里，洛伊丝·邦纳的每一根头发都完美出镜，她的脸色连粉色都算不上。她是个不错的演员，她的不幸死亡让认识她的每个人都感到悲伤。

我记得《育空淘金客》是她拍的第一部电影，也是我唯一一次和大导演尤金·因斯科尔合作拍的电影，这部电影是我职业生涯的巅峰之作。因斯科尔是一个完美主义者，在格雷森小屋为期一周的外景拍摄中，像强尼·法尔、洛伊丝·邦纳和卡尔森·萨莫斯这样的大明星们比起剧组的其他人要好过得多，而我们这些替身骑手则是最艰苦的。有时候，因斯科尔先生为了找到最完美的光，会让我们从清晨到黄昏一直待在马背上。他在拍摄现场简直是一个暴君，但是拍摄过后他就开始和演员以及剧组成员开玩笑了，有时还会和他们一起打牌。格雷森小屋的中央房间有一个大型壁炉，但是所有的卧室都非常冷，食物也非常糟糕。因斯科尔先生一直鼓励我们，他说我们是为了艺术而受苦。当《育空淘金客》在1955年赢得奥斯卡奖的时候，他给剧组里的每一个工作人员都送了一打玫瑰花，包括替身骑手、化妆师、服装师和道具师，所有人。他是一个真正意义上的绅士。《育空淘金客》是特洛伊·埃利斯职业生涯的第一部电影，尽管他只有几句台词，但是大家已经可以看出他有着明星的潜力。

很显然，在回忆录中那些日记和书信中私密、轻松和坦率的语言不见了，取而代之的是一种完全不同的十分正式的口吻。叙述的文字尽管不够优美，但是明显是正确的没有语法错误的。回忆录中讨论事件的侧重点和表达方式有明显不同，这都是为了销量考虑。时间的流逝，给了金妮她在1954年不可能拥有的看待人物和事件的视角。《育空淘金客》拍摄于1954年，尽管当时的拍摄条件对于她来说像地狱一样，但是电影拿了奥斯卡奖，这就意味着这部电影对于所有参与者来说，都是职业生涯中十分重要的作品。那个像蠢货一样、只有几句台词就以为自己是加里·库珀的小演员——特洛伊，事实上真的成了明星。可能因斯科尔先生已经成为一个大人物，不称呼他为"真正意义上的绅士"已经不是明智的选择。尽管回忆录中说他在拍摄期间像个暴君，但是他和剧组成员打牌、开玩笑并给他们送花这些事情，已经淡化了关于他"暴君"的定义。他和洛伊丝·邦纳的风流韵事没有被提及。很明显洛伊丝的死亡带有悲剧色彩，所以尽管金妮提到了她没法在马背上说台词的事实，但回忆录中的语气已经非常平静，不像信中那样充满了蔑视。她提到了剧组成员在拍摄地遇到了糟糕的食物和寒冷的天气，他们的确很辛苦。但是有没有提到射杀马匹呢？马在冰上滑倒，摔断了腿，将莱斯扔进冰冷的水里。导演冲着摄影大喊继续拍摄，对痛苦地躺在地上的动物不管不顾。莱斯回到车上，拿了枪，在马的头上开了两枪……这些事情一个字都没提。

"过往"就是另外一个国家，他们那边的做事方式是不同的。

提示：重新创造即时性

第一步：拿出一个人物，不能是你自己，要是那个叙事者。重新打磨你回忆录中的人物，在这个过程中，将你关于这个人物的描写，改为这个人物在事件发生时写了日志或者日记。记住，写的日记可以是简洁的、十分匆忙的，甚至是表达不甚明确的。

第二步：将事件改写成一封给别人写的书信。信件中对于事件描写的清晰度会比日志更高。信件还能够反映作者与读者之间的亲密程度。

在进行这个步骤的时候，记住你在为这些人物撰写对白时他们的表达方式，将对白的生动性带入日志和书信中去。不必太在意语法和错别字。谨记，日志和书信是不具备任何视角的，因此有意义的和无意义的内容可以一起出现。只是作者在那个时间点还不知道什么是有意义的，什么是无意义的。

写完后，离开。一段时间之后再回来问问自己：在与这个人物拉近距离，设身处地感受了他在事件发生时的想法之后，是否有了描写人物体验的新思路？是否让你更加了解人物的情感或者他们的真实视角？作为作者的你，能否在将"过去"假定为"现在"的情况下，更好地想象过去发生的一切？

8. 群像

街上落下一个大酒桶，磕散了……抢酒的游戏正在进行，街上响起了刺耳的欢笑声和兴高采烈的喧哗——男人、女人和孩子的喧哗……这场游戏中粗鲁的成分少，快活的成分多……独特的伙伴感情……较为幸运和快活的人彼此欢乐地拥抱、祝酒、握手，甚至使十多个人手牵着手跳起舞来。

——查尔斯·狄更斯《双城记》

虽然人生的私密瞬间才是最难忘的，我们经历最多的却是拥挤时刻。上学的时候我们就学会了要排队，学会了在人群中生存。即便是在家庭中，如果是第三个或者第四个出生的孩子，一出生就处于拥挤的场景中了。对于一位作者来说，任何超过三四个人的情境都能构成一个拥挤的场景。为了能生动地塑造群像，作者必须在一个场景中同时移动许多迥然不同的人物，在此过程中要注意的是，主要人物和次要人物声音的平衡性，围绕事件创造背景情绪，为人物分配必要的对白——哦，最重要的是不要让读者感到困扰。创作高质量的多人物场景是非常有难度的，但是一旦成功就会给你提供生动的背景信息，并让你的人物彻底扎根在他们相适宜的社会背景中。

"那里有很多人，所有人都在发出声音。"哪怕对于最极端的极简主义者来说，这样的描写也是十分失败的。作为一名作者，应该如何正确地面对让人疯狂的人群呢？

大体上来说，在叙事性文体中，作者有四种基本策略来创作引人入胜的多人物场景。对于坚持用第一人称视角叙事的回忆录作者来说，并不能够自由地采用这四种策略，但是我依然会在这里对它们进行逐一介绍。

牵连其中的叙事者

顾名思义，牵连其中的叙事者是被事件卷入其中的。在摇滚音乐会上随着音乐热舞的年轻人、战场上的士兵、躲避催泪弹的游行者，甚至是在鸡尾酒会上不胜酒力的某位仁兄。这个叙事者参与了某个群体的情绪，欢愉或是险境。这些欢愉或是险境可能会对叙事者的观察力和判断力产生影响，反之亦然。

在下面的场景中，牵连其中的叙事者是奇拉·杰克逊，她差不多 14 岁，她的妹妹莉萨·玛丽差不多 8 岁。奇拉吸收了周围空气中泛滥着的高昂的情绪，尤其是当姐妹二人被发现并被带到客厅之后。

这是 1982 年的一个周六的夜晚，她们的母亲，乔伊斯，刚刚买下一辆二手的斯蒂庞克轿车，那辆车对她来说有着特殊的情感意义，当时她和几个朋友刚刚把车拉回车库。

复苏和派对人生

我在床上躺着，听到四个人同时进入了客厅。他们似乎有点低落，一个人说他们太颓废了，快要死了。

然后，这些快要死了的人中的一个，我不知道具体是哪位，起身把音响打开，此时传来了猫王《监狱摇滚》的歌声，随之而来的——我可以确定地告诉你——就是复苏和派对的人生。猫王早期的作品，欢快，猛烈，充满活力，听那些歌的时候你是不可能乖乖站在那里的。那音乐充满了魔力，就算你根本不想站起来跳舞，你的双脚也会义无反顾地抛弃你，像是被植入人工智能一样自己舞动起来。莉萨这时候也醒了，她揉了揉眼睛。我们从床上爬下来，匍匐前进至走廊，透过炉子的缝隙观察着发生的一切。电话铃响了，听筒被扔到一边，时不时传来关车门的声音，椅子在地上拖来拖去，还有拧开橙味汽水的动静，缝纫机被推到墙边，熨衣板掉下来的时候发出了抗议的噪音。现场的人有斯坦和道格莱、妈妈和桑迪，当然还有沙琳和她的新老公以及菲尔和他的新女朋友。还有一堆我们从没见过的人。音乐的节奏越来越快，客厅里所有人都摇摆着，像是杯中摇晃的奶昔一样跳着舞。火炉门都震动起来了，即使你是聋人，也能感受到舞蹈带来的喜悦。所有的担心和忧虑都飞出了窗外。

我和莉萨看了对方一眼，笑了出来。我悄悄地说："自从爸爸离开我们，猫王死了之后，家里还没有出现过这样的音乐和笑声呢。"

客厅的门被迅速地打开了，菲尔叔叔站在那里。他大笑着说："好家伙，瞧瞧这是谁！两个小女孩！快进来吧，孩子们！"

我们与妈妈、桑迪和大家伙儿一起边唱边跳。我叔叔的乐队成员一个接一个地出现了。他们没有一个人带乐器，但是他们带着脚。他们与任何能动的物体一起跳舞，有些人甚至还和不能动的东西一起跳舞。道格莱抓着熨衣板紧贴着自己的身体，他让熨衣板向他保证不会踩在自己的蓝色羊皮鞋上……我叔叔斯坦拿起了几个晾衣架，对着立式钢琴一顿敲打。道格莱将钢琴盖打开。斯坦和道格莱在钢琴上为猫王伴奏，就好像他现在就在这个房间里，正在和我们一起唱歌。

人们跳着舞，牵着手举过头顶，啤酒也举得老高，到处都是摇摆的身体。鞋底与地板的碰撞声、疯狂呐喊声、歇斯底里的笑声……所有人一起跳来跳去。家里所有的照片里的猫王，甚至是墙上镶嵌了精致边框的《硬汉歌王》海报里的那个像极了国王的猫王，似乎都因为我们的欢乐而喜上眉梢。地板里传来滚滚雷声，我似乎能感受到他的降临。当时我就知道，没有任何坟墓能够埋葬猫王和他的音乐。好吧，其实门外也传来了雷声，不过那是警察来了的声音。

牵连其中的叙事者中最典型的是《了不起的盖茨比》里的尼克·卡拉维。小说是以尼克的回忆录的形式呈现的，这本"回忆录"记载了1922年夏天尼克在杰伊·盖茨比雄伟的庄园旁边租下了一座小房子时发生的故事。书中有很多，甚至可以说是绝大多数故事情节，都是通过多人物场景来展现的，例如盖茨比庄园里的派对和其他各式各样的社交场合。

在第一次参加盖茨比的派对时，尼克谁都不认识，他在人群中迂回漫步，试图寻找庄园的主人。他在闲逛的过程中对那些既没有名字也没有故事背景的客人做了群像描写，尼克是完全通过他们的着装、态度和行为举止来进行刻画的。夜越来越深了，派对的气氛逐渐迈入高潮，尼克喝了不少酒，但是还谈不上醉，他在那些人身边流连，更加深入地了解他们。此时大家都喝了不少酒，每个人都更忘乎所以、更蠢蠢欲动或是更伤心欲绝了。最终，黎明将至，尼克已经烂醉如泥，他跌跌撞撞地走回家里，并看到了那起预示了小说结局的交通事故。

第一次的派对群像充斥着异常华丽的辞藻和极致的细节，这是为了给那个夏天在盖茨比家中举办的其他派对定性——这样一来作者就不再需要按照时间顺序将所有派对逐一罗列。叙事者尼克与读者分享了一长串人名，人名在火车时刻表的背面用潦草的笔记被匆忙地记下，他们是在那个夏天里参加过盖茨比家中盛会的各式各样的人的合集。他们并不是角色，只是（通常是好笑的）一些人名而已。

这是一个成功的、从战术角度来说十分经济实惠的做法，起到了很好的效果。

旁观者

旁观者可以是，也往往是一个更加缜密并且富有深思熟虑的叙事者。这位叙事者通常离人群有一定距离，这里的距离既可以指实际距离，也可以指心理距离。旁观者可以用讽刺，甚至是评头论足的口吻来叙事。这样的叙事者往往在人群中巡视，或是在远处观察，从而做出清晰的、不带个人感情色彩的描述。琼尼·米歇尔的歌曲《人们的派对》就是旁观者的一个很好的示例。

下面的内容是我的故事《失职》的节选。书中的旁观者是牧师汉密尔顿·雷迪，他对于自己身边混乱嘈杂的环境感到无能为力、目瞪口呆，他也绝对不是这场混乱的一分子。尽管这个故事是用第三人称视角讲述的，但态度和观点完全以雷迪牧师的个人意识为出发点，他是一位来自某个富裕教堂的牧师。雷迪牧师刚刚抵达圣埃尔莫警察局，他此行的目的是拿回教堂中被偷走的、已经被警察追回的一些物品。此时窃贼的身份依然未知。

警察商店

今晚，市中心的警察局异常拥挤。值班警察正在处理事务，雷迪牧师被要求拿号排队。雷迪牧师试着回忆了一下上一次他的名字被数字代替是什么时候。有可能是去年，或者是前年感恩节的前一天在"蛋糕盒"面包店那里吧。今天，他坐在警察局的长椅上，周围几乎都是他从来不会打交道的那种人。他静静地看着眼前的警察处理着六个小孩因盗窃罪入狱的相关文书工作。小孩们肥大的裤子让他们看起来像是满帆的快船，警察在这些船的货舱中搜查出大批赃物，数量多到让人难以置信，这包括一个拒绝坐下的男孩藏在内裤里的四盘录影带。同时他也拒绝安静下来，他和同伙们一起吐痰、傻笑，用难听的字眼称呼彼此和警察，事实上他们用这样的词语来称呼在场的所有人——不分男女，他们像是在高声宣布，"你们全都逊毙了"。他们低俗的用语与坐在雷迪牧师旁边的那位胡子花白的穿着退伍军人专属牛仔夹克的老兵的尖叫声形成了鲜明的对比。那位老兵在抱怨和哭泣两种模式间轮流切换，似乎是因为和人耳项链有关的事情，最起码在雷迪听起来是这样的。老兵以扰乱治安、袭击他人和妨碍公共安全的罪名被起诉，但是他看起来一点都不在乎。他邀请雷迪欣赏他脖子上挂着的用人的耳朵做成的项链，然而根本就没有项链，他脖子上什么都没有。

与此同时，警察局里还能听到电话铃的响声、电脑键盘的敲击声和手铐发出的金属碰撞声。突然，等待室的喧嚣被一位穿着短裙和跑鞋的女士的尖叫声打断，短暂的空白后，又恢复了之前的嘈杂。那位女士被两位全副武装的警察拖进来时，双手紧紧地握着一辆婴儿推车的把手，似乎无论如何都不会撒手。她尖叫着说她绝对不会偷走那个小宝贝，只是想和他聊聊天。接下来雷迪牧师看到了让他感到毛骨悚然的一幕，在她与警察奋力抗争时，婴儿推车被翻倒了，车里滚出来几包垃圾袋和她的一些私人物品，同时还有一个娃娃。那个小布娃娃被包裹在温暖但是脏兮兮的睡衣里，发出微弱的声音，"妈——妈，妈——妈"。

"下一位，56 号！"一位值班警察大声喊道，"56 号！在哪儿呢？"

雷迪牧师迫不及待地站起身来，向桌子走去。

在小说《杀死一只知更鸟》中，我们可以看到对于旁观者的更复杂用法。那本小说也是以回忆录的形式呈现的。书中的第一人称叙事者是斯考特，她叙述自己童年时期的事件。在第 15 章中，阿提卡斯和警长担心劫匪们会追寻汤姆·罗宾逊的踪迹，将他从监狱中劫走，然后将他处死。阿提卡斯和警长因此轮流在夜里盯梢，守护着牢房的大门。尽管斯考特和吉姆被告知要待在家里，他们还是违抗了父亲阿提卡斯的命令。二人深夜前往监狱并藏在不容易被人发现的灌木丛里，看到他们的父亲正在门口的灯光下坐着看书。正在此时，许多辆汽车和卡车开了出来，车上拥出许多看起来几乎相同的人。他们都藏在阴影中，尽管斯考特告诉我们她和吉姆距离那些人很近，甚至可以闻到他们身上的气味。两个孩子作为旁观者听到了阿提卡斯和劫匪们之间充满火药味的对话。突然，斯考特像闪电一样蹿了上去，站在了她父亲的身旁。尽管绝大部分的人依然身处暗影之中，她仍然认出了康宁汉先生。她大声地向他打了招呼，询问了他儿子的近况。慢慢地，众人带着羞愧的表情四散开来。

这个场景的完成度非常高，文字中没有任何反讽和批判的语句，甚至没有让人感到害怕。但是读者知道劫匪的意图是什么，斯考特看起来并不知道。

上帝视角

上帝视角是一种空中扫描，它让第三人称视角叙述更加容易实现。当你想要阐述人群的整体情绪或者周边环境，且不想对任何一位角色单独描写的话，就可以采用上帝视角的策略。

当你想用上帝视角作为开篇来建立人群的情绪、调性和气氛的时候，叙事者不会被地面束缚。比如说，叙事者可以站在楼梯的顶部，或者在窗口向外俯视着整个场景。在撰写回忆录时用上帝视角进行叙事，就像狄更斯在《圣诞颂歌》第一节里所做的那样。文中并没有中心思想，只有一个叙事者的声音在你的头顶上飞过，在伦敦的街头飞奔，由上至下地在场景和人物身上降临——在火盆前取暖的工薪阶层、商店的橱窗、市长大人的宅邸、裁缝的贫民窟一样的住宅。狄更斯没有进一步展开叙事，但是唤醒了人们的灵魂。

圣诞前夜

与此同时，雾气更浓了，夜色也更黑了，人们手举着火把在街上四处招揽顾客，他们为行进的马车提供移动照明服务。教堂古老的钟塔里有一座声音低沉沙哑、年久失修的钟，这座钟之前总是狡猾地透过周围哥特风格的窗户往下窥视斯克鲁奇。现在这座钟塔似乎也消失不见了，它躲在层层云雾之后，人们只能通过报时的钟声来确认它的存在。钟声过后还会传来巨大的震颤声，就好像大钟的脑袋被冻僵了而牙齿还在不受控制地打战。寒意愈发令人无法忍受了。在大街上某个院落的一角，几名工人正在修理煤气管道，旁边的火盆中生着火。围着火盆取暖的是一群衣衫褴褛的大人和小孩，他们欣喜若狂地将双手伸到火盆上方，眼中充满了希望的光芒。没有人顾得上旁边的水龙头，水龙头里溢出来的水已经在闷闷不乐中被低温冻住了，最终成了患上了厌世症的冰块。街道两旁的商店灯火通明，大灯烤得橱窗里的圣诞树枝和蓝莓浆果噼啪作响，每个面色苍白的过路人都在灯光的照射下显得容光焕发。家禽商店和杂货铺的生意好得令人难以置信，采购的人群将店员围在中央，此情此景就像是一个盛大的游行，任何讨价还价的空间都已不复存在。市长大人的宅邸就像是一座坚实的堡垒，市长坐镇中央，向他的 50 个厨子和管家发号施令，确保圣诞节期间自己宅邸的布置配得上"市长大人"这四个字。那个在上个星期一因为醉酒闹事而被罚款 5 先令的小裁缝也在自己破旧的阁楼里搅拌着明天要吃的布丁，他瘦弱的妻子已经抱着孩子动身去买牛肉了。

这里描述的光景和喧闹的气氛与之后故事所发生的场地形成了非常鲜明和生动的对比，斯克鲁奇孤独的寝室阴森而黑暗，像一座坟墓。

团队接力

在运用这种技术写作时，人物之间可以偶遇并互相影响。人物停留的时刻就是"递棒"的过程，叙事会跟随着下一位人物，转而描述他们的体验和感想。在团队接力环节中，必须要精心处理好接力棒的过渡环节。

尽管团队接力并不太适合第一人称视角叙事者，我也要在这里将这种叙事策略介绍给大家，目的就是为了将所有的可能性都列举出来。团队接力的叙事方法中最有挑战性的，就是当你从一个视角过渡到另一个视角时进行的连接性环节。从一个句子到另一个句子，从一个段落到另一个段落，你的叙事必须平稳流畅地前行，暂时停留在一个人物身上，然后放开他继续前进，停止和前进的交替必须要连贯自然。

下面这个被大幅度删减过的场景，是 20 世纪 50 年代的一场婚礼庆典的酒宴现场。新娘和新郎分别是马特·麦驰和伊登·道格拉斯，他们曾经私奔去墨西哥，这一天是他们回国举办婚礼的日子。新娘和新郎的家庭从未见过面，可以理解的是，双方的家庭互相都有所保留。马特的家庭成员只有两位年长的意大利人：他的母亲斯黛拉和他的叔叔埃内斯托。伊登所在的家庭则规模很大。

欢迎新娘与新郎

和斯黛拉一样，埃内斯托在看到道格拉斯的家人们陆续到达家中的时候感到震惊，一辆车接着一辆车，每辆车都拥下来大惊小怪的孩子、哭闹不止的婴儿、令人感到不舒服的中年妇女和因为在周日穿正装而很不自在的男士们，他们看起来都热得不行，而且在长途旅行后显得十分疲惫。大孩子和小孩子们像极了当年想要进攻罗马的哥特人冲向往日异常安静的花园……

伊登的家人们来到这里是为了欢迎新娘和新郎，他们留下来并对这里奇怪的食物和酒精类饮料评头论足。在伊登的家人中，只有小汤姆·兰斯和他的法国老婆喝了酒。他们二人的脸上尽是不满，这种不满就像是别在胸前的战斗奖章一样毫无掩饰，他们抽着烟却不说话，就像是刚刚打完仗的士兵。他们那三个让人讨厌的捣蛋鬼女儿无人看管，互相打起架来，当这项活动变得无聊之后，她们就一起去找别的孩子的麻烦，她们从埃内斯托精心照料的西红柿枝头上摘下西红柿，朝着别人家孩子砸去。这场蔬菜之战以眼泪和脏兮兮的裙子作为结局，一个艾普斯家的男孩被推到了喷泉里，他的衣服后面全湿了，滴着水，当场被他的母亲狠狠揍了一顿。

伊登的表姐贝茜和她的丈夫尼法目睹着自家难以管教的孩子们做出的荒唐举动，二人就像被拴住的骡子一样无动于衷……服务员端着沉重的托盘，向他们提供了冰啤酒、红酒和柠檬水。贝茜和尼法只接受了柠檬水。但是贝茜尚未成年的儿子和他的表兄弟们，米卡和乔纳，成功搞到了啤酒，他们感觉自己是这个世界上最酷的男人，当然前提是千万不要被阿夫顿发现。

阿夫顿身旁站着汤姆和利尔，她一只手紧紧握着柠檬水，另一只手则拿着一只手帕。姐妹们戴着一模一样的帽子和手套……汤姆大声地表达着自己的疑惑：为什么外国人都不喜欢真正的食物？利尔也大声地表达着自己的疑惑：发生在墨西哥的婚姻、墨西哥婚礼到底是不是合法的？阿夫顿哽咽了一下，努力让自己的眼泪不流下来："伊登真的让我心碎。我爱她就像爱我的亲生女儿一样。她在办完了一场墨西哥婚礼后又回来办了一场天主教婚礼。"

就在此时，人们听到了欢呼声！马特·麦驰先生和夫人抵达现场。他们穿过大门来到阳光普照的花园，喷泉也跟随着音乐的节奏开始了喷水……伊登浑身都发散着欢乐的光芒。马特笑得合不拢嘴，他的小臂搂住她的腰部……但是很明显他十分惊讶现场居然来了这么多人。

马特眉开眼笑地走向斯黛拉，他热情地拥抱了自己的母亲，斯黛拉则温柔地抚摸了儿子的脸庞。马特边哭边说："妈妈，"他的语气十分温柔，"这是我的妻子，伊登。"

斯黛拉亲吻了伊登的脸颊说："噢，我的天哪，你比他的第一个老婆好看太多了。"

"噢，妈妈，别！"马特大声喊道。

"他的什么？"伊登问道。

"真的，"斯黛拉叹了口气并点了点头，"她确实更好看。"

强化多人物场景的画面感

在创造多人物场景时，要特别注意名词和动词的运用，它们必须符合想要描述的地点和情绪。如同我们之前讲描述"消失的领域"时所得出的结论一样，我们需要加入感官讯息来增强文字的力量。他们是什么样的人？他们在哪里，人群聚集的脏乱的公交车站，摇滚演唱会，战场上，独立纪念日的海滩上，还是候机大厅？或者是像谢丽尔·麦卡锡的家庭回忆录《人多好办事》中所记录的那样，九个孩子正在一同翻修某个维多利亚时期的建筑。她回忆录中的每个场景几乎都是多人物场景！

为了强化多人物场景的画面感，我们需要考虑以下细节：

噪声。人们在大喊大叫吗？行动一致吗？他们是唱诗班的成员？还是游行中的暴徒？或者他们拥在图书馆的角落里正在密谋什么？或者他们在茶桌上低声细语地聊着什么八卦？

大环境噪声。体育场喇叭里喷出的震耳欲聋的摇滚音乐？汽车鸣笛声？家长们在青少年体育联赛中高呼"加油"的声音？麦克风传来的刺耳杂音？

感官的效果。炎热或者寒冷的天气，白天或者夜晚。眼前的人群是否刚刚被飓风席卷，在排队领取救济物资时又遇到了高温和酷暑？又或许他们的巴士刚刚在冬季的山顶出现故障，所有人被冻到手脚麻木失去知觉？

情绪和情境。在后院进行的户外烧烤和悼念仪式是完全不同的。在小学举行的假期派对和在收留所举行的假期派对是完全不同的。人物是否处于危险之中？喝了酒？莫名其妙地紧张？他们的情绪是欢欣愉悦的，垂头丧气的，还是安于现状的？

节奏和推进力。人群的行动节奏是什么样的？行动的节奏是否会到达某个顶点，而后缓慢地降下来？这就是盖茨比家的第一个派对的结束方式，尼克在黎明时分跌跌撞撞地回到家里。或者场景可以猝不及防地结束，例如雷迪牧师在圣艾尔摩警察局被叫到号码的那一刻。或者是在猫王的派对上警察突然出现的那一刻。最好在对文章进行修改的时候再确定节奏和推进力，因为此时我们已经对人物的行为有了整体的判断。

用作者的视角阅读一本喜爱的书中的多人物场景。问问自己，作者用什么技巧让读者的视角在人群中移动的？是否有发挥特殊功效的名词和动词？群像描写的节奏和推进力是什么样的？

对白与多人物场景

在多人物场景中安排对白是非常有挑战性的。很明显，作者并不希望浪费大量的叙事空间和时间，去给那些背景板一样的人物——他们存在的目的就是为了达到群戏的效果，但是并不需要被逐一辨别——安排对白。有时候，回忆录中其他人物的对白只需要起到表明其立场和声音的作用，千万不要让他们的对白影响到回忆录的真实意图。场景中漂浮着的对白，这些对白来自我们并不想单独辨别的人物，这些对白并不需要回应，或者是纯粹用来表达情绪和环境音。在汉密尔顿·雷迪牧师在警察局的节选段落中，直到值班警察叫到雷迪牧师的号码，作者都没有引用任何对白。在猫王派对的场景中只有两句对白，都是通过传统的方式表达的（用双引号的方式），但是事实上只有一句是有情感意义的；菲尔叔叔说的那句话只是为了将女孩子们引到客厅里。

但是，如果多人物场景并不是喧闹的警察局，或者抗议游行，也不是体育场呢？如果需要用多人物场景阐述重要的信息，或者加工人物呢？我要再次强调，《了不起的盖茨比》对于作者来说就像是一本写作教科书。还记得在书的开始部分出现的另外一场派对吗？在桃金娘位于纽约市那个脏兮兮的公寓里发生的那场派对，在汤姆·布坎南的邀请之下，尼克和他一起进了城。汤姆的情人默尔特·威尔逊也与他们同行。他们在走私犯那里短暂停留之后，就一同前往汤姆为默尔特秘密租下的公寓，之后还有许多人加入了派对。尼克在此处依然是牵连其中的叙事者，他和派对的参与者一起喝醉了酒。但是出于叙事角度考虑，这场派对需要的不仅仅是像隐形横幅那样漂浮着的声音。为了达到叙事的效果，菲茨杰拉德需要安排特定的对白，向尼克传输信息——也是向读者传输信息。这里传输的是关于默尔特，她可怜的丈夫和她与汤姆的婚外情的信息。因此默尔特的妹妹，凯瑟琳，也到达了现场，她与尼克进行了长时间的交谈；凯瑟琳向尼克吐露了许多事情，其中一条就是汤姆是默尔特的第一位"出轨对象"，然而汤姆不能和黛西离婚。后来，默尔特从卧室出来，开始和尼克交谈，她告诉尼克自己是如何遇到汤姆，以及她和丈夫乔治的一些悲惨遭遇。同时在场的还有公寓楼令人厌烦的话痨邻居们，例如麦基先生和他的妻子。麦基先生是一家摄影店的老板，在夜晚即将结束的时候，也就是章节的倒数第二段里，尼克睡眼惺忪地等待着早上四点驶出纽约佩恩火车站的火车，他无聊地翻阅着麦基的相册，里面的照片一张比一张丑。在这场有些污秽的派对上，对白与环境气氛结合起来，传递了我们需要知道的关于默尔特与汤姆的婚外恋的信息。与此同时，当汤姆因为默尔特胆敢说出黛西神圣的名字而狠狠地抽了她一嘴巴，导致她满脸是血的时候，我们感受到了人性的狭隘、酩酊大醉后的混乱和道德的败坏。

如果多人物场景是更朴素的，例如一场普通的晚餐宴会。当涉及多位讲话者同时出场的时候，对白的合理分配十分重要，而且讲话者的行为和语言必须要集中在同一个段落中。同时，你应该确保你的读者可以通过不同的声音、表达方式和每个人特有的手势等，对不同的讲话者进行分辨。在普通晚餐宴会这样的场合里，大部分对话都是平淡乏味且不具备代表性的。作者如何才能让读者在不感到乏味的同时展现平淡乏味的交谈呢？如何才能掌握好尺度呢？

下面的选段来自我的小说《三个奇怪的天使》中的一个场景。事件发生的时间是 1950 年，地点是好莱坞某电影公司高管罗伊·罗森鲍姆富丽堂皇的别墅里。视角来自昆汀·卡瑟，一位来自英国的年轻的作家经纪人，他代表的客户是卡瑟文学院，那天下午他刚刚抵达洛杉矶。昆汀此行的目的是将著名的英国小说家弗朗西斯（弗朗克）·卡森的遗体护送回国。摄政王影业公司当时正在拍摄根据弗朗克的小说《总有一天》改编的电影，弗朗克在美国工作期间意外溺水死亡。昆汀代表公司而来，他并不是弗朗克的经纪人，也并不认识弗朗克。昆汀是一位被牵连其中的叙事者，酒精、迷失感和时差破坏（或者压垮）了他的感官。注意观察哪些对话的元素是在对白中直接给出的，哪些元素是被省略掉或者是被暗示的。

旅行的危险

一位身材高大、着装随意的男人挽着一位银发女士，他握住昆汀的手，向他介绍自己是罗伊·罗森鲍姆。"这是我的妻子，多里斯。"他用手指了指一位女人，女人的脸上有着某种训练有素的平静感。"我的女儿，洛伊斯和她的丈夫亚伦。我们对这件事深表遗憾，卡瑟先生。我们都极为悲痛，我们已经做好准备，您所需要的一切我们都能提供。"罗伊说道，脸上挂着凄苦的微笑，"弗朗克真的是一个天才，我从来没见过像他一样富有想象力的人。你要喝点什么？"

"金汤力。"昆汀说。他的话音未落，一个装满冰块的酒杯就被递到他的手上，让他颇为意外。"谢谢。"

"旅途是不是很疲劳？你是坐飞机过来的吗？"多里斯问道。

"我先是坐'玛丽女王号'到达纽约，然后从纽约飞到这里。"

他们都表示坐飞机是一件对人有害的事情，你的身体被运载到一个地方的时候，你的大脑还在另一个地方呢。搭乘邮轮才是唯一值得体验的旅行方式。多里斯一家去年春天曾经搭乘"冠达号"邮轮前往英国。她喋喋不休地讲述着关于那段旅途的事。当她绘声绘色地说起船上一流的生活便利设施时，罗伊咳嗽了一声，又拿了一杯金汤力放到昆汀的手上……

"作为弗朗克的朋友，您一定被他的死讯吓坏了，"罗伊说，"他真的才华横溢，是一位了不起的作家。"

"也许他确实是一位了不起的作家，"洛伊斯吸了吸鼻子说，"但是他也过于粗鲁了。他会在派对上搭讪他见到的所有女人，如果她们不同意和他上床，他就会哼唱低俗下流的歌曲，然后把那些女人的名字放在歌词里。真的，爸爸，我不知道你为什么允许他这样做，你是不可能允许其他任何人做出这样的事的。"

罗伊的皮肤被晒得发棕褐色，但是依然能看出来他的脸红了一下。"他和其他所有人都不一样。"

"真的很可悲，"多里斯自言自语，"但也许他的死会让他的作品更受欢迎。"

"毋庸置疑，"昆汀回复道，"我父亲告诉我一周之内塞尔温·亚激出版社就会出一本新版的《总有一天》。"他小口地抿着放了太多冰块的酒，"英语文坛在三周内失去了三位伟大的作家，奥威尔、麦克维克和卡森。"

"乔治·奥威尔也去世了吗？"亚伦有些惊讶地问道。

"1月21号那天。"昆汀回复道。

"我似乎并不知道麦克维克是谁。"罗伊说。

昆汀描述了这位伟大登山家的生平，他的书籍让英国的读者感同身受。罗伊和亚伦认为这类书籍并不适合被改编成电影，因为他们拍起来实在是太贵了。奥威尔的作品过于黑暗阴森了，但是弗朗西斯·卡森！他的作品中都是冲动的风流韵事！浮夸的浪漫！他们交谈的话题转移到了美国电影上，这些片名在昆汀听起来就像是行话。昆汀想起他在苏格兰的赫布里底群岛旅行时，试图和一位土生土长的苏格兰人进行对话的场景：双方都说英语，但是谁也不能理解对方在说什么。

"恐怕我们的聊天内容会让昆汀感到无聊。"罗伊说。

"一点都没有。"

"你什么时候离开？"亚伦问道。

"我周二飞往纽约，我订好了下周三'玛丽女王号'的船票，那艘船每周都会回一趟英国。"

他们再一次一致表示，相比于飞机，邮轮才是更优雅、更文明的出行方式。多里斯再次重申了他们在英国的旅行是多么舒适，那是他们在战后的第一次旅行，然而令人遗憾的是，他们觉得英国——多里斯试图在脑海里寻找一个合适的词语来形容英国，但是对她来说似乎很困难。

"艰苦，"昆汀说，"我们生活在一个艰苦的年代。"这句话就像是他们抽的烟卷冒出的淡淡的烟雾一样从头顶飘过。昆汀又做了一些补充，尽管英国人赢得了战争——他很自然地提到了盟友美国也是胜利方——在英国，人们的记忆依然徘徊在废墟和丧失的生命中。他提到了这个让人感到不快的过去，使得那些本来对光明未来满怀期待的人有些心神不宁。

一位身着白色西装的黑人过来提醒大家晚餐已经准备就绪。伴随着尼龙绸缎的沙沙声多里斯站了起来，挽住了昆汀的胳膊。她带着他前往宴会厅，途中聊起英国的哈洛德百货商店、他们去年春天住过的酒店和乡间别墅以及遇到的有地位的人。这些人昆汀一个都不认识，甚至连名字都没听说过。

疲劳，颠倒的时差，昆汀已经在空腹的情况下喝了两杯酒，而且不停地有人帮他续杯。除了罗伊以外的所有人都在疯狂地喝酒，宴会的仆人们十分优秀，你几乎感受不到他们的存在，但是空酒瓶总会被及时更换成一瓶新酒。不熟悉的食物、不熟悉的声音和不熟悉的话题，这一切让昆汀感到自己似乎正在经历一场测试，而且结果令人不甚满意。他对周围事物的理解能力时有时无。他凭借着自己的本能咀嚼着嘴里的食物，但是吃起来像是生肉一样，这让他想起了托马斯·斯特尔那斯·艾略特的名句："我敢不敢吃个桃子……"当周围嘈杂的谈话声稍稍安静下来时，他突然说："我必须说清楚，在我看来，弗朗西斯·卡森在游泳池里淹死这件事是很奇怪的。他们告诉我他非常擅长游泳。他曾经住在苏塞克斯海岸边，还经常在英吉利海峡里游泳。"他是否能想象到此话一出众人瞬时间停止了交谈，带着食物的叉子都停在嘴边。

"验尸官的尸检报告已经完成了，你可以随时查阅。"亚伦说，"意外导致的溺水致死。他掉进游泳池的时候喝得非常醉。"

洛伊斯说："每个人都对弗朗克那么好，他就这样报答我们？"

"你指的是他的死亡？"昆汀问道。显然，他似乎缺失了一些关键的语境。他只听到了洛伊斯说了什么，但是并不知道她的真实意图。他从至今未动的水杯里喝了一大口水。

"弗朗西斯·卡森的死对于艺术界来说是巨大的损失，对于我们在场的每个人来说也是巨大的损失。"罗伊说，语气听起来像是正在给罪恶之人做布道的牧师，"他正处于自己艺术生涯的巅峰期，而他的死会有十分深远的影响。我们喜欢他的书，他也喜欢我们的电影。"

"这是真的。"亚伦说。

"但是我还是很好奇，"昆汀依旧不依不饶，"我的意思是说，弗朗西斯·卡森为什么会跑到游泳池里？他是自己跳进去的？还是说他是不小心跌落进去的？"

"这是一场意外死亡。"罗伊提醒着大家。

"当时就他自己，"亚伦说，"所以没有人能够回答你的问题，昆汀。现场没有任何目击证人。"

罗伊比画了某种手势，此时从入口进来一些迄今为止从未出现过的人。他们将盘子收走，在餐桌摆放了干净的甜点叉和杏仁芝士蛋糕，所有人都告诉昆汀他一定会喜欢吃这个。

"他的死亡打乱了所有事，"多里斯说，她的声音有些湿润，"所有的一切都很不体面，所有人都心烦意乱，紧张至极。他们不得不停止电影的拍摄。"

"是的，"亚伦不耐烦地说，"而现在的情况就是，我们不得不给这些无所事事的人发工资。"

"为什么你就不能给大家一些悲伤的时间呢？"多里斯问道。

"我们给了，亲爱的，"罗伊说，"现在是时候重新开始工作了。明天，没错吧，亚伦？明天我们要重新开始拍摄。"他用餐巾纸轻轻擦了擦自己的嘴唇，"所有人都要重回正轨。"罗伊坚定地笑了起来，亚伦开怀大笑，两位女士也无法抑制地傻笑着。

现场的紧张感突然化为乌有，但是昆汀依然一头雾水，他不觉得有任何可笑的事情。

提示：给回忆录增添佐料

选择一个多人物场景，然后逐层分解。问一问自己场景中的叙事者或旁观者是不是对故事有帮助，即那些采取了行动或者产生情绪的人，又或者是站在一旁评头论足或者嘲讽的人是否做出了贡献。你可以尝试用上帝视角来决定将叙事者放在什么地方。然后迅速添加感官信息或者对环境氛围的描写，并有针对性地进行修改。最后加入一些调剂用的对白，不论是通过引用、分配信息还是双引号的方式，把对白放在那里就好。

多人物场景通常是很趁手的开场白，可以作为回忆录的序言。举个例子，还记得内塔·吉布斯拍摄于后院的家庭照片吗？一家人站在车子旁边，那辆车马上就要搭载乔和他的父母前往法庭。如果内塔将这些信息赋予优美的描写，就可以把它当作序言了，这是她孩童时期回忆录中所有戏剧性内容的根源所在。她可以为那张照片中的每个人安排单独的描述和对白，强调他们是谁，他们作何感想。她可以展现在场每个人内心的焦虑——可能不包括乔，他总令人捉摸不透。用这个场景作为序幕，读者就可以在整个家庭聚在一个地方的时候迅速了解他们。

这也是弗朗西斯·福特·科波拉的电影《教父》的开场戏所要达到的目的。在婚礼的那场戏中，如果你观察得足够仔细，就会发现每个人物，不论是主角还是配角，都得到了恰到好处的荧幕时间和对白——有些时候仅仅是一句台词，或者是几秒钟——就能够表达他们是谁，他们的过错，他们的弱点，以及他们的命运。这场戏采用的手法是团队接力，镜头语言里有着非常丰富的色彩、人物行为以及音乐搭配，观众跟随着镜头的移动看到贪婪、愤怒、淫欲、社交恐惧和死心塌地的忠诚。你可以清晰地看到家族的传统，恩惠与偏袒的解析以及柯里昂所遵循的正义是什么。你看到了身处困境的怀孕妻子和她不忠的丈夫，傻笑着、渴求着的女朋友，无忧无虑的新娘。你看到迈克尔告诉他那位来自精英阶层的女朋友，自己和家里的其他人一点都不一样。完成这些之后，尽管派对明显还要进行很长一段时间，但这场戏已经结束了。作为观众的你已经知道了你所需要知道的一切，这场戏是一个名副其实的人物索引。

F. 斯科特·菲茨杰拉德和查尔斯·狄更斯是描写多人物场景的大师。两位作家显然非常享受通过社会背景的设定和人物之间的相互影响来揭露人物的本质。不仅如此，他们知晓如何给多人物场景注入情绪。《夜色温柔》的开篇描述了海滩上充满魅力的景色，紧随其后的派对与整部小说都能产生共鸣。主人公迪克·戴弗充满讽刺意味地说道："我想举办一场糟糕的派对……"他最终会如愿以偿的，尽管他的本意并非如此。那场派对详细描绘了小说中的重要人物，尽管那场戏本身是通过罗丝玛丽·霍伊特的视角讲述的，她是一位旁观者，一位远离事件中心的人，她也并不认识在场的所有人。此外，她是一位职业演员，第二天早上有一场试镜，因此不能像其他人那样肆无忌惮地饮酒。

查尔斯·狄更斯不仅仅擅长多人物场景的描写，他还擅长描写暴徒，以及展现暴徒们混乱行为背后的规律性。在《双城记》的第五章里，当大酒桶在圣安托万街被磕散时，饥肠辘辘、穷困潦倒的巴黎市民跪下身子，弯下腰，从地上鹅卵石形成的小酒洼里吸着酒……真的，读到这里，你就了解法国大革命发生的原因了。他这段描写比那些多如牛毛的讨论 1789 年大革命的文章更有力量。

9. 为回忆录搜集资料

天长日久之后，即使人亡物毁，久远的事了无陈迹，唯独气味和味道虽说更脆弱却更有生命力；虽说更虚幻却更经久不散，更忠贞不渝。尽管其他的记忆早已烟消云散，但是气味和味道会在形销之后长期存在，如同灵魂一样，它们时刻准备着提醒我们，等待和期盼它们回归的那一刻；它们以细小到几乎无从辨认而又极其重要的蛛丝马迹，坚强不屈地支撑起整座回忆的巨厦。

——马塞尔·普鲁斯特，《追忆似水年华》

我对于老式微缩胶卷机发出的"嗡嗡"声有一种特殊的喜爱。更换卷轴的过程十分笨重，你必须将卷轴拨到中心轴上面，然后将胶卷穿到另外一侧，不可避免的是胶卷都是上下颠倒的，你需要将整个机器转过来才能读懂胶卷的内容。完成这些步骤后，你需要将右侧的手柄旋转一下，此时黑白画面会在你眼前透过灰蒙蒙的滤镜飞速闪过。

对于我写过的史诗类型的小说来说，终稿定稿前最后一件要完成的事，就是带上记录用的信笺簿与微缩胶片阅读器在图书馆度过一个个漫长的下午。就拿我的小说《告诫》来说，我在完成终稿之前去了一趟图书馆，当时在我面前有好几箱《纽约时报》的微缩胶卷，我选择了 1916 年 11 月的那期。我将胶卷放在阅读器上，旋转手柄一页一页地阅读着。尽管蒂普顿博士和汉克·比彻姆之间的对话并没有直接描述那年报纸中的头条内容，但起码作为作者的我，知道了当年在西部前线所发生的事情。为了《三个奇怪的天使》，我特意查阅了 1950 年 1 月份的《伦敦时报》，那也是小说故事开始的时间，那段历史伴随着"嗡嗡"声在我面前展现。那年的气候、令人沮丧的头条新闻、食物的限量配给等都出现在我的书中。我的过去对于书中的人物来说就是"现在"。

我在微缩胶卷机前度过了难忘且欢乐的时光，但是每当我离开图书馆的时候，总是有点宿醉的感觉，就像是《野兽出没的地方》结尾那个小孩一样。我可以肯定，几年前我在圣贝纳迪诺公立图书馆里的微缩胶卷机上阅读完《太阳电讯报》时就是那样的感觉。我当时在寻找那份报纸的"社会编辑"威尼弗雷德·马丁撰写的报道。那时候本地报纸的"社会版面"就相当于现在的社交网络，婚礼庆典、订婚宴、各式各样的旅行计划、毕业典礼、慈善晚宴、乐队排练、选秀大赛、选美大赛、科学展览、雄鹰童子军毕业仪式、石匠专题、驼鹿专题，以及任何所谓的"欢乐时刻"等都以编年体的形式刊登在上面，这种情况一直持续到 1970 年左右。马丁女士一直在这家报纸担任"社会编辑"一职，直到她 1961 年左右去世，工作了将近四十年。她去世后，当时还是家族企业的《太阳电讯报》以她的名义设立了威尼弗雷德·马丁奖，授予在圣贝纳迪诺县最出色的青少年女性记者。我高中毕业那年拿到过这个奖。当然，我所在的城市只有两所高中，所以这个奖项的说服力无法和"普利策最佳青少年女性记者奖"画等号。奖品是一套钢笔和 100 美元，那也是我与威尼弗雷德·马丁之间唯一的联系。然而……出于某种我至今仍然不能完全理解的原因，在许多年后，大概是 20 世纪 90 年代中期，威尼弗雷德·马丁开始萦绕在我的脑中。后来情况越发严重，在一次前往南加利福尼亚州的家庭旅行中，我特意去公立图书馆阅读了 20 世纪 30 年代她在记者生涯的全盛时期撰写的所有报道。

微缩胶卷没有索引，当然也就没办法快速搜索某个人名或者是某段频繁出现的报道。所以，阅读微缩胶卷的过程就像是在赌轮盘，但是我别无选择。这种完全听天由命的方法显然并不高效。胶卷上没有任何"小孔"提示我在哪里停止旋转，因此我意外地看到了许多马丁女士报道以外的内容。瞧一瞧！这是一张 D 女士的照片，她是一位高中管理人员。我认识她的时候她已病入膏肓，骨瘦如柴，眼睛里的光芒消失殆尽。但是在照片中，D 女士正在参加社交活动，她充满活力地微笑着，看起来十分优雅。我又看到了 R 先生的一张照片，他在我印象中是一位随时都有可能勃然大怒的阴森古怪的数学教师，照片中的他居然笑容满面，那是他的婚纱照！哪怕是那些没有附上照片的人名，在灰色的胶片中也看起来栩栩如生：父母、祖父母、早已被我遗忘的高中同学的亲戚们。把时间向前推进到我的童年，我们每天都会在家门口收到《太阳电讯报》，我看到了那张让我十分惊讶的照片。照片上大概有六位商人，都是我们社区的代表性人物。他们站在一位刚刚赢得了某个 1961 年选美比赛的可爱少女的两侧。我看到他们咧开大嘴的笑容，感到惊恐并且厌恶。这些人到中年的油腻男士看起来像是在用眼神"强奸"那位女孩！想到这里我感到皮肤下面有虫子爬行，这些男人中还有我们的邻居。如果不是微缩胶卷阅读器，我可能永远都不会意识到我们的邻居有多么变态，或者 D 女士曾经是一位令人愉悦的美女，或者 R 先生曾经也是一个快乐的人。

你，亲爱的作者，或许并不需要亲自上阵阅读微缩胶卷，也不需要去公立图书馆的地下室感受那里的通风系统是否达标。你有幸可以通过相对合理的价格来查阅报纸，它们可能会对你的回忆录大有帮助。只需要一个订阅服务，你动一动手指就能阅读上千份报纸，所有的信息都有索引，搜寻一下关键字就可以快速找到内容，全新的内容给你带来情感上的冲击。广告、时装、高中运动会、税收、火灾、犯罪、选举、新开张或倒闭的商店，关于这些内容的报道交织在一起，给你的回忆录提供即时的语境。尤其是在"社会版面"里，你回溯得越久远，故事的数量和细节也就越多。它们通常是用活泼的，类似于闲聊的口吻讲述的，故事中充满了作者们最需要的那类细节——谁穿了什么，都有谁在场，新娘住在哪里，等等。大部分情况下，你可以将这些细节与你已知的信息、被告知的信息和家庭照片一起作为参考，有了这些参考内容，你就可以更加专心地研究如何让你的回忆录更加优美。

尤其是当你能够找到老家的旧报纸时，看一看你出生那天的报道。你出生在一个什么样的世界？也许你父母的眼中只有你，但是这个世界在并不知晓你降临人间的情况下，依然按部就班地运转着。查一查你回忆录中的其他重要时间点或时间段，看看在你的人生向前迈进的同时发生了哪些改变世界的大事件。我并不是说你的叙事中必须体现出这些大事件的影响，但是完成这项功课的过程肯定可以帮助你打开视角。

毫无疑问，在撰写回忆录时进行一些研究性工作可以让你获得很多材料，而你在此之前可能根本不知道它们的存在。我母亲本打算在她的《百年回忆录：献给我父母的礼物》中加入关于格蕾丝·汤娜女士的一章内容，她是一位来自美国的公理会传教士，当时在阿达纳少女神学院做老师，我的亚美尼亚籍祖母赫果希曾经在那里走读，正是在她的劝说和努力下，赫果希的母亲同意赫果希转为寄宿生，并在学校打杂工赚取学费。后来，赫果希的母亲、父亲和弟弟在1915年到1917年的那场风波中遇难，汤加女士勇敢地保护了学校，赫果希安然无恙。时光飞逝，在命运神奇的安排下，1953年，那时住在洛杉矶附近的传教士敬老院的汤娜女士与我祖母一家人再次相遇了。那时还是个小孩子的我也见到了她。她的勇敢无畏保住了我们全家人的性命。

我母亲将发生于 1953 年的这次令人难以置信的重聚写进一本名为"如此依赖"的回忆录选集中。重聚本身是整个故事的要点，但是篇幅很短，只有区区 700 多字。然而出版社的编辑们告诉佩吉，每篇故事至少要有 1200 字。佩吉已经将自己知道的以及我们所有人知道的关于汤娜女士的一切都写下来了，于是她想尽办法找到更多的材料。

95 岁的母亲在谷歌上搜索了"格蕾丝·汤娜（1883—1968）"。她发现格蕾丝出生于堪萨斯州的奥斯本。我写信给奥斯本历史协会求助，他们给我发来了一包裹的资料。我们从资料中得知格蕾丝 1909 年毕业于堪萨斯州托皮卡市的沃西本恩大学，我们在网上与沃西本恩大学图书馆的馆员"相遇"了。大部分馆员都会迫不及待地对作者提出的询问给出答复，把相关资源推给他们。这位沃西本恩大学图书馆的馆员帮了我们大忙，而且她似乎和我们一样享受从阅读中获得新发现的快乐。她给我们发来许多链接和讯息，我像在兔子洞里找兔子一样查找资料。我花了大量时间在线上档案馆阅读了沃西本恩《农民报》的报道，这家报纸简直就是埋藏在地底的宝藏。通过这家报纸，我了解到格蕾丝探望她即将临盆的姐姐，并目睹姐姐死于分娩；知晓了格蕾丝曾经从马上摔下，导致手臂骨折；我还知道 1902 年她在高中毕业典礼上演讲的标题，尽管她们班只有四个人。

这位馆员还帮助我找到了格蕾丝所在的传教士协会的线上档案馆，让我们对她有了更深刻的了解。在这位馆员慷慨热情的指导和协助下，我们将未知变成了已知，佩吉也可以更好地在回忆录中书写这位勇敢的女人了。如果我们没有这么做，她的生平事迹或许根本无人知晓。

网络也许像是蟒蛇窝一样，但是对于作者和研究工作者来说，网络就是天赐神物。很多种族和文化群体都有属于自己的、放置在大学图书馆里的档案库，当然也有特例。本地的历史协会可能不会在线上保存记录，但是他们的员工，即便是最基层的志愿者们，都会非常热心地帮助你，这是我长期以来从与他们打交道的经验得出的结论。教堂和传教士的社团都保存了文件记录，有些是字迹潦草的手稿，记录的内容往往是他们的工作，谁去了哪里，待了多久，偶尔还会有他们的讣告。这类信息在查找汤娜女士以及与她在土耳其共事过的女性传教士和教师的相关资料时非常有用。

除了大学和公共图书馆里的馆员，历史协会和报纸，也有一些能让你看到你高中时期的旧刊物的付费服务。高中年刊散发着"现在"的气味，我们能从中看出对于正处于青春期的孩子们来说最重要的事情是什么，不管现在回想起来那时的"现在"有多愚蠢。相信我，翻阅高中年刊时会让那些记忆生动再现。你可以在网上查到大部分公开信息，包括人口普查资料、房产税记录以及诉讼案件的审判结果。阅读萨拉·布鲁姆所著的获奖回忆录《黄房子》时，最让我陶醉的部分之一，就是作者在书的尾声，巧妙地用公之于众的土地使用记录和许可证，来记录她居住的新奥尔良东部地区的衰退。通过对这些资料的查阅，她的回忆录更加充实了，但是布鲁姆并不是在线上完成这件事的。事实上，她曾在等待室耐心地与着急下班、心不在焉的工作人员反复交涉，翻阅了无数布满灰尘的旧文档，手指上沾满了旧文档的油墨。

对于任何想要撰写移民家庭回忆录的作者来说，爱丽丝岛上的档案馆是必须要拜访的。你会在这里知道移民们抵达的时候带了什么，哪怕是针线这样的东西都会被记录在案，当然还有他们当时身上有多少钱，他们的同伴是谁等信息。那里的教会保存着异常庞大的家谱记录，还有知识渊博的、愿意帮助你寻找问题答案的员工。如果你对上述任何资料库进行搜索，你对过去以及生活在过去的人们的认知都可以更深刻，更全面，也更生动。

雁过留声

也有很多其他为你的回忆录搜集资料的途径——不是来自高中的照片或者身份证明材料，不是契约或者诉讼状或者离婚协议书，总之不是那种书面记载的、有着显而易见说服力的资料。我说的这些途径就像是雁过留声，你无法通过寻常的方式获得提示，它们在某种像乙醚一样的无色气体中移动，经过这种气体的洗礼，你的回忆会在一瞬间暴增。

音乐

理解音乐是不太需要动脑筋的。我的一位音乐家朋友曾经说过，"音乐可以触及文字永远无法达到的地带。文字是一种线性的过程，而音乐是一种感触。文字必须经过你的大脑，而音乐直击你的灵魂。"音乐可以舒缓或者释放激情，可以触发封尘已久的回忆，可以让你心跳加速，也可以让人们流下压抑已久的泪水。

1989 年的圣诞节，我们送给父亲一把小号作为礼物，他小时候吹过小号。他收到礼物时非常开心，尽管他之前没怎么真正演奏过，他还是和我们聊起音乐以及音乐对他的人生意味着什么。我父亲比尔·约翰逊是如何得到他人生中第一把短号，则是另外一个故事。我们只需要知道，作为一个经济拮据家庭的长子，他从没有受过正规训练。在 1935 年于波卡特罗举办的一次全州比赛中，比尔·约翰逊被评为整个爱达荷州最优秀的高中生号手，那或许是他人生 94 年中最开心的时刻之一。他获奖的曲目是由赫伯特·L. 克拉克①谱曲的《卷发新娘》，1904 年这首曲子刚刚问世时名极一时，即便是 20 世纪 30 年代依然是所有人表演的备选曲目。

几年过后，我找到了一张赫伯特·L. 克拉克的演奏录音 CD。我认为这个完美的礼物会给我的父亲一个惊喜。父母回家之后，我对父亲说："坐下来，我要给你一个惊喜！"我让 CD 播放器播放

---

① 赫伯特·L. 克拉克（Herbert L. Clarke，1867—1945）：美国著名短号、小号演奏家、指挥家。

第四首曲目《卷发新娘》。我感觉我无法用语言描述那瞬间展现在父亲脸上的表情，然后他把脸埋在手掌里抽噎。他还从未在我面前哭过。或许我母亲曾经在祖父过世的时候见过父亲的眼泪，又或许是在我妹妹病入膏肓的时候，又或许是在我哥哥在军队打仗的时候，但是我从来没见过父亲的眼泪。

很显然，甚至不是最顶尖的音乐，都可以绕过大脑神经元来诱导情绪的瞬间迸发。不需要贝多芬的《第五交响曲》或者拉威尔的《波莱罗舞曲》，也不需要是琼尼·米歇尔或者保罗·西蒙。亲爱的作者们，你们不得不承认，你现在还能唱出 8 岁那年在广告里听到的小曲子。有一些古老的电视情景喜剧的主题曲，即便你被宣布脑死亡躺在冰冷的病床上，如果有人在你耳边播放了那首曲子，你也能立刻醒来并说出曲子的出处。

引用流行音乐可以让你的回忆录升华。在过去的二十五年里，美国流行音乐被分裂成许多分枝。现在流行的一个笑话就是，不再有前 40 名歌曲排行榜了，而是前 43000 名。但是曾几何时，美国流行音乐代表了一个时代，不仅如此，你甚至还能从中品味出季节的不同。当时，收音机和调频广播是你车里、厨房里或者车库里唯一的娱乐活动方式，主持人会固定地播放某一首歌曲，那首歌会循环播放一周、一个月，甚至一个时代。找到这首歌，播放出来，你会离开那条从你记忆的灌木丛中穿过的整洁的小径，追寻你内心的声音，找到更加生动和清晰的真相和时刻。不仅如此，如果你生活在密纹唱片的时代，在上一首歌还没结束的时候，你的脑子已经听到下一首歌了。

　　内塔·吉布斯写道，当她和祖母高唱《天赐恩宠》的时候，世界上所有人都在听《舞蹈皇后》。她有着明亮的嗓音，当她在教堂唱诗班唱赞美诗的时候被认为是天赐神童。想象一下，如果她当时唱的是《舞蹈皇后》，那么内塔的回忆录将会是什么样子的？回想一下，你年轻时参加过的一场公路旅行，或者一家人的一次度假，或者你从高中毕业，或者被抽调兵役，或者得了一场重病，那个时候广播电台里播放的歌曲是什么？或许在某个甜蜜的夏天，你喜欢听愚蠢至极的情歌，比如《让我成长吧宝贝》（*Build Me Up, Buttercup*）《猩红四叶草》（*Crimson and Clover*）《甜甜蜜蜜》（*Sugar, Sugar, Honey, Honey*）。在那个年代，这些傻里傻气的歌曲以某种方式给你带来了宽慰、悲伤或者欢乐。正是因为这个原因，这些口水歌甚至比那首有着深远意义的《寂静之声》②更让你难忘。或许平克·弗洛伊德的《舒适的麻木》（*Comfortably Numb*）是你生命中某个时期的令人意想不到的经典歌曲。或许皇后乐队和大卫·鲍伊的《压力之下》（*Under Pressure*）让你对某个季节记忆犹新。或许蒂娜·特纳的《与爱何干》（*What's Love Got to Do With It?*）让某次风流韵事、离婚或者舞会的经历在你的脑海中回响。或许电子游戏《马里奥兄弟》的原声会让你立刻想起在你父母的地下室偷偷玩游戏的时光。

---

② 《寂静之声》（*Sounds of Silence*）：美国电影《毕业生》（1967）主题曲。

我们的问题并不是：这些是不是伟大的歌曲？他们是不是伟大的音乐人？我们的问题是：这些音乐能够在你的心里、脑海里和记忆里掀起什么样的波浪？如果你足够勇敢，愿意尝试走出你记忆的舒适区，那么就试试听音乐吧。在此过程中拨开错综复杂的荆棘，尝试找到那些栖息于你人生中的事件与音乐的交叉点，之后再进行回忆录的写作。

提示：音乐与回忆录

找到你的时代，找到合适的歌曲，确定一个大致的播放列表，用你最喜欢的软件整理它们。将目前版本的草稿保存下来。戴上耳机或者直接把音响音量调大。在听音乐的同时对某一章进行修改，不要只听一次，而是要不停地重复。就像氛围灯点亮了黑暗的空间一样，让音乐在你的大脑里扎根，让旋律在你的神经上跳动，彻底抛弃一切，沉浸在音乐给你带来的回忆中。

历史环境音乐

在伦敦一个时尚晚宴上，一个美国人用问世不久的新发明——留声机录下了在场名人们的声音。其中就有"吉尔伯特与沙利文"[③]中的那位亚瑟·沙利文爵士。在 1888 年 10 月 5 日，这位作曲家在

---

③ 指维多利亚时期合作了 14 部喜剧的幽默剧作家威廉·S. 吉尔伯特（William S. Gilbert）与英国作曲家阿瑟·沙利文（Arthur Sullivan）。

圆筒留声机中留下了这样的声音："亲爱的爱迪生先生，从我个人角度来讲，我对于今晚的实验结果感到十分震惊，又有点恐惧。我对你的'？'感到震惊，对那么多糟糕的音乐和'？'可以永久流传下去感到恐惧。但是，我依然认为这是我见过的最伟大的东西，我对你的伟大发明表示由衷的祝福。"

我一直以来都认为这句话从一位作曲家嘴里说出来有些奇怪。我本以为亚瑟·沙利文会不加掩饰地表达对这种技术的喜爱，毕竟在此之前音乐是转瞬即逝的——你可以认为音乐止步于剧院的最后一排座椅。而现在，音乐可以被保存下来了。这些被留存下来的最早期的"陈年佳酿"已经可以在网络上找到，包括史密森学会网在内的许多网站都推出了这类作品的专辑。对于大众而言，在这些不太为人所知的网站上听几个小时音乐可太惬意了。

因此，如果你的回忆录拥有探寻历史、重建时代的诉求，那么你可以找一找那个时代（哪怕是在广播电台之前的时代）流行的音乐，这已经不是一件难事了。你可以找到第一次世界大战时振奋人心的歌曲，妇女权力崛起时期的演讲和音乐，包括永恒的传奇乔治·格什温和杰罗姆·科恩的诸多作品在内的百老汇经典旋律，以及像《巴尼·谷歌》（*Barney Google*）一样的流行小曲。伟大的音乐收藏家阿兰·洛马克斯收藏过许多来自监狱和农田的歌曲和赞美诗，你可以很轻松地找到这些资源，直到今日，我依然觉得这些粗犷的音乐在与我的灵魂对话。在这些音乐作品中做选择，创造一个播放列表，然后在你修改回忆录的过程中播放音乐。这样做可以让你的人物、他们的语境更有时代感，更有说服力。

情绪环境音乐

情绪环境音乐并没有历史背景，它们也不会在你的回忆录作品中出现。情绪环境类的音乐是一种写作工具，它可以影响到你正在构建的某个场景的氛围和主题。它的作用就是让你的想象力得到释放，让你的大脑不再依赖因果关系和假设关系这类固化的思维逻辑。在那些充满了感情、矛盾和戏剧性事件的场景中，情绪环境音乐能起到很好的作用。在我的小说《美国烹饪》中，我为了刻画一个重要人物的自杀行为而参考了许多埃尼奥·莫里康内的音乐，准确一点来说，是马友友演奏的埃尼奥·莫里康内的作品专辑。这个短暂的场景很折磨人，我听着这张专辑重写无数次，眼里噙满了泪水。在重写的过程中，我从来不会要求自己不犯错误。用力过猛？没问题。内容过于臃肿？没问题。重复性过强？没问题。在我不停重写的时候，音乐也不停地"冲刷"着我，最终我解决了这个场景中存在的问题。我决定将文字全部用在描写声音和视觉效果上。在最终的审稿环节，我没有继续听马友友的演奏，我从他和莫里康内大师身上获得的灵感已经融入文字描写中，尽管他们的名字和音乐并没有直接出现在我的作品里。我偶尔会为小说中一些特定的人物或者特定场景定制音乐播放列表，即便它们不像那个自杀场景那样让我在落笔的时候感到焦虑。这些播放列表可以被看作是场景的自制背景音乐。我在写草稿的时候会反复地听，在我关掉音乐的时候，自制的背景音乐已经在我的脑海中成型了。

毫无疑问，电影原声是寻找情绪环境音乐的完美资料库。《希腊人佐巴》是一部 1966 年上映的英国电影，这部电影和我母亲撰写的《百年回忆录：献给我父母的礼物》没有任何联系，但是她依然在书写某些章节的时候聆听这部电影的原声音乐。《希腊人佐巴》中的一些歌曲让她想起了她父亲早上刮胡子时哼唱的歌曲，她父亲把音乐视为人生重要的一部分。

在电影原声音乐专辑中，每首歌曲都有某种主题。这些主题往往与某个人物或事件密切相关，因此会在整个专辑中以稍显不同的形式反复出现。专辑中对主题表达最鲜明的音乐大概会出现在片头字幕和片尾字幕。随着流媒体的普及，你可以更轻松地做出取舍，放弃那些可能会干扰你描述情绪的歌曲，用适合你文字中情绪的歌曲定制歌单。

下面我列举出了一些适合用于写作的电影原声音乐作曲者：

埃尔默·伯恩斯坦、杰里·戈德史密斯和埃尼奥·莫里康内，他们三人有着伟大的、持续时间极长且涉猎极广的职业生涯，因此他们的作品几乎包含了一切可能性。他们谱曲的电影原声音乐经常比电影本身更出色。在他们的作品中，你总能在某个地方找到适合你情绪的环境音乐。

随和、轻松的氛围，参考兰迪·纽曼的音乐《玩具总动员》原声。

纯粹的恐惧氛围，参考伯纳德·赫尔曼。他创作了希区柯克的电影原声，以及《公民凯恩》和《出租车司机》的电影原声音乐。

爵士乐和铜管乐的氛围，参考尼诺·罗塔。他为《教父》和由费德里科·费里尼导演的其他作品创作了原声音乐，包括那部让人难以忘怀的经典《大路》。

管弦乐的氛围，参考霍华德·肖作曲的《指环王》三部曲的原声音乐。他创作的《无间道风云》原声更是带有凯尔特风格。

丹尼·艾夫曼的原声音乐，主要作品有《圣诞夜惊魂》《剪刀手爱德华》，在鬼魅和狂热中变换，有着令人感到刺激、紧张甚至提心吊胆的音乐质感。

詹姆斯·霍纳擅长为史诗和浪漫电影作曲，最著名的作品是《泰坦尼克号》和《勇敢的心》的电影原声音乐。

本恩·本内特将许多美国的现场音乐置入电影原声中，代表作有《逃狱三王》《冷山》的电影原声音乐。

泰伦斯·布兰查德是一位著名的爵士乐音乐人，他也为许多电影创作过原声音乐，包括HBO电视台出品的关于卡特里娜飓风的纪录片《决堤之时》和斯派克·李导演的《黑色党徒》。

莫里斯·贾尔的原声音乐总是充满了战争元素。他最著名的作品就是大卫·里恩导演的巨作《阿拉伯的劳伦斯》和《日瓦戈医生》。

汉斯·季默的原声音乐是不拘一格且非常全面的，他的作品涵盖了多种不同的音乐类型。最著名的作品是《加勒比海盗》系列电影。

还有许多出色的当代电影原声音乐作曲家，例如艾瑞克·塞拉、盖布瑞·雅德、帕特里克·多伊尔、雷切尔·波特曼、布鲁斯·鲍顿、詹姆斯·纽顿·霍华德、托马斯·纽曼，以及贝尔·麦克克利亚。

通常情况下，没有歌词的情绪环境音乐是最有效率的。哪怕你并不知道《丹尼少年》歌词中的内涵，听到前奏的旋律也会双眼湿润。这样的歌曲还有《斯凯岛船歌》《亲爱的凯特琳》《有些时候我觉得我没有母亲》以及《夏日时光》。音乐的魔力就在于它的情感力量可以代代相传，有时歌词是什么并不重要，例如肯·伯恩斯在他的《南北战争》专辑中收纳了两种不同版本的《进军佐治亚》。一个版本是清脆、快活、兴高采烈的快节奏进行曲，应该是由合众国军乐队演奏给合众国士兵的版本；另一个版本舒缓、悲伤、令人心碎，这首歌的听众应该是那些在战火中失去了家园，眼看着自己的土地被敌军士兵占领的人们。

哪怕是最陈腐的音乐也有情感意义，就拿古老的圣歌和赞美诗来说吧，即便你没有宗教信仰，那些关于战马的赞美诗的旋律也往往会让你产生共鸣。我能想到最具有代表性的两张专辑是由爵士音乐家查理·海登和汉克·琼斯创作的《周日到来》和《悄然辞行》，海登是贝斯手，琼斯负责弹钢琴。他们对于这些赞美诗和灵魂颂歌的解读和演奏简直可以让匈奴王阿提拉哭成泪人。当然还有托马斯·穆尔所创作的小调，他的名字或许并不被人所熟知，但是你肯定听过他的作品，例如《吟游男孩》和《夏日最后的玫瑰》等。这些音乐的年代十分久远，似乎弥散着古板、过时且故作多情的气息，当然这也是为什么我们把他们看作是陈腐的作品。你可以在古董店的原始录音中找到这些音乐，此外，很多当代音乐家在他们的专辑里也对这些音乐做了全新的改编，赋予了它们新的形式。

器乐类古典音乐可以在你写作时给你提供丰富的情绪环境。例如维瓦尔第的《四季》。每一个乐章都有属于自己的情绪和主旨，你在受《春季》的情绪影响时所写下的内容与你在听《冬季》时所写下的内容是完全不同的。

这里有一个完全从我主观角度出发制定的列表，全是有特定情绪的古典音乐，你会发现其中大部分作曲家都是法国人。

华丽、热情的情绪——19 世纪的作曲家们，例如奥芬巴赫、罗西尼以及维也纳圆舞曲。

微弱、克制的情绪——埃里克·萨蒂。

郁郁寡欢、纠结的情绪——德彪西、拉威尔和加布里埃尔·福雷。

张扬放纵的情绪——贝多芬和李斯特。

优雅坚定的情绪——莫扎特。

风趣多变的情绪——斯特拉文斯基和两位与他同时期的不那么出名的作曲家奥里克和安太尔。

对于同时兼具气派的场面和悲伤气氛的情绪，我想到了威尔第和普契尼。我在这里加入了歌剧的形式，然而歌词是意大利语。我默认作家是不懂意大利语的人士，听者其实无须了解歌剧中唱段的含义也能接收音乐情绪所引发的共鸣。

如果你追求美国本土管弦乐的听感，你可以找一找科隆·科普兰和乔治·格什温的古典风格的作品。还有一位不太出名的活跃于19世纪的来自新奥尔良的法国裔作曲家路易斯·莫罗·戈特沙尔克，在拉格泰姆和爵士乐成为主流音乐的几十年前，你就可以在他的作品中找到这些音乐风格的元素。

将音乐纳入你的回忆录中是一件值得多次尝试的美妙的事。但是我得事先警告一下，一旦你将歌曲或者音乐作品与你的回忆录内容关联起来，它们就会永久地封存在你的回忆录里了。我听着马友友和埃尼奥·莫里康内的音乐写完《美国烹饪》那本书里的死亡场面后，就再也无法欣赏那张专辑了。有时我会意外地听到那张专辑中的某段音乐，彼时我体会到了一把匕首刺穿我的心脏是什么感觉，并因此立刻跳到下一首乐曲。亲爱的作者，如果你在听《甜甜蜜蜜》的时候书写了某个场景，并在此期间投入了大量的时间、精力和情绪能量，那么每当你再次听到这首歌曲的时候，就会立刻想到写作回忆录的时刻，而不是你第一次听这首歌时的种种过往，这也许也是一种幸事吧。

味道

还有一种类型的资料搜集是没有办法被"完成"的，这些资料源于某个瞬间，可以在回忆录写作的过程中被加以利用。对于我来说，味道和音乐一样是我们与过去连接的最强纽带。但是与音乐不同，我们无法在网络上找到味道。

但是，味道是可以被预测的。你知道每个春天丁香花都会盛开，这种气味会不可避免地让你想起某个春天经历的某件事。也许那个时刻所带来的痛苦和荣耀已经在多年过后被冲淡，抑或没有。圣诞树的味道，是永远无法被忘记的，原因并不是某一个圣诞节发生的某件事，而是我们每年都周而复始地把圣诞节看作是最重要的节日。便宜的防晒霜、游泳池中的消毒水、户外烧烤的烟以及夜晚盛开的茉莉的味道都能让你联想到夏天。当你的思绪与这些季节性的时刻发生碰撞的时候，暂时休息一下，让自己全身心地沉浸在其中。一定要记得做些记录。

但是也有一些并不那么值得信任的味道，这些是随机发生的、意外的，甚至是不受欢迎的味道。接触到曾经认识的某个人身上的香水味道时，你的思绪可能会瞬间回到早前的那个时期。曾经满足了我小姨的虚荣心的"夜巴黎"小蓝瓶去哪里了？我父亲的"老帆船牌"发胶呢？我姐姐的那个永远喷着大量"丹娜禁忌"女士香水的闺蜜呢？有一次我乘坐巴士，坐在我身旁的女士身上喷了雅诗兰黛的香水，当时我真的非常想给她一个温暖的拥抱，因为这种味道让我想起了一位多年未见的好朋友。还有一些不那么让人愉快的味道，PineSol 洗洁精的味道会让我回想起雪梨大道小学里的女卫生间，所以我从来不用这个品牌。

我的大儿子还是个婴儿的时候我们住在佛罗里达州，那时我经常给他做桃子味的果冻。为满足非吃果冻不可的他，我把卡夫食品的包装袋撕开，将果冻粉倒入碗中，再加入一些热水。是的，我的孩子可不吃软硬兼施那一套。从碗中转着圈冒出来的东西，似乎并不是由卡夫的原材料制作而成的甜品，而是某个夏天的记忆一巴掌打在我脸上。那个夏天，我们的桃树前所未有地大丰收，果子多到从树上往下掉，我的母亲决定用传统方式保存这些桃子。在加利福尼亚热辣的阳光下，母亲在野餐桌子上铺了一层薄纱棉布，她和我们用尽可能快的速度给桃子去核。我们的手上沾满了桃汁，桃汁甚至流到了水泥过道上。我们将所有桃子切成两半，摆放在薄纱棉布上，之后再在桃子上面盖上一层薄纱棉布。之后她转头去忙别的了，倒霉的我则挥舞着苍蝇拍留在那里照看桃子长达好几个小时。

这并不是什么有着重大意义的或者非常美妙的记忆，但是这段回忆不由自主地在我的脑海中涌现。事实上这个意想不到的瞬间就像是给我来了一巴掌，这巴掌打得如此真实，力量如此凶猛，让我的眼泪不受控制地流了下来。我立刻停下手头的事情并给远在加利福尼亚的母亲打了电话，我才不在乎这是长途电话，或者科室文职的她当时正在医院里上班。颇有讽刺意味的是，我的母亲在电话里提醒了我，我记忆中的桃子其实是杏。那年夏天我们的杏树大丰收，她试着在太阳下把果实晒成杏干，但是彻底地失败了，那一堆烂杏干都被扔进了垃圾箱。但那又怎样？这个短暂的让我陶醉的瞬间就证明了味道的力量，这是我无比真实的体验。

为回忆录收集资料并不是在巨型著作中艰难前行，然后在此过程中用便利贴标记其中有用的章节。为回忆录收集资料是一种艺术，是在已经过去的时间中寻找或者偶遇某一个时刻，并给这个时刻赋予更丰富的寓意，写进你的作品中。

10. 叙事之声

所有的一切都在艺术中。单纯活着没有任何意义。

——V. S. 普里切特，《门房》，1968 年

如果你看过摄影师安塞尔·亚当斯拍摄的约塞米蒂半圆顶的照片，一定会惊叹于图片中蕴含的力量和美感。但是没有人会将这张照片与摄影师站在半圆顶的影子里的事实混为一谈。回忆录也是一回事：你在纸张上所描述的经历并不是那些事件的真实再现，而是对那些事件的艺术描绘。就像安塞尔·亚当斯要摆放好他的设备、计算好时间才能拍照一样，回忆录的作者必须要创造一个叙事者，或者说创造一个用来讲故事的文学建筑。叙事者和作者是有区别的，当读者拿起一本回忆录的时候——在他们打开书开始阅读之前——他们对作者有多少了解？他们知道作者在讲故事的时候还活着。他们对于叙事者有多少了解？他们知道这段故事需要被讲述。

为了讲好故事，作者需要创造一个叙事者。作者知道的事情比叙事者多，作者进行的是筛选的工作——哪些内容要被选入，哪些

要被剔除——但是叙事者拥有讲述故事的声音。叙事之声是十分亲密的，故事会被叙事者的讲述方式所影响。

回忆录的叙事者永远是第一人称叙事者，但是这其中也有许多不同种类的叙事声音，每种都可以起到不同的效果。叙事之声可以是清白的、活泼的、伤感的、嘲讽的、温柔的、批判的、残酷的、充满诗意的、遵从事实的，等等；叙事之声可以是口语化的或者书面化的。在亨利·亚当斯的经典名著《亨利·亚当斯的教育》中，语言的风格非常正式，甚至到了晦涩难懂的地步。而瑞克·布鲁格的《南方纪事》中的语言风格非常轻松，行文不拘泥于语法，阅读此书时读者会有一种坐在酒吧里与叙事者共饮啤酒的感觉，或许还不止一杯。布鲁格的叙事之声非常强大，我曾经告诉朋友我听过这部作品的有声读物版本，然而我记错了，我只是读过这本书。玛丽·卡尔的《谎言俱乐部》的叙事之声很尖锐，热闹且充满活力，就像是一颗肆意撞击的弹球。读完这本作品的任何一章内容，你都会感到气喘吁吁。帕蒂·史密斯的《只是孩子》的开篇塑造了悲伤的气氛，叙事者刚刚听说了她的旧友、曾经的恋人——罗伯特·梅普尔索普去世的消息。然而当故事行进到他们年少时在纽约共同度过的岁月时，叙事之声就变得兴高采烈起来，就像是被纽约街道上喧闹忙碌的气氛感染了一样。玛格·杰弗逊独一无二之作《黑人之地》，研究了她作为一名黑人女性从意识形态和认知层面受到的种种外部影响，包括书籍、杂志、音乐、电影、她富裕的父母。自始至终，叙事之声是简短的、生硬的、干脆利落的，有些时候就像是一名老师正在给你上课。

本杰明·富兰克林的《自传》似乎取了错误的标题，事实上这本书中包含三篇伪装成写给他儿子的一系列信件的回忆录散文。我之所以在这里用到"伪装"这个词，是因为这些回忆录很显然是写给不认识的读者看的。在第一篇回忆录中，富兰克林描述了他艰苦的童年生活，那时的他就像一个倔强的、渴望冒险的学徒，摆脱苛刻的哥哥独身前往费城。此处的叙事口吻是活泼的、自信的、温和的、谦逊的、令人着迷的。后面两篇回忆录就不是关于冒险的了，叙事者已经是费城的一位有着重要影响力的、杰出的公众人物，甚至从某种意义上来说他是一位世界公民了。富兰克林成为杰出公民之后的故事和经历就不那么引人入胜了，肯定远远不如他年轻时期的冒险经历让人喜爱。现在的他对于教育读者如何成为一位像他一样的好公民更感兴趣。尽管依据 18 世纪的标准来说，叙事之声依然是非正式的，但是已经颇有教学的口气。《纽约时报》的书评人帕卢尔·赛加尔用"自鸣得意"来形容他的口吻。布克·华盛顿的《摆脱奴隶制》基本上在叙事之声和叙事内容层面都与富兰克林的写作方法一致，书中前面几章内容都是引人入胜的阅读体验，他儿童时期饱受奴隶制的折磨，在南方重建时期他追求教育的经历又充满了戏剧性，让人过目难忘。例如，书中有这样一段记载，叙事者的母亲从大房子里偷了一只烤好的鸡，她把这只鸡带给孩子们，当场把他们从睡梦中叫醒，让他们立刻吃下。看过这段故事的读者永远都不会忘记。布克·华盛顿《自传》的后面几章内容基本上都在吹捧他所取得的成就和名望。

或许最诱人、最令人难以捉摸的叙事之声是无辜的叙事者，就像弗朗克·麦科特林的《安吉拉的骨灰》中的那位有着小男孩口吻的叙事者一样。读者知道这本书不是一个小男孩撰写的——但是小男孩是故事的讲述者。叙事者已经19岁了，但是就像一个三四岁的孩子那样清纯无辜。尽管我非常喜欢麦科特林的这本书，但是对于我来说，这个伤感的声音在叙事者成长为青年时，尤其是涉及性描写时让人恼火。《安吉拉的骨灰》是一个关于阶级、国家、宗教和贫穷的故事，但是通过对无辜叙事者的一再援引，本书的作者弗朗克·麦科特林从不需要提及这些概念，也从不需要写出酒精上瘾、被遗弃、被羞辱和穷困潦倒这类词汇。本书的叙事者是一位永恒的无辜者，作者指望成年读者们通过自己的理解去填补空缺，这个男孩周围的那些酒精上瘾者，他受到的羞辱和让人感到可怕的、永无休止的对他自尊心的侵犯。无辜的叙事者并不需要发表任何看法，读者自会做出判断。

麦科特林是一位高水平的作者，人们觉得以她的水平以无辜的叙事者的角度写故事十分轻松简单，但事实上一点都不轻松简单。我曾经与一位非常有天赋的作家一起合作过，她有着惊人的记忆力。在她的孩童时期，英格兰正处于战争状态，她可以清晰地记起来自己 3 岁时发生的事件。当她提笔开始写回忆录的时候，叙事视角附着在那个孩子的身上，如果那个孩子不知道一个物品应该怎么形容，那么她干脆就不用专属名词来描写这件物品了。打个比方：母亲带着小女孩来到商店，她买了两盎司的茶叶。店员将干茶叶放到秤上，但是这位 3 岁的小女孩并不知道称东西的工具叫什么，为了完全遵循叙事者的视角，她只能通过秤的不同部位和零件来描述秤。你也想象得到，这段篇幅不短的描述是乏味且让人困惑的，它所造成的负面影响不仅仅是针对这个场景，还有整个故事。当她进行修改时，作者放弃了对孩童视角的坚持，她用秤的特征来描述秤，自此回忆录就回归美好了。

让我们回过头来看一看内塔·吉布斯对于她的那张在后院拍摄的、挂着刚洗好的衣服的家庭照片的描述。如果她一开篇将那张照片描述为回忆录中的一个真实存在的场景，那么应当用什么方式来展现它呢？如果叙事之声固定在她青少年时期的视角上，那么她就必须着重描写玛丽珍娃娃鞋和她十分喜欢的那件粉色裙子，因为那个时候她的注意力都固定在这些东西上面。如果她决定采用更加成人化的视角，那么叙事者就可以提供一些小女孩所不能理解的内容。我一直认为哈珀·李的《杀死一只知更鸟》所取得的最伟大的成就其实源于他所采用的叙事之声。书的开篇阶段，一位成年女士怀念着她在小镇的童年时光，但趁读者还没有意识到的时候，叙事视角已经换成了那个叫斯科特的孩子。

每个叙事之声都有着特定的限制法则和责任。有些时候，你积累了很多写作经验之后才会真正知道这些法则是什么。一位与我长期合作的作家，20世纪50年代在阿拉斯加度过了富有冒险精神和先驱精神的童年，对于这段经历他有着非常完整的编年体记录。当时他的父亲前往阿拉斯加的瓦尔迪兹，在一座还没有建好的教堂里当牧师，因此4岁的他和5岁的哥哥也一同搬去了阿拉斯加。他的哥哥非常勇敢，渴望冒险，偶尔搞一些恶作剧。弟弟——也就是作者本人——被描写成一位更希望与母亲留在家里的孩子。他经常忍受寒冷和饥饿，性格软弱，喜欢黏着别人。实际上，他不仅不够勇敢，简直就是一个胆小鬼。尽管他和哥哥有着迥然不同的性格，但兄弟之间坚不可摧的纽带仍是全书最重要的主题之一。在写到一定篇幅后，作者意识到对于他想要描绘的故事来说，将叙事之声固定在弟弟身上会陷入十分棘手的困境。首先，生活在阿拉斯加州的先驱者工作繁重，例如将刚刚捕到的三文鱼制作成罐头。他们一家和附近的孤儿院的孩子、大人们一起去抓三文鱼的那次远征探险，更是不好以弟弟的视角展开叙事。用小男孩当作叙事者，你就得在他身旁安排一位成年人与之对话，这样才能解释清楚工作内容。这种叙事方式逐渐变得乏味且重复，拖垮了故事的节奏。另外一个困境，是小男孩的词汇量不足以形容阿拉斯加州雄伟壮观的景色。在之后几稿的修改中，这位作者将小男孩身上的枷锁取了下来，他仍然是视角的发起点，且仍是关键的叙事者（我想要回家。我冷。我饿了。

我累了……），但是作者赋予了他更自由的描绘能力，增加了他的词汇量，这样一来他与众不同的童年得以被更好地展现。

一定要拒绝将你的人物塑造得过于完美、过于掌控全局、过于见多识广。但与此同时，叙事者永远都不应该是一个抱怨者（可怜的我啊……他们对我都那么坏……这根本不是我的错……）。有优越感的叙事者很难让人感到有趣。永远在为自己辩解的叙事者是令人厌倦而且老套乏味的。

当一个叙事者在每个小插曲中都是英雄的时候，他往往不会在最终时刻成为英雄。讽刺的是，弗朗克·麦科特林的弟弟——马拉奇·麦科特林在其著作《与僧侣一起游泳》中犯了上述所有错误。他将自己描绘为一名神气十足的英雄，他一直在为自己的种种行为和决定做辩解，其中有一些很显然是值得商榷的判断，但是他总是有一个完美的理由，当然他也经历过很多有趣的冒险。然而随着故事的深入，冒险逐渐变得平淡无奇且单调乏味，处处体现着他的自我感觉良好，这一点从未改变。阅读这本书的体验，就像是在坐长途飞机时，旁边坐着一个你此生遇到过的最爱喋喋不休吹嘘自己的乘客一样。

在将回忆写成回忆录的过程中，你需要对过往做转型处理。作者需要决定哪些内容能够进入回忆录、哪些不能，作者需要决定如何将过往重塑成一个故事，而不仅仅是词汇的堆叠，比如按照时间顺序将一件件事情罗列出来。作者还需要创造一个讲述这个故事的声音。例如，你要描述孩童时期的一场意外——玩化学道具导致爆炸，孩子视角下的故事与成人视角下的完全不同。在成人视角中，爆炸会让自己的弟弟留下一生的烧伤伤疤，或者失去一只眼睛，或者导致某些其他灾难性的后果。

为了更好地理解叙事之声如何能够对故事本身产生影响，让我们看一看下面这段回忆录选段。埃莉诺·欧文在两段内容中描写的是同一件事。事情都发生在她 4 岁的时候，她的父母带着她参加了 1947 年发生的一次反对核弹游行。在那里她遇到了著名的科学家、诺贝尔奖得主莱纳斯·鲍林。这就是故事本身，但是注意在不同版本中不同的口吻！不同的口吻不仅仅改变了这段经历是如何被描述的，还改变了场景中所隐含的真相。

华盛顿广场的恩宠

1957 年 10 月，华盛顿广场上爆发了反对核弹游行。那时爸爸把我放在肩膀上，跟随着妈妈在人群中前行。"加入工人的联盟！"妈妈一边喊着口号，一边将宣传单发给所有冲着她微笑的人。

我红色的头发在人群中十分显眼。很多人都把爸爸拦下，问他："小红过得怎么样？""我可不是个小孩子，"我提出了抗议，"叫我大红。"妈妈和爸爸开心地笑了，其他游行的人也跟着笑了。

我注意到一个有着夸张发型和目光锐利的蓝色眼睛的老人在人群中穿行。他在我们面前停下，冲我们笑了笑，把手举过来和我握手。

爸爸把我从肩膀上放下来，老人轻轻地爱抚了我的红色卷发。他说了些什么，但并不是冲着我说的，好像是冲着某个我们都看不到的人说的。此时我妈妈咬住了嘴唇，就像要哭出来一样。

"这就好像是被教皇赐予祝福一样。"爸爸悄声说，此时老人已经离开我们走上了演讲台。

"教皇可比不上莱纳斯·鲍林。"妈妈说。

这里的叙事之声生气勃勃，与一个孩子的视角完全相符。从她对人群的描述中我们能感受到庆祝、欢乐的气氛。人们都十分友善，妈妈一直挂着笑容。他们被称为妈妈和爸爸，而不是更加正式的"我的父母"。诺贝尔奖得主莱纳斯·鲍林仅仅被描述为"一个有着夸张发型的老人"。读者需要等到妈妈对她进行定义才知道他是一个有着很高名誉且备受尊敬的人。妈妈和爸爸在埃莉诺被祝福的时候就意识到这是一个殊荣了，然而这位年幼的叙事者没有意识到。

华盛顿广场

1957年10月，屠夫、面包师和印度厨师们都拥入华盛顿广场，莱纳斯·鲍林将在这次反对核弹游行中发表演讲。我，小红公主，正坐在我父亲的肩膀上，我的父母都是合法的"激进人士"。我们在人群中跟随母亲前行，她正在发放工人联盟的宣传单。人群中有满脸胡子的老爷爷、裹着头巾的老奶奶、眼神中充满怒气的学生、因为劳累过度而脸色苍白的工厂女员工、穿着满是颜料污渍和蛀虫啃咬痕迹的毛衣的艺术家，以及那些抱怨资本主义社会根本不关注工业事故的男人们，他们装着假肢，脖子上挂着标语，追求公平正义。

我的父亲总会把手伸进口袋，掏出一些零钱给那些男人。尽管天知道我们已经整整一周除了煎饼和燕麦粥之外什么都没吃。我身上穿的大衣和脚上穿的鞋子都是敬仰我父母的人送的礼物。他们怎么能如此没有尊严，竟然能够接受那些过得根本不比我们好多少的人的施舍。为了信仰，他们有什么不能牺牲的吗？我的父母被列入黑名单，被关押，生活穷困潦倒，然而他们依然无比自豪，因为他们觉得自己坚守了原则。比起自己孩子的生活状况，他们更在意人道主义出现的危机。莱纳斯·鲍林在华盛顿广场出现，在我面前停下脚步，伸出手来向我送上祝福的那一天，是我人生的巅峰，更是他们人生的巅峰。

埃莉诺·欧文的开场是对游行场景生动鲜明的描述，对于人群的描写也很精准。但在我看来，未能更具体地描写母亲和她的宣传单，是一个败笔。在第二段中，她几乎立刻遗弃了华盛顿广场上的那个时刻。埃莉诺改变了叙事者的视角，叙事之声变成了一个见多识广的成年人。她对她父母的选择和价值观提出了质疑，这种质疑最终转变为批判。莱纳斯·鲍林所给予的祝福对于叙事者来说依然无关紧要，她甚至不肯着笔墨描述它。她提到这件事仅仅是为了表明那一刻是自己父母人生中的巅峰时刻，但是很显然你可以从叙事口吻中感受到埃莉诺并不认为这是她自己人生的巅峰时刻。在段落之间进行视角切换是十分不和谐的，这导致埃莉诺无法顺利地将叙事拉回到 1957 年的华盛顿广场。我们很难想象回忆录自此往后应该如何继续。

对叙事风格进行结合

难道叙事者就必须一直保持一致吗？并不尽然。

汤亭亭的《女勇士》一书中就采取了非传统的叙事之声，每一章节的叙事者都不一样。这些内容是回忆录短文的缘故，她可以自由地采用所有种类的叙事之声。有些时候叙事者是喜欢做白日梦的，在自己的想象中参与了许多伟大的冒险，另外一些时候叙事之声变得愤怒且充满讽刺意味。传统意义上的叙事者"我"直到书的尾声才出现，而且这位叙事者在出现不久就开始谎话连篇。但是如果你按照顺序阅读的话，虽然叙事之声并没有保持一致，你也能感受到这些短文从某种角度来说创造了一种和谐感。

在下面的选段中，内塔·吉布斯采用了与描写诸多"第一"不同的叙事之声。在这篇短文中她将自己孩童的观察力与成人的视角结合在一起。她将成年人那种令人困惑的情感观融入文中，平稳地从成年人扭曲的价值观过渡到孩童的体验，然后又流转回来。她在进行叙事视角切换时得心应手且优雅无比。

格兰·西弗·奥托（偷车贼）[①]

我的家族中充满了谎言。蓝色的眼睛、家庭遗传的牙齿深覆合，以及每个感恩节聚餐时我从亲戚身上看到的踝关节无力症，都能让你找到我们家族的共性——骗人。我们每个人的房子都很小，没办法同时容纳吉布斯家族的成员，所以我们通常会去舅婆安娜的家里过感恩节。她的儿子们会在车库里将几张桌子一字排开，再打开几盏加热器，我们就在没做过绝缘处理，挂满了塑料水管和各种工具的空间里庆祝节日。晚饭过后，男人们去客厅一起看橄榄球，女人们则留在厨房里。年纪大一些的孩子们要么被分配了工作，要么就是在预谋捣乱。对于那帮喜欢捣乱的孩子来说我还太小，但是我也识趣地知道不要碍他们的事。

有一年的感恩节，我不得不与一位比我年长三到四岁、令人感到异常厌烦的女孩一同度过一段时间。我仍然记得她穿的裙子——褐色丝绒材质和花领边，我太想得到那条裙子了。就叫她萨曼莎好了，我觉得这个名字与她可爱的卷发和她从恶意中获得的满足感非常搭配。毫无疑问，萨曼莎坐在我身边，对我说我哥哥乔无法出席

---

① 格兰·西弗·奥托（Gran Thef Otto）与偷车贼（Grand Auto Theft）的英文发音很接近。

感恩节晚宴是因为他这个"偷车贼"正在监狱服刑，她以为我听了会号啕大哭。

我当时还不太理解这段话，而这位做作的、刚刚向我传递了坏消息的女士，已经大摇大摆地走开了。事实上，真正让我感到厌烦的，是当我坚持说乔是在迪克斯堡服兵役时她脸上那粗鲁的蔑视。是的，一个8岁的女孩也可以做出粗鲁的蔑视表情。她离开后，我开始琢磨，乔要服务多久？他为什么要在罐头^②里服务？他是在什么地方当服务员吗？格兰·西弗·奥托是谁？为什么乔会和他在一起？

那天晚上的晚些时候，我问母亲，格兰·西弗·奥托到底是谁，他是不是像舅婆安娜一样的亲戚。听到这话，我母亲的表情放松了下来，脸上甚至挂起了笑容。是的，他是舅婆安娜的丈夫，奥托，他已经离开这里很久了。他住得离我们很远，就像乔一样，只不过他不住在迪克斯堡。母亲说他大概在阿拉斯加的一艘渔船上当厨师。

几个月之后，我去问舅婆安娜，格兰·西弗·奥托过得怎么样，他什么时候才能回来和她一起住。当她大概了解到这段对话的主旨和背景时，轻轻地拍了拍我的手，并问我想不想来一块奥利奥饼干。她知道这个提议肯定会让我的注意力立刻转移到奥利奥饼干上面。

在我们家族任何旧丑闻都可以在有效的包装下成为一个好故事，舅婆安娜是这种家族传统的信奉者。我们的家庭会将这个故事

---

② Serve，在英语中有"服务"的意思，也有"服刑"的意思；Can，在英文中有"罐头"的意思，也有"监狱"的意思。

粘到墙上，让它成为旧丑闻的替代品。事实上，安娜的丈夫名叫威尔伯，不是奥托，而且威尔伯也蹲过监狱（伪证罪和过失杀人罪）。在他服刑期间，安娜又和两个不同的男人生了两个小孩。他们都不是真正的聪明人。

当你审阅回忆录的草稿，并加入更多内容时，仔细研究一下为你讲述故事的叙事之声。叙事者的视角是否在不同的段落中不停地转变，就像埃莉诺·欧文的错误案例一样造成了不必要的混乱？叙事者是否是个像弗朗克·麦科特林那样的无辜者？叙事者是一个痛苦的成年人吗？叙事者是否像玛丽·卡尔一样充满活力？你的叙事者是否像瑞克·布鲁格一样轻松随意？最重要的问题是叙事者能否完成你所交予的任务？就像那位撰写阿拉斯加州先驱者回忆录的作家所发现的那样，在你意识到你的回忆录需要什么样的叙事之声，会让你兴奋好几天，甚至好几周、好几年。

11. 修改回忆录

"你必须经历你的人生，但是你可以修改你的回忆录，这就是
不同所在。"

——劳拉·卡尔帕金，《回忆录俱乐部》

亲爱的作者们，想象这样一个场景：你刚刚工作了一整天，合
上了笔记本电脑，抬起疲倦不堪、视线模糊的双眼，并且看到了三
个瓶子。第一个瓶子上标记着"干得漂亮"。你将这个瓶子拿起来，
迅速地喝上一小口。你今天写了很多字！写了好几页！取得了很大
进展！太棒了！旁边的一个瓶子上标记着"还能做得更好"。你知
道这句话是真实的，所以与亨弗莱·鲍嘉的《呆头鹅》里面那种厌
世的顺从感类似，你将那个瓶子也拿起来喝了一口。但是第三个瓶
子上面标着"这玩意烂透了"。你不要拿起这个瓶子。将软木放回
瓶口，将这个瓶子摆在一旁吧。如果你相信你的作品烂透了就等于
承认了失败。如果你相信你的作品的每个字都是黄金，且放在最恰
当的位置的话，你也会失败。你必须时刻保持作家应有的平衡感。

修改是绝对必要的，要不断修改。有些时候你需要冷酷无情地对待原稿。你必须兼顾艺术家和编辑的视角修改稿子，对你的文字负责。将修改的过程当作一次重新想象、重新审视、重新思考以及重新记忆的过程——此处重新记忆是指将记忆解体，再重新合并。直到你获得书号之前，写作的过程都不会结束。出版之后你的书是一件手工制品，而在那之前你的书永远都是草稿，对草稿你可以随意修改、调整、装饰、扩展、夸张和再加工。

修改的时机是什么时候?

1. 每天，或者在你每次写作的时候做修改。

2. 间歇性地修改。当你已经积累了大量材料，正在寻求一个更坚实的叙事结构时，修改可以给予你的内容更好的结构和叙事之声。

3. 当你手中的内容是一个规模较大的整体，而你需要提炼精简，使内容更清晰、更优雅且更有风格的时候。这个"整体"可以指一本书，或者一篇短文，或者一个章节，也可以是它们之间的某种整体。

如果你要进行大的修改，例如一个全新的开篇。那么你要将已有的内容存档，然后再重新建立一个新文档。将那些你要删除的内容另行保存备份，它们有可能在未来派上用场。

每天进行修改

　　每向前走一步，都要向后退三步。当你开始写作的时候，不要从上次写作结束的地方继续。要重新看一看你已经写好的内容，这样做，可以帮助你重新介入之前的内容和其中的情绪，拾起之前内容中的驱动力。如果之前的内容缺乏驱动力，那么就要创造驱动力。要从什么地方开始看？这取决于很多事。如果我每天都要写作的话，我会从头开始看。不用担心，我并不是说让你每天都从你四百页小说的第一页开始看，我是指每个章节的开头。独立的章节从逻辑和思维上更可控。我总是按照独立章节来分段工作，直到最终时刻我都不会将这些章节合成一整本书。当然，你完成第一章，满意地画上句号并准备开始下一章的写作时，你可能会发现第一章最后的几段内容实际上应该是第二章的开端。或者你会觉得你目前的第一章其实不太适合放在开头。那就这样吧，一定要保持足够的弹性，你的内容可以存在于任何位置。我的做法是将这些草稿保存在标注着年月的不同文件夹里。

　　人们经常提到"灵感枯竭"这个词，我不太喜欢这种说法。每一个作者都会在某个时间段进入可怕的死胡同，不管你如何尝试，故事就是不会按照你的意愿向前推进。在遇到这种情况时，你可以尝试回头看一看。故事对你的布局做出的顽强抵抗，即障碍并不来自前方，而是来自后方。当你缺乏向前的动力时，向后往往能够解决问题。多年的创作经验告诉我：答案就在你身后，在一层薄纱下面等待着你。

怎么掀起这层薄纱？

前面几轮修改要以扩展为目的。

在初稿中，作者往往会用"占位置"的方式来进行叙述，有些时候内容只是被放置在那里，但是并没有进一步展开。或许你在某处用一个小事件占了位置，但是那里实际上需要一个完整的场景。或许你的初稿中存在很多概括性描写，这些内容需添加细节。或许有些只有一两句的对白事实上应该是一整段的对话。你的草稿中有没有那么一处位置，这个位置的一段话迫切需要成为一个完整的场景，需要补充对白和细节？或许在你一开始认为只是幕后故事的某些内容会给你带来意想不到的启发。

想象下面这样一个场景：你的同事刚刚度假回来。

"你的假期过得怎么样？"

"还不错，我玩得很开心。"

"很好。"

都是平淡、无聊的内容，缺少生气、活力和细节。

在修改的过程中，你要问一些帮助你寻找细节的问题。

你做了什么？我去……（露营，钓鱼，观景，徒步，上厨艺课程……）

你回家的时候有没有什么变化？

我回家时……（摔断了一条胳膊，伤了心，新添了一处文身，被晒伤了……）

你最满意的一餐发生在哪里？

最难忘的景色？

星光最灿烂的那一夜？

阳光最好的那一天？

最高的海浪？

最好笑的八卦？

最友善的陌生人？

错过的航班？

丢失的行李？

任何内容都可以提供色彩、声音、光亮和活力。

在修改的过程中，挑出潜伏着的、占着位置的、需要被扩展的内容。

当我们聊到加工和扩张内容的时候，不要忘了弗朗克·麦科特林的《安吉拉的骨灰》的全部故事大约可以用 50 个字描述。无非就是一个关于贫穷、信仰、爱尔兰和酒精的故事。然而，他给我们提供了 450 多页的美妙的场景。我最喜爱的场景之一，或许在草稿中被"占位置"时是这样的："一个 11 月，我们家搬到了一个比我们住过所有地方都更可怕的住所。这条街的公用厕所就在我们的后门。"从传递信息的角度来看这段话是可用的，但是没有任何活力。在书中，麦科特林一家抵达这个脏兮兮的、臭气熏天的地方。他们将自己为数不多的物品放下来，父亲试图寻找这个新家有什么值得称赞的地方；母亲闷闷不乐；男孩子们又累又饿。一个男人来到后门，将他夜壶里的尿倒进了公共厕所。麦科特林夫人愤怒地质问那个男人："你凭什么来我们的厕所倒夜壶！"那个男人一边离开一边笑出了声："他们的厕所！哈哈哈。整条街都用这个厕所，如果你在11月就受不了它的味道的话，大姐，6月的时候你可怎么办哪！"

这个生动的场景让读者意识到，麦科特林一家已经陷入了未曾意料的深渊里。

中期修改

任何叙事性文章都需要找到讲述故事的方法。从根本上讲，你在写作的过程中需要发现并确定一种核心结构（组织原则）。这个结构可以用作你整个故事的轴心，不管你要写的是一本书，一篇文章或是一系列回忆录短文。有些时候这个结构会完美地通过闪回的方式出现在作者的脑海中。有些时候作者需要像盲人一样在数百页的草稿中摸索出讲述故事的方式。我是否应该仿照《安吉拉的骨灰》或者《摆脱奴隶制》按照时间顺序讲述故事？或者仿照《土生子札记》按照主题的区别撰写几篇短文？安东尼·波登将《厨房机密档案》处理成一次正式的晚宴——从前菜到甜品，从咖啡到香烟。在帕特里西亚·沃尔克那本令人着迷的、经营餐馆的家庭回忆录《吃饱了》中，有几章描述她性格迥异的家庭成员的内容。那些章节都是用菜肴的名字命名的，"切肝""肉糕"等。对于有些回忆录来说，运转体系就蕴含在书名中，例如《美食 祈祷 恋爱》。每当你阅读一本回忆录的时候都要问一问这个问题：这本书的核心结构是什么？

有些时候你的原料会支配你讲述故事的方式。一本讲述痊愈过程的回忆录，可以选择以叙事者身体状况良好的时刻作为开篇，之后再讲述他是如何一步步陷入病痛的。或者，这类回忆录可以首先建立一个病痛中的可怕时刻，然后再通过闪回的方式回到当初。这类故事会用陷入泥潭这一中间部分作为开篇吗？绝对不会。读者必须体会到叙事者的绝望，因此必须知晓叙事者是从何处跌落的。在丹妮·夏彼洛的《遗产》中，她速写了一个发现真相的过程——她发现自己深爱着的已故父亲并不是她的亲生父亲。这本书的主题是这个发现所造成的影响，而不是她是如何发现这个真相的。汤亭亭有娴熟的写作和构造技巧，在她的《女勇士》中有许多大师风范的短文，那些段落缓慢地解释了她的母亲——英兰，才是真正的女勇士。在弗拉基米尔·纳博科夫的《说吧，记忆》中，父亲的角色——他的生命和死亡——逐渐成为短文巧妙运转的轴心。在纳博科夫最经典的故事中，电话铃声是关键所在。在组织你的回忆录短文时，切记一定要不停地积累你的读者可以获取的信息，因此尽量不要重复自己说过的话。你应该用恰当的方式对信息排序，确保它们能够最终导向一个戏剧性的高潮，至少要保持一定的节奏感。

有些时候，修改的过程会让你的原料进入未知领域。琳达·莫罗开始写她的回忆录《这个家庭的心》时是为了记录她作为一个母亲面临的困难处境。她的儿子史蒂夫于1966年出生并患有唐氏综合征。那个时代并没有专门建立针对这些孩子的教育系统，他们绝大部分都被送去特殊机构了。琳达没有这么做。为了让儿子获得更好的教育，她克服了许多障碍，也取得了一些成功，但是她大部分时间都在经历心碎和挫败。她在2012年开始写回忆录的时候是按照时间顺序罗列事件的：史蒂夫出生了，之后又有两个儿子出生，他们一家人开始频频搬家。但是她一直不确定故事应该如何结束，以及她要在回忆录中加入多少关于自己人生的内容。简而言之，她写了几年的回忆录，长达几百页，但是其结构依然不甚明确。在一位策划编辑的帮助下，琳达有了修改方向，她提到了许多她原本不打算写出来的情绪和挑战。书中的内容不仅描述了史蒂夫的孩童时代，还写了她的婚姻是如何破裂的，她是如何发现更真实的自己以及她是如何最终与另外一位女士建立感情的。《这个家庭的心》现在跟随史蒂夫进入他的成年时期，将故事限定在结尾与开头之间，加入了一些发生于2015年的关键性事件。

琳达的经历告诉我们，有大量的内容作为基础才能真正找到你回忆录的结构。佩吉·卡尔帕金·约翰逊所撰写的《百年回忆录：献给我父母的礼物》的副标题"献给我父母的礼物"，就给予她一个核心结构。她自豪地写下她父母移民来到美国时的勇敢，讲述了他们移民过程中遭遇的种种磨难。当然，把创作思路确定下来之后，回忆录的结构也就非常清晰了。

第一章：旧国度（1915—1922）

第二章：旅途（1923）

第三章：新国度（1923—1940）

但是，在她创作草稿的过程中，一些其他故事进入了她的脑海。那些故事不太符合简单地按照时间/地理顺序来排列的叙述方式。格蕾丝·汤娜——也就是那位在阿达纳救过我祖母一命的教师——就需要单独占一章内容。赫果希的弟弟在沙漠中的可怕经历也需要独立的章节。这些内容和其他一些元素都在某种程度上符合核心结构的需要，但是它们并不能按照时间或者地理顺序进行排列。作为一名作者，佩吉表现得非常有应变能力，她随时关注着叙事中的新内容。在第 1 ~ 3 章之后，她加入了新内容，更加丰富地展现了她和家人移民美国时的经历，其中就包括源于亚美尼亚的菜谱、名字和短语。她用一章名叫"告别"的章节作为全书的结尾，在这一章中，她讲述了她已故姐妹们的人生故事，她们中最长寿的一位已经于 2016 年离世。

最典型的关于结构的反面案例来自哈夫洛克·蔼理士的《我的

人生：哈夫洛克·蔼理士的自传》。蔼理士（1859—1939）现在已经基本上被人们遗忘了，他只能勉强算是主流知识分子和艺术家中的次要人物。但是在他生活的那个时代蔼理士可是十分出名的。他被称为"性心理学家"，他的理论让维多利亚时期的主流人士和社会主义人士都十分厌恶——他们讨厌的不仅仅是他的作品。他的自传本应是一本充满营养的书，但实际写出来的却是这样：每当他遇到或者开始介绍某些名声很差、放荡不羁的伴侣时，他就将故事暂停，并用长篇大论解释自己与那位仁兄的关系，这通常会使得对某个人物的叙事进度大大领先于故事整体的进度，他通常要写到那个人死亡才转回故事本身。这种结构导致整本书非常阴郁。当他终于回到故事主题正在讨论的事件时，自传的整体性已经被破坏。读者感受不到作者的一生充满了有趣的冒险和奇妙的相遇，相反，读者觉得自己身处一场永无休止的、昏暗的追悼会现场。他的结构最终成了追赶性叙事的一种形式。

追赶性叙事是叙事的最大敌人。当你介绍与你之前试图展开的内容毫无关联的信息时，就会发生追赶性叙事。当你突然停止某一章、某一段或者某一句内容的写作，转而"赶进度"，或者当你为了进行说明性阐述而暂停你原本的场景描述时，就会发生追赶性叙事。你所建立的叙事深度和节奏被冲垮，叙事线也脱轨了。如果你进行追赶性叙事，那么很遗憾，你其实是在对你的结构开启了自毁程序。

我生活在堪萨斯城的时候，安妮是我最好的朋友，我们几乎什么事都要一起做。12 岁的时候，我们一同加入了唱诗班。1968 年，安妮去伦敦和赫尔曼隐士乐队的某位成员鬼混了一段时间。她生了两个小孩，并染上了不好的习惯。之后她在温布尔顿住了一段时间，几年前她回到了堪萨斯城的家中，为了……

我们在穿越沙漠的途中发现车子没油了，大概是因为油量表两周前坏掉了。我已经告诉克里斯必须把它修好，但是他没有，他……

父亲病了很长时间，我们决定把他送到养老院。我母亲在几年前就注意到父亲呼吸有些困难，他经常喘不上气，非常容易疲劳，而且他的短期记忆能力几乎不复存在。她带他去看了医生，那位医生又把他介绍给一位神经科专家，那位神经科专家……

我的哥哥威尔用石膏打了我，我疼得对他大吼大叫。在 10 月的一场橄榄球比赛中，威尔在第二节的最后几分钟撞断了自己的胳膊，当时他为了达阵撞到了门柱上……

当你发现你写下的内容都像上面列举出来的一样偏离主题时，停下来，对你的信息提出质疑。问一问自己，这些信息到底属于哪里？你是否需要提前提供一些语境，这样一来你的场景才能生动，提出的观点才能够深刻，戏剧性的瞬间才能有戏剧性？为了能够确保读者的注意力停留在你最重要的场景，或者任何你希望的地点，你是否需要移动一些内容的位置？问一问自己，如何才能将原料整合成一个整体？当然，还要问一问它们是否有被整合的必要性，或许有一些根本就是多余的内容？它们需要独立的段落或者章节吗？

当你写得越来越多时，这些问题就会在填充故事的过程中得以自行解决。

后期修订

在写作过程的中后期再次回到你的草稿上来，这时你需要确保内容是清晰、流畅并且格式完整的。

清晰意味着读者永远不会卡顿，说："什么？这里到底发生了什么？""你在讨论谁？""我刚刚读到的内容意味着什么？""此处是谁在说话？""事件发生的地点是哪里？"

流畅意味着你的作品让读者在阅读的过程中获得了享受。你将读者生活和语境之外的事件、人物和想法通过流畅、令人印象深刻的文字介绍给他们。流畅意味着新颖、活泼且娴熟的写作手法，可以同时表达气氛和行为。简单来说，就是一种能够让人陶醉的创作。

拥有完整的结构意味着读者永远不会因为以下原因停止阅

读：读者感到无聊或者缺乏关注度；由于你的过渡太过生硬导致读者在段落之间迷失了方向；读者认为你的原料十分枯燥，充满重复性或者模糊不清。

一个简单的提问能够帮助你达到这个目标。当你阅读自己的文字时，问一问自己，这段内容（名称、开篇、场景、对白等）能否为叙事服务？

如果答案是否定的，那么就要删减，或者拼接、压缩、扩展、丰富，或者把它修改成能够为叙事服务的内容。总之，一切为叙事服务。

一些细节：

标题。一定要在确定标题之后再开始写作，不管这个标题是否是临时性的。即便你经常改变标题，拥有一个标题也像是在荒郊野外拥有指南针一样。在我的写作经历中，有一些作品的标题是从我第一次提笔到几年后被出版成书都没有改动过的。同时，也有像《伟大的冒充者》一样在草稿阶段就改过六次标题的作品，其中的一个标题还是非常泛用的"好莱坞小说"。在写作的后期阶段我才意外地找到了最适合的标题"伟大的冒充者"。因此，即便你的标题仅仅是权宜之策，而且被多次变更，标题的存在仍是为了帮助你将注意力聚焦在你的材料上。如果你变更标题，那么你就必须返回，将新标题所隐含的主旨编入你的内容。每一个章节也应该有一个标题，即便你最终决定将它们移除并用数字编号排列章节。

开篇。为什么你将这段内容（章节、场景、段落、语句）用作开篇？确保你的开篇能吸引读者。不管你之后的章节有多么精彩，如果你的开篇很差劲，读者会缺乏继续读下去的动力。

对白。对白可以起到揭示人物信息以及传递情绪和信息的作用。当你给一位人物安排对白时，你也就自然而然地赋予了他们一定的重要作用。不过，作为主要的叙事手段，对白并不一定总能起到良好的效果，尤其是当你的人物喋喋不休并占据了大量的叙事空间时，你的故事并没有向前推进，也没有制造任何紧张气氛。

编辑某段对白时，将这段对白从它的段落或者章节中独立出来，然后在没有任何辅助材料的情况下审阅它。研究一下有没有不恰当的语言、让人厌倦的对话，或者基本上重复了已知信息的无效内容。你有没有在每个双引号后面都描写一遍人物的脸部、鼻子或者眉毛的姿态？如果有的话，删掉它。着重审阅副词，如果它们是和声音或者语调有关的，例如"他生气地说"，那么请认真推敲这段交流中你所用到的每个词，有没有可能通过对白中的内容来传递生气的情绪，而不是用副词来体现？问一问自己，这段对白能否增强读者对于人物的行为和选择的理解？是否起到了推进故事的作用？过渡是否流畅？如果对白中一个人物被提问，那么必须立刻给出答案，否则你的人物就不是在互相交流，而是在念台词。

整体来说，大部分对白都可以为了更好的戏剧效率而被压缩或者融合，在你写完最初的几稿后，研究一下对白，看一看有没有合并的可能性。合并某些对白可以让人物更饱满，一定要避免大篇幅的短句对白。

描写人物。在回忆录和小说里，人物必须成长。人物做选择的时候会显得鲜活生动。你有没有给你的人物做出选择的机会？你有没有让你的人物在你所创造的"环境"中，不论是在厨房、教室，还是在制作三文鱼罐头或是发传单的过程中移动？你有没有花费大量时间介绍一个人物，精心安排了对白，却没有进一步加工那个人物？如果有这种情况，你需要进一步加工或者进行删减。玛格·杰弗逊在《黑人之地》中用了一个非常有趣的手段。在介绍那些在她的故事中短暂出现的人物时，她用他们姓名的首字母来代替，这样一来这些人物看起来就像是客串演员一样了。这种手段使得她的叙事者把精力集中在那些她想要加工的人物身上，全身心地讲述这个不同寻常的故事。

你的回忆录有没有因为你不停地描述人物与叙事者的关系而变得冗长乏味？我的祖母、我的表哥、我的母亲……能否直接用名字？这样做就可以摆脱人物与叙事者的束缚。如果你想要描写母亲，记住她并不一直是你的母亲。在成为你的母亲之前，她也有别的身份，最起码在她成为你的母亲之前要用正确的名字称呼她。尽可能地赋予"母亲"和"父亲"他们真正的名字，这样他们就会成为更加立体的个人。

描写场景。你的每个场景都生动吗？读者在阅读你的文字时能否想象你回忆录中的事发生在什么样的世界？灯光、声音、气味和其他感官体验、天气、生理上的舒适和痛苦——这些信息是否出现在正确的位置？是否需要进一步筛选？是否太重复？压缩后会不会更有效率？每个场景是否都能完美地与前一个以及后一个场景形成视觉和气氛上的连接？

过渡。段落之间的过渡是否平稳顺畅？能否通过合并或者压缩而摆脱冗余的内容？

去除叙事残渣。这包括低质量的、没有特指性的字词（例如过多的"这个""那里"这样的短语），这些短语过多出现只会让内容显得杂乱无章，并不会提供额外的信息和深层涵义。如果你的人物在一个场景中穿着正式服装而在紧接着的下一个场景中赤裸全身，那么你可以描述人物脱衣服的过程。但是，你，亲爱的作者，不需要描写每一个细节——关上的门、擦干的眼泪、拿起的刀叉、吞咽的食物、放在吧台上的杯子和加在茶杯里的糖块。过多的类似描写会让你的叙事节奏如同蜗牛前行一样缓慢。

烧掉不必要的纽带。有些时候你需要一条"纽带"才能将读者带入你的材料中。这种纽带有可能是几段内容，也有可能是几页内容。最简单的纽带就是"我还记得那时……"，一旦你开始描述你所记得的事情，你就不再需要"我还记得那时……"了。这已经成了一条无效的纽带，去掉它，此时你应该迅速告诉读者你记忆中的内容。通常来说需要烧掉的纽带都出现在开篇的内容中。

动词时态。在最初的草稿中，你的动词时态通常是混乱的。如果你拿起的是"干得漂亮"那瓶酒，那就没什么可担心的。如果你选择了"还能做得更好"那一瓶，就要对自己更加严格一些了。尝试在整篇内容中保持动词时态的一致性，除非你想要通过在过去时态和现在时态两者之间的变换起到某种戏剧化的效果。

偶尔在过去时态的叙事中用现在时态进行点缀可以加强戏剧性，但是如果你写下了一整段现在时态的内容，或许你应该重新考虑一下你的选择。在短文中这种选择或许行得通，但是在一整本书的体量中，现在时态会如同一团死水没有新意。大量的现在时态会破坏叙事的紧张感，让人感到不会发生任何事，也没有任何事会改变。

一致性。你做出的任何修改都会对整体产生影响。你做出任何修改时都必须仔细考虑你已经完成的上下文。

像一个作者那样阅读

想要成为一个有创造性的作者，你必须首先成为一个有创造性的读者，也就是说你要像一个作者那样阅读。像作者那样阅读意味着不管你在读什么书——获得普利策奖的小说或者你写作练习小组中某人的作品——你都要用一个作者批判性的眼光对它提问。你的终极阅读体验会带来一堆镜像问题：为什么这段内容被用作开篇？
这一点为什么很重要？她是如何创造这种效果的？这一段内容好在
哪里？为什么这一段内容很好？或者反过来，为什么这一段内容很
差？你并不会突然间学会如何像作者一样阅读，这需要一个过程。
但是，一旦你习惯并掌握了这种阅读方式，那么很抱歉，你再也不
会感受到小时候阅读《绿山墙的安妮》、罗尔德·达尔的作品或者《哈
利·波特》系列书籍时的那种轻松愉悦了。创造性地阅读所带来的
副作用就是丧失阅读的纯真，但是它会让你学会如何创造性地修改，
简单来说，就是写作。

优化指南

食物链

在好的文章中总是有一条食物链。食物链顶端是动词，动词是
将你的文章向前推进的关键，要确保你的动词是充满活力的。尽量
用那些让人印象深刻、有着唤醒力量的动词。想象一下有多少种描
述行走的方式，这些不同的方式会不会暗示人物的性格或者其心理
及生理状态。要依赖强有力的动词，尽量远离意义不明、表达力弱
的动词。

在动词下面是名词，众所周知也就是人物、地点和事件。要确保
你的名词有事实基础，有韧性，有深度。它们既要厚重又要充满生气。

形容词和副词是作者用来修饰的工具，但是要避免集中使用。使用某一个生动形象的动词，要比使用一系列形容词或者副词更有效。举个例子，"他在街上漫步"或者"他在街上闲逛"就比"他缓慢、从容不迫地在街上行走"更简洁生动。不要试图借助形容词和副词来表达你场景中的根本元素，"日落很美妙，云被染成粉红色，满月并不是清晰可见"，这段措辞软弱的文字可以改为"黄昏时分，满月躲在粉色晚霞后面窥视着"。

在食物链中比修饰语更低一层的是介词。介词就是你可以对一辆红色小马车做的所有事情——好吧，几乎所有事情。你可以坐上去或者藏在下面，钻到里面或者爬到车顶，等等。永远不要连续使用超过两个介词短语，三个已经是极限了。类似"他迅速地进入房门，穿过房间，走向窗口"这样的语句会让你的文章十分机械化。更好的写法是：他迅速地穿越房间来到窗口。介词必须伴随着物体一同出现，就像房门、房间和窗口这样的名词。

食物链最底端是"垃圾桶词语"，这包含无效的字词句，特别是没有明确意义的代词。必须将其他词语放入这些内容中才能明白讲了什么，就像是垃圾桶一样。永远不要让这个简单的词语背负它所无法承担的责任。扔掉"汤姆是跑得最快的那个"，改为"汤姆跑得最快"。将"你是那个让家庭维持下去的人"，改为"你将家庭维持了下去"。永远不要写"这是清楚的"，或者"这是很显而易见的"，或者"这是别的东西"，要写"清楚地……""显而易见地……"。同样的法则也适用于垃圾桶词语"事情""这些""这个"以及"那些",不要把它们当作介词使用,而要用它们来修饰名词,例如"这些想法""这些概念"或者"那些巧合……"这样做可以迫使你厘清自己的思路。

避免被动语态

被动语态:孩子的午餐是由我做的(注意"由"这个介词,以及这个句子的宾语"午餐"和句子的主语"我")。

主动语态:我做了孩子的午餐(我是从事了某种行动的人,做了孩子的午餐)。

最经典的被动语态用法就是用来逃避责任的那句"错误被犯下了",注意这句话中没有任何人对于犯下的错误承担责任,也不清楚错误是谁犯下的。这句话与"我犯了错误"有着天壤之别。

延续这种思路,要确定你语法层面的主语实际上也是你表达层面的主语。下面我来举例说明,看一看以下两个句子有什么不同。

这让我的头脑不知所措。

这句话中,句子语法层面实际上的主语是垃圾桶词语"这",而"头脑"这个关键性名词看起来更像是垃圾桶词语的侍女。

我的头脑不知所措。

这句话中，不知所措的是头脑！而且头脑也是语法和表达层面的主语！

可能的话尽量不要用"有……"作为句子的开头，原因已经在上面做过阐述。"很久以前，有这样一个说法……"软弱无力的、不受约束的、不明确的"有"成了语法上的主语和动词，可以改为"很久以前人们说……"。

段落和句子

加工你的段落。过多简短、不连贯的段落会让你的文字充满跳跃感。不要用一个想法开篇，之后又偏离主题。同时也要确保不在一个段落中表明太多东西。一边修改一边阅读，查看你段落之间的过渡是否顺畅。

确保你所用句子的长度和结构是不一样的。不要一而再再而三地用主语／动词来开始句子。例如，玛丽去了趟商店，她买了牛奶和鸡蛋，她支付了现金。不要用任何重复性很强的结构来造句，这样做会将读者带入一种恍惚不清的节奏。小心使用标点符号，过多的感叹号会让你的读者感到气喘吁吁，过多的破折号会让你的叙事支离破碎。而括号的运用，尤其是当你反复机械性地使用括号时会将你的叙事之声拉低一个档次。

我要感谢山姆·费尔德曼先生，是他将这些知识教给了他高中新闻课上的学生们，并且在我们无法达到他的要求时，那些严厉的训斥让我们终生难忘。

12. 现在该做什么

"回忆的行为就是意志的行为。就像所有其他的意志行为一样，它要遵从选择。"

——佩妮·泰勒，出自劳拉·卡尔帕金《回忆录俱乐部》

你在眼泪和笑声中写完了你的回忆录，这是经过不断提炼、修改和梳理而成的作品。你在整理结构、确定叙事之声和完善叙事思路的过程中遇到了不少困难。或许你曾经分享过你回忆录的某个部分给密友、某个写作互助小组，或者一些能够给你提出宝贵建议的读者。又或许你与某位策划编辑一同探讨过这部作品。你碎片化的文字逐步优化成段落，段落优化成短文，短文又优化成章节。将这些章节组合起来越来越像一本书了。你回过头来修改，继续调整，删除了一点内容又加入了一点内容。看哪！这已经是一本书了！那么现在你该做什么？

首先，你应该考虑将你的回忆录短文或者某些章节通过文学杂志、选集或者其他的线上或实体形式独立发表。为了确保这些内容独立发表之后给读者留下印象，你还要编辑一下文稿。这项工作是非常有价值的。"非虚构类创作"这个词语的出现给了包括回忆录在内的作品类型（除非做出特别说明）一个大大的拥抱。大部分文学杂志都会明智地囊括多种类型的文学形式，包括小说、诗歌、非虚构类创作和回忆录等。在《女勇士》正式面世之前，汤亭亭就将其中的回忆录短文发表在期刊上了，弗拉基米尔·纳博科夫的《说吧，记忆》也是这样做的。

当然，有人会指出汤亭亭和纳博科夫的那个出版年代已经离我们远去了，这无疑也是正确的。纸质杂志的黄金时代确实已经过去了，但是在线上发表文章的机遇却很多。在美国，许多当代文学杂志，尤其是线上杂志会用社会或者政治性话题作为最大的商业卖点，它们只会发表这些领域的文章，或者说它们只会发表某一个题材的文章。有些杂志存在"地理绝缘"，它们只接受居住在特定区域（或者与特定区域有某种联系）的作者的投稿，有些时候这种特定区域可能是像"太平洋西北部地区"这样的大范围区域。还有一些专注于解决某些议题或者回答某些问题的杂志。校友类刊物（这是一个迅速增长的市场）经常会在最后几页加入一个回顾过去的专题。我母亲在她的回忆录出版成书的两年前发表了一篇讲述她二战时期在南加利福尼亚州大学就读经历的短文《阳光与阴影》，发表在南加州大学的校刊上。即便是那些最庄严的文学刊物（我想到的有《梨铧》《艾奥瓦评论》《草原篷车》

《凯尼恩评论》《弗吉尼亚评论季刊》[①] 等）也开始开展线上业务了。当回忆录短文在杂志或选集上发表之后，作者再寻找出版商时就显得有资历。当然，看到自己的署名总是一件令人满足的事情，哪怕署名仅仅在网络上出现而缺了油墨的芳香。

作品选集往往是针对某一个主题主动征集稿件。卡米·奥斯特曼和苏珊·蒂夫整理完成《超越信仰》时，一些第一次写作的人与有着很高名望的作家们一同出现在书籍的目录中。怎样才能发现征集稿件的机会？网络上的信息会令你应接不暇，我首推有着雄厚历史积淀的专业刊物。

大体来说，你可以将一篇作品提交给不同的杂志或者选集。他们会要求你履行告知的义务——一旦你的作品在某处发表，你就必须将这篇作品从其他平台撤回。

纸书

如何将你的回忆录变成散发着新鲜墨水味道的纸书，捧在手心呢？

两百年来，美国的出版行业都是端庄稳重、一本正经的"绅士"行业，他们中的绝大部分发源于纽约和波士顿地区。这些大出版商

---

① 上述文学刊物英文名依次为：*Ploughshares, Iowa Review, Prairie Schooner, Kenyon Review, Virginia Quarterly Review*。

对于那些偏远地区的小型出版商嗤之以鼻。这些小型出版商往往只能悄悄地在《纽约时报》不重要的版面刊登广告，达成合作后会收取作家一笔费用，他们以此为生——大出版商称呼他们为"微不足道的印刷者"。然而，二十多年前，嗖的一下，一切都改变了。这种保守的优越感已经不复存在！你不再需要一个巨大、轰轰作响的印刷机和浑身沾满墨迹的印刷工人才能成为出版商了，同样也不需要租下一个能够俯瞰波士顿公园的纽约摩天大楼办公室，只要你有一台连接互联网的电脑，对书本格式的规则有基本了解，对于市场有一定敏感度并且认识一个经销商，你就可以成为出版商了。21 世纪最初几年，电子书读者激增，从那个时候起你甚至都不需要创造任何实体商品了。那个落后无知的讥讽"微不足道的印刷者"永远消失了。就连"个人出版"这个说法都已经有些过时，新晋出版社现在用"独立出版"来标榜自己，口吻中透露着暴发户一样的无所顾忌。这些独立出版社提供的服务质量良莠不齐。有些公司搞砸了一本书，损了作者的名誉，但是也有很多制作精美产品的公司，他们会帮助作者校对、打印并进行精心的设计，即便《纽约时报》并没有刊登这些作品的书评又能怎么样呢？书本已经面世，作者已经成了作家。独立作家也可以加入作家协会，这类协会中的成员都有权享受各式各样的优质出版服务。不要忘了伍尔夫夫妇也曾创立了霍加斯出版社，一个收获了无数赞誉的独立出版社。

如果你回到 18 世纪的伦敦，那时书商通常就是出版人，作者会发现自己街角的独立书店就能提供出版服务。我们当地的书店、乡村书屋就有两条出版渠道，成功出版 200 多本书。书店提供的出版服务会做独特的设计，确保作者的作品有着自己的特色。本地作者的书本寄售成本（书店将书摆放在书架上之后要收取作者一笔费用）比起书店收取独立作者的费用要低一些，书店会专门为这些本地作家设置售卖区域。

只要投入了时间和金钱，哪怕没有经纪人和编辑的帮助，作者也绝对可以看到自己的作品通过某种方式出版成书。要花费多少时间和金钱呢？这取决于很多因素。亚马逊提供像迷宫一样复杂的多条分支出版服务，一些独立出版机构要求将作者的合约与设计师、校对师和其他参与到书本创作过程的开发人员区别开来。尽管有些机构会提供这些服务，但是市场宣传和获得书评的过程总会充满艰难。当然，作家可以自己决定如何售卖和宣传自己的书籍（例如图书交易商展、专业的大型交流会、阅读俱乐部等），但是大体上来说，独立出版社并没有单独的宣传部门来帮助作家进行这些工作。当然你可以自己雇用一个独立的宣传推介专员。有些独立出版机构联合起来举办属于自己的交易商展和颁奖典礼，并以此创造了一个只属于读者和作者的大型社团。对于那些时间紧迫的作者来说，独立出版机构是一个很好的选择。对于像琳达·莫罗这样在 80 多岁才完成了自己作品的作者来说，伙伴出版社仅仅用了 6 个月就将书籍出版并送到她手中。对于一位作者来说，没有比看到脑海中的想法被打印在纸张上、以书本的形式放在你的手中更好的感觉了，这是一种让你永生难忘的、无与伦比的脑充血的感觉。

作者的另一种选择是混合出版商。这种情况下作者仅仅会与出版商一方联系，而出版商会提供所有必要的服务：封面设计、版式设计、校对、发行和市场宣传等。作者需要支付一笔（通常是高昂的）费用，但是可以获得版税的分成。混合出版商有些会安排大规模发行；他们的出版物会在知名报纸和网站上获得评论。我认识的一些作者就与这类出版商合作过，尽管成本高，但是确实获得了很好的服务。

许多大学出版社都在扩充自己的内容库，他们不仅仅出版学术巨著，还会出版一些诗集、小说、非虚构类作品和回忆录。有些时候他们会根据自己大学所处的地理位置和当地的人口结构来选择出版哪些书籍，有些时候则不会。保拉·贝克儿是一位来自华盛顿的作家，她那让人心碎的回忆录《摇摇欲坠的家：毒瘾中的母亲》被艾奥瓦大学出版社出版。如果你想确切知道哪些大学的出版社在寻找学术性内容之外的原创作品，可以在大学出版社协会的官方网站上查询。

作者找到提供专业服务的经纪人是一种传统的出版方式，经纪人会帮助你把作品卖给大公司，监督作品在海外和本土的销售情况和版权归属，然后对赚取的利润抽成15%。传统出版行业在过去三十年发生了翻天覆地的变化，这些变化已经不可逆地改变了图书出版的大环境。有些曾经独立运营的出版机构，例如那些能在办公室俯瞰波士顿公园的出版商已经被大企业收购，而这些大企业又被更大的跨国公司收购，传统出版业已经被人们所认知的五大出版巨头所垄断。（在我写这本书的时候，美国五大出版公司快变为四大出版公司了。）在这个庞大的出版体系下有数不清的小的出版商。编辑们会频繁跳槽，有些时候是出于自己的选择，有些时候则是由于小出版商的合并或消亡而被裁员。作家是真正的受害者，他们与编辑一同工作，但是合同却与公司签订。如果你的编辑跳槽去别的出版商，或者因为公司重组而被裁员，那么你的书大概率会像一个孤儿一样被抛弃。我个人就经历过这种事。在 F. 斯科特·菲茨杰拉德的写作生涯中，他只与一位编辑麦克斯·博金斯合作过，只与一家家族式管理的查尔斯·斯克里布纳家族出版社合作过，这种状况只可能发生在过去了。查尔斯·斯克里布纳家族出版社已经被五大出版巨头并购。当然，除了五大出版社之外，还有一些非常出色的小型出版社，例如格雷沃尔夫出版社、梅尔维尔之家出版社、锡屋出版社、咖啡屋出版社、马利筋出版社、铜峡谷出版社，以及加利福尼亚州的全盛时代出版社[2]（摇滚明星琳达·论斯塔特绝对可以自由选择出版公司，她那本讲述自己墨西哥身世的书就是由加利福尼亚的全盛时代出版社出版的）。这些出版公司有很高的声望，但

---

[2]　上述出版社的英文名依次为 Graywolf, Melville House, Tin House, Coffee House Press, Milkweed, Copper Canyon, Heyday Books。

是他们支付的预付款非常少。我要预先警告，不论在什么情况下，你能收到的预付款都非常少。

　　找到一位能够为你保驾护航的经纪人的过程，就像是找一份全职工作，你需要花费大量的时间在网上淘信息，点开无数条的链接。这也带来了一些好处，经纪人和经纪公司比以前要透明得多。你只需要在每个经纪人公司或者出版公司接触一位经纪人即可。有很多网站提供专门的线上课程，帮助你搜索经纪人，了解一些出书平台。完成这项工作需要大量的时间，无数杯咖啡的陪伴，或许在中途还偶尔需要喝上几杯啤酒来平复你焦躁的心情。

咨询信与梗概

　　当你为你的书寻找经纪人或者任何形式的出版公司时，你都需要提供你书籍的选题申请表以及梗概。这两项写作工作会是你有史以来从事过的最艰难的工作，难度超过你的学位论文，超过你给大学男友写的情书，甚至超过你刚刚写完的回忆录。

　　你所接触到的任何机构都会要求你提供一份作品梗概。在我看来，在咨询的过程中提交一份梗概是鲁莽的行为，往往会适得其反。你应该提供的是一份生动的文案，也就是书封的内容：在书籍的封面、封底，以封面和勒口书写的那几段话。这段大约五百字的内容会让逛书店的顾客立刻花钱买下这本书。

下面是梗概与书封内容的不同：

梗概：一个女孩与母亲一同住在森林中，母亲给她缝了一身漂亮的红色斗篷。因此所有人都叫她小红帽。她的祖母住在森林的另一端，祖母生病了，或者说母亲很久没有听到祖母的消息，因此担心她生病了。母亲让小红帽挎着篮子穿越森林去探望祖母。小红帽穿过森林来到祖母的房子。祖母躺在床上，蜷缩在被窝里。小红帽很担心，她将篮子放下走到祖母跟前，对于祖母的大眼睛感到很惊讶。祖母用奇怪的嗓音安抚了小红帽。小红帽更加担心了，但是她说服自己，一切都是因为祖母病了。她在祖母耳边悄声低语地探询，祖母转过身来，把身上盖的被子掀开，小女孩看到了祖母的巨型牙齿！哦不！"祖母"根本不是祖母！大灰狼已经把祖母吃掉，并取代了她的位置！小红帽被吓得不轻，但是迅速意识到没有时间为祖母哀悼了，流着口水的大灰狼的下一个目标就是自己。小红帽冲向门口，但是大灰狼比她更快，堵住了门口。他的獠牙在午后的阳光中闪烁发光。大灰狼披着祖母的睡衣跟在小红帽后面，小红帽一边在木屋中躲闪，一边用尽全力呼喊着救命。小红帽拿起火炉中的拨火棍做防卫，但是大灰狼对她来说太强壮了。大灰狼把火棍扔到一边，将小红帽抓起来，张开了血盆大口。就在此时，门被撞开，一把斧子插入大灰狼的背后，给了他致命一击。原来是附近的一位樵夫听到了小红帽的呼喊声前来营救。大灰狼倒在血泊中。樵夫安慰着目瞪口呆的小红帽，并护送她穿过树林回到家。小红帽和她的母亲为祖母的死感到悲痛，但是为了感谢樵夫，还是将本想送给祖母的黑莓送给了他。

书封内容的开篇：小红帽勇敢地穿越危险的森林，抵达目的地后发现她的祖母已经奄奄一息，并且在她身上发生了奇怪的事情。小红帽的命运会和她祖母的一样悲惨吗？一个关于勇气与考验的故事。

记住，在描述你作品的过程中，故事就是全部，吸引力代表着一切！

书封内容：

突出重要人物，用引人入胜的语言描绘冲突、戏剧性和紧张感。

每句话都要一针见血且令人难忘，同时要满足上面一条准则。

不要用软弱的措辞，不要用大量的介词和陈词滥调。

章节的篇幅要短，用现在时。

书封内容暗示着故事的设置，而不是结局。但是可以让读者感到结局一定是让人满意的。

书封内容并不一定要与书中事件的发生顺序完全一致。

书封内容必须有完美的语法，任何错误都会导致你被读者拒绝。

时刻记住那个问题：这是关于谁的故事？关系到什么？

我们再回头来看一看《了不起的盖茨比》。如果你是 1924 年的

F. 斯科特·菲茨杰拉德，而你的作品仅仅是一系列被放在待出版列表上的书籍之一。你的编辑麦克斯·博金斯生病了，无法替你撰写书封内容。一个喝杜松子酒上瘾的、从耶鲁大学辍学的年轻编辑迫不及待地想要接替麦克斯·博金斯的工作，他能得到这份工作完全是因为他是一位关系户。他告诉你他只需要一两天就能读完你的原稿。很显然，你会告诉他不用了，谢谢，我自己来写。

记住：没有人能像你一样了解你的作品。这也是为什么你应该找一些志趣相投的读者来帮助你充实内容。

如何才能确保你的书封内容让作品看起来更吸引人？还是要问那个问题——这是关于谁的故事？好吧，书的名字叫作《了不起的盖茨比》，所以关于谁是本书的焦点人物这个问题是不需要讨论的。关系到什么？这很关键，但是你不太想要说出来，因为这样会剧透故事的结局。如何将你的故事提炼成一段书封内容取决于你想要强调什么。

场景：你可以用一个有着很强的情感唤醒能力的场景作为开始，交代氛围、时代、社会背景或者主要人物。

那个夏天，爵士乐、杜松子酒和美丽的陌生人总是在夜幕降临时涌入盖茨比的宅邸，尼克·卡拉威租下的小屋就在旁边。

主题：你可以用一个表明主题的句子作为开始。

一个关于爱情、失去、腐蚀和伟大但虚伪的梦境的故事。

（你可以在开头或者结尾加入表明主题的阐述。）

引述：你可以引述你书中的内容来表达主要人物、主题。

"她的声音充满了金钱的味道。"

"他们是粗心大意的人。"

"旧梦不能重温。"我说道。

"不能重温？"他难以置信地呼喊道，"当然可以！"

书封内容应该包含核心要点、信息和戏剧冲突。书封内容的措辞应当与你故事的风格保持一致：你的作品是否是一本温柔的关于家庭的回忆录，里面的茶和派都是用糖做的？是否是一本用幽默的口吻讲述的一个关于贫穷的悲凉故事？书中的气氛是充满哀伤还是无忧无虑？你的故事是否就像哈克·费恩在书中的第一句话"你根本不了解我，除非你读过《汤姆·索亚历险记》这本书"一样精力充沛且玩世不恭？

下面是萨拉·简·帕金斯为自己那本关于美国大萧条时期的斯卡吉特河的回忆录《美好的帕金斯》撰写的书封内容。注意她将引述、主题与场景编织到一起，措辞较为随意，与她的故事完美契合；还要注意她在不停重复标题。还要注意她并没有将故事讲完，而仅仅在结尾影射了她的家族面临的戏剧性的挑战。

　　"这家酒店，会让你富起来的，帕金斯先生。"1930 年，老爸用极低的价格买下斯卡吉特河上的沃森码头时，沃森先生是这样对我父亲说的。我们一家人搬入酒店后母亲接管了厨房，从此食物就非常糟糕，从未变好。但是老爸自己在斯卡吉特河下游的小岛上制造了一台制酒蒸馏器。他在这里用土豆做了一种烈酒"美好的帕金斯"，偷偷售卖。不管用什么标准来衡量，这种酒都是不合格的，但是在禁酒令时期任何酒精产品都有着极高的需求量。沃森码头并没有让我们富起来，但是"美好的帕金斯"让我的家庭唯一一次体会到了成功的感觉。

　　这本回忆录讲述了河岸边酒吧里的童年，一位残疾却没有失去希望的父亲，一位恶狠狠的母亲和一场来势汹涌、让我们无家可归的洪水。

投稿信

　　咨询信基本上就是一场分为三个段落的踢踏舞。与撰写书封内容和梗概时所遭受的痛苦相比，投稿信要简单得多，当然也存在一些挑战——表达出一份敬意，但又不失庄严沉重，生气勃勃，但又不是故弄玄虚。永远不要尝试讽刺性的内容，如果你的尝试失败了，你也就完蛋了。尽可能用直击重点的短句，要确保字词、语法和标点符号完美无缺。如果你的信件读起来凌乱草率，那么你的书又能好到哪里去呢？投稿信并不一定要具备艺术性，但是需要让作品和作者足够有趣，并且吸引读者看完书封内容，而书封内容又会给读者激发想要读完整本作品的渴望。

第一段：邀请和介绍

亲爱的 ×××

我在 ×××.COM 上非常欣喜地注意到贵司（或者 ××× 出版社）发出征稿信息（在此处：如果你曾在某个会议上见过此人，应当提及你们见面。如果你得到过同僚或者导师的推荐，也要在此处提及）。从贵社／司的概述判断，我认为我的作品《×××》会十分符合您的主题／类型／特色／审美（如果你认为他们之前出版的某部作品与你的作品类似，或者他们曾经出版过某位你十分敬仰的作家的作品的话，在此处提及。此处将你的故事与某种体裁或传统联系起来）。（结束语）我的作品《×××》是一个关于××××××的故事（只需要短短几句，后面附上你的书封内容）。

第二段：作者自述

一段关于你自己的简短描述，包括工作、教育、家庭背景等。这很重要，因为你的经历可能会反映在你的作品里。如果你有与这本作品相关的资格证书，要尽早列举出来。你并不是与人约会，你只是想让别人阅读你的书封内容，达到这个目的就算成功。不要讲述过多关于你自己的故事，如果他们对你有兴趣的话，你之后会有机会做这件事的。如果你有已出版的作品，也应该在此处列举出来。

第三段：强调说明与过渡

我认为《×××》十分适合贵司的风格，这会是一本让你们自豪的作品。下面是关于作品的介绍。

期盼着您的回复。感谢您的关注。

姓名（不要放在附件中，这段内容要紧跟着你的署名）

邮箱地址

电话号码与时区。

如果你有个人网站的话也可以提供。如果对方对你感兴趣，他们说不定会点开你的个人网站链接。因此你的网站也应该展现你最好的一面——不要放你在读大学时狂欢作乐的照片。

之后，详细记录哪些公司回复了哪些内容。有一些公司根本不会回复你，你要学会适应这种情况。如果你两周之内还没有收到回复的话，基本上就不要抱太大希望了。再发一批，但这个过程可能会花费好几个月的时间。

另一种可能

作者佩吉·卡尔帕金·约翰逊写完《百年回忆录：献给我父母

的礼物》时已经 97 岁了。她已经达到了自己的目的——向移民来到美国的父母致敬，因此出版公司出版该回忆录与否对她来说并不重要，她已经从作品中获得了满足感。她并不希望加入网络大军，或者寻找图书设计师及校对师，她也不希望花费金钱和时间在各路出版商身上。她从未想过将这本回忆录在书店或者网络上进行销售。没有电子书，没有书号，她只是希望能将回忆写进回忆录中，将回忆录捧在自己的手里，办一场属于她的庆祝会。

我们接触了一家本地的印刷行，我们之前就与这家店有过愉快的合作，老板诺曼·格林是个很不错的家伙。我们自己选择了一些照片，做了编辑并校对了文字。诺曼做了设计和排版，我们提供的许多照片都年代久远，需要进行特殊处理才能印在书中。佩吉选了封面照片，诺曼定了文案并完成了封面设计，我们预定了 200 册。诺曼将书装订并送了过来，还送给我们 100 份用封面照片做的书签。总之，我们没有出版，而是把书打印了出来。

在一个 7 月的下午，我们在一家地中海的餐厅举行了开放日活动，餐厅的老板是一对黎巴嫩姐妹。桌上摆放了红酒与小食，阳光透过窗户照射进来，中东风格的音乐从看不到的扬声器中传出，飘荡在空中。我的妹妹也来到了现场，她还带了一个小型陶瓷展示板，上面写着"有史以来最棒的一天"。我们将这个展示板放在桌上，佩吉正在那里给自己的作品签名。我们给《百年回忆录：献给我父母的礼物》定价 10 美元，买家就是来到现场享受节日气氛并对佩吉充满了敬佩的宾客们。对于我母亲来说，毫无疑问那天是有史以来最棒的一天。她的不懈努力，她对回忆父母的作品的投入与付出，都让我们为她感到骄傲。我将自己的那本由佩吉签名的《百年回忆录：献给我父母的礼物》与我的作品一起摆放在我书架上最显眼的位置。

13. 真相

啊，亲爱的读者！……我要说的其实很简单，你必须从善意的角度理解它：这不是一个故事，但你应该认为，你能把它理解为故事。

——威廉·华兹华斯，《西蒙·李》

尽管读者和作家都相信，回忆录的作者不会或应该不会伪造事件、人物或当时的情况。但是，作者开始写作时，为难以驾驭的历史选择叙事形式时，作者可能会为了叙事效果做一定程度的加工。当作者启用叙事者时，写作的表现形式就发生了改变。小说家可能会选用第三人称来叙述故事，叙述者可以与所描述的人物和事件关联甚少——这就是为什么这样的作品被称为小说，但当我们离开小说的海岸时，我们并未靠近"真相"，而是靠近非虚构。非虚构不是事实的拼凑，回忆录也不是对历史的总结。回忆录不需要完全遵从个人的经历，更不需遵从圣人、学者、学术权威撰写的正统的历史。回忆录更类似于"故事"，即使是最大程度遵从事实不掺杂个人感情的回忆录，也会引发争议，甚至会因不遵从事实而让人感到无所适从。回忆录不仅记录事情发生的方式，还包含叙述者围绕着记忆重组的故事，以及这个故事对作者的意义。这些因素是相互关联的，在关键点上，这些因素相互联系但它们不总是同一个故事。回忆录中的真相是叙事者的真相。

人们会碎片式地、棱镜式地回忆过去，从不同的角度回忆同一个经历。在承认他们用棱镜式的方式回忆过去的同时，一些作者对他们记忆的本质提出了质疑。《夹竹桃，蓝花楹》是我最喜欢的回忆录之一，在这本书中，英国作家佩内洛普·来弗利描述了她战时在埃及度过的童年时光。当时那里是殖民地，一家人过着富裕的生活，她的父亲是埃及银行的英裔职员、母亲是位名媛，但是她经常感到孤独。第二次世界大战爆发时，佩内洛普只有 7 岁。在她的回忆录中，她将记忆中的片段与记载埃及那场战争的史料对照，想确定她的记忆是否真实，即是否与历史记载相一致。记忆与历史记载并不总是相符的，但她的事例很好地阐释了记忆的本质。早在塔拉·韦斯托弗开始写《你当像鸟飞往你的山》时，她就质疑自己写下的回忆。她用几个兄弟姐妹的回答来印证，然而他们的回答也有很多相互矛盾的地方，她在书中简要地列出了他们的回忆。她没有将矛盾的地方糅合在一起，也没有如律师般将其表现为口径一致的假象，而只是将它们原原本本地呈现出来。在提出这些问题时，她向读者发出信号——她知道自己的故事并不完整，也没有展现出全部的真相，也就是说，她承认了自己回忆录中的内容并非完全可信，这种态度展现的谦虚让人非常感动。但在整本书中，她的叙事风格洋溢着自信，而不是谦卑。

每个作者都通过自己的棱镜来看待回忆，这反映在他们的作品上。这个棱镜可能是一种情绪，比如后悔，抑或是为了把自己从事件中撇清。有时可能是为了强调一段恋情或一项成就，也可能是重新感受那些温馨的时刻，抑或是回想当时犯下的错误。

真相掌握在叙事者手中，写出真相需要勇气，尤其当你的回忆录真实记录了一段灰暗的时光，一些从未向别人道出的心事，一些可能不利于自己现实处境的事实。如果你想在回忆录里道出长期未说出口的话，你需要勇气。所述的故事与人们眼中的"幸福的生活"相差越远，需要的勇气就越大。真相越残酷，就越需要勇气。

为了避免痛苦，真相越伤人，作者越有理由不说出真相。如果真相是作者的创伤的话，说出真相可能会使作者陷于危难的境地。写出真相意味着要重新体验当时的感受。将所有的真相和盘托出意味着与过去做某种对抗。在我多年的教学生涯中，我曾与一些作家共事，他们写回忆录时忍受了超乎想象的痛苦，这让我非常钦佩。然而，我的任务是帮助这些作家更好地呈现那些不可想象的事件。

思想无法复活身体的疼痛感，也就是说，你能回忆起你曾经经历过的痛苦，但你不会切身感受到那种痛苦。但是不管事情发生在多少年前，精神上和情感上的痛苦会一直存在，它们十分容易被再次唤醒，而且往往会产生毁灭性的影响。我曾经和一位作家合作过，她的故事让人心生恐惧又五味杂陈，似乎找不到合适的切入点。她描写了她的童年时代和青年时代，在她17岁时经历了一系列毁灭性的事件，之后她离开了家，搬到了一个遥远的城市。接下来的几年时间里，她开始新生活，结婚生子，让这些伤口愈合。在她40多岁的时候，一件意外的事故让她不得不重新面对那些创伤，"创伤后应激障碍"将她推入那深不见底的地狱般的过去，她仿佛毫无防备地又回到了17岁，感受到那令人窒息的痛苦。为她治愈创伤时，一位治疗师建议她把这段经历写成回忆录，所以她来到了我这里。开始写回忆录真的是一个勇敢者的行为，她战胜了所有让她不敢说出真相的人和事，无论回忆中的人是否还在世。

创伤回忆录作者所面临的一个挑战是，即使作者被完全击倒，四肢着地，毫无知觉，叙述者也不能被击倒。叙述者必须描述她的苦难经历，以便使读者了解事情发生的背景，形成对该事件的见解，反思导致创伤、虐待和不公的环境。卡米·奥斯特曼是一名作家、写作教练和心理治疗师，他有时会建议作者以第三人称的方式呈现自己的经历，这样做可以让作者尽量远离他所记录下来的痛苦回忆，有时将动词时态从现在时态改为过去时态也能减轻回忆伤痛记忆时的痛苦。

为了使自己能够更好地把过去的事情呈现出来，有些作者在创作时没有用自己真实的姓名。如果换个名字能减少你写作时的困难，那就换个名字。用这种方式创作的作品出版时通常会附一页免责声明，声明故事中的一些名字被更改了，正如丹尼·夏彼罗在《继承》中所做的一样。在《五千个"弟兄"》中，香农·哈格讲述了她嫁给路易斯安那州安哥拉监狱的一名囚犯的故事，她给一些人起了绰号：大基德、老板、宝贝爸爸、宝贝妈妈、外孙、派对蛋糕以及邻家女孩。改变名字并不能从根本上改变作者的写作体验——要不要讲出真相仍然由叙述者来决定——但改名字是些许的妥协。

童年的沼泽本身就可以掩盖创伤，在这种情况下，受害者甚至没有意识到自己遭受了毫无意义的残酷行为，以为世界本就如此。只有在家庭、学校和社区生活时，孩子们才能理解并感受到价值。远离这一切，进入成年，或者离开那个地方，会让人有清晰的认识与判断。安妮·穆迪的经典之作《在密西西比河长大成人》记载了叙事者越来越强烈地意识到她周围的偏见和压迫给她带来的巨大压力。安妮长大后为反对种族主义和种族隔离做斗争，这让她的家庭一度处于危险之中。她的叙事者并不是在说："看我，我多么勇敢！"她的叙事者很愤怒，这种愤怒一直都在。叙事者受到了直系亲属、白人和希望维持现状的人的谩骂。这本出版于 1968 年的书是对现状的有力冲击。

这本回忆录记录了隐秘的真相。一旦这些隐秘的真相脱离了作者的思想，脱离了作者的手，脱离了作者的电脑，它们本质上就成了公开的真相，无论这些真相是否已经严格意义上公开了，它们都已经可以被讨论。在家庭内部，有时会有很多的讨论、争论和分歧。

苏珊·格雷森是个退休的护士，她的父母是内布拉斯加州的农民。在写《寻找粉色火烈鸟》一书时，她讲述了她在利比里亚生活了两年与和平部队之间发生的故事。但更宏大、更深层次的故事，是一个年轻女子在寻求父母认可与冒险寻找属于自己人生道路的需求之间的矛盾。她的父母显然不赞成这条路，强烈反对，尤其是她父亲。虽然她在回忆录里试图用父亲的勇敢行为来粉饰他的痛苦和偏执，但格雷森生动地展现出他的信仰、价值观、言语和行为的残酷性。写完后，她把这本书寄给了她哥哥，她想让哥哥知道她写的关于他们父亲的内容。哥哥很认可她的作品，这份认可激励着她出版这本书。

不是所有的作者都有在出版书籍前得到认可的经历。不管他们的书是否出版，如果手稿落到家里其他人手中，得到的回复往往是："事情不是这样的！"家庭成员往往会有很大的意见分歧，这些分歧可能并不是关于事件本身，而是关于他们做那些事的意图，以及书里描述事情的方式。"你对妈妈太过苛责了。她不是那样的人！"一位把作品寄给姐妹们的作者收到了这样的回应，她们激烈的反应让作者非常惊讶。她提醒她们，她是长女，这个身份使得她的经历以及她与母亲的关系跟她们有所不同。她没有修改她写的东西，她写出自己认为的真相。

有时，作者试图揭露令人震惊的真相，为此作者可能会为一个事件赋予那个时代根本不会存在的意义或洞察力，这是为了叙事而创造出的真相，而不是机械地复制那时的生活经历。运用这种技巧的一个典型案例是《安吉拉的骨灰》中描述的一件事，在这个故事中小弗朗克住院了。恢复到可以自由行走的状态时，弗朗克在深夜来到了医院废弃的二楼，在昏暗的灯光下，在一排排的空床位间，他偶遇了长着绿色嘴唇的爱尔兰鬼魂。这些人死于 19 世纪中期的饥荒，当时的他们饿得前胸贴后背，沦落到只能吃草的境地。麦科特林的旁白一如既往地显得清白无辜，但在描写这些鬼魂的过程中，作者能向读者传达爱尔兰历史中复杂且萦绕不去的元素。这是一种集体记忆，没有这种记忆，我们可能就无法完全理解爱尔兰，或者延伸开来说，无法完全理解麦科特林的书。就最基本的"真相"（即，这真实地出现过吗？）而言，我怀疑小时候的弗朗克是否真的上了二楼，但成年后的弗朗克因那种死寂得出了遇见鬼魂的可怕推论。成年后的弗朗克描绘了那些一排排的空床位后隐藏的真相，从而使读者能够了解到他的个人回忆录的历史背景。了解历史背景对读者来说是非常重要的，尤其是对于那些不了解爱尔兰历史的读者。

《人多好办事》是谢丽尔·麦卡锡写的一本回忆录，作品以轻松愉悦的笔调讲述了她的成长经历。她出生在艾奥瓦州艾姆斯，家中有九个孩子。作者着重描写了九个孩子全都未离家的那些年，虽然当时家里会显得拥挤，但很热闹。随着时间的推移，她的兄弟姐妹陆续搬出去开始各自的新生活，但记录这个过程会让文字变得枯燥乏味。在最后一章中，麦卡锡巧妙地选择了一个圣诞节进行刻画，描述了这家人的圣诞传统，在书中随处可见的地方展现他们之间可贵的亲情。在那个场景的结尾，叙述者在回顾过去的同时获得了对生活的深刻感悟。显然，作者是在回顾过去，但她的叙述者是在展望未来，想象着岁月的流逝，以及这一切将发生怎样的变化：家人不可能永远生活在一起，事实上，这些岁月里的圣诞节更珍贵，因为他们很难再有经常团聚的机会。这是这本充满温馨的回忆录的结尾，一个可爱又恰当的结尾。

回忆录不是法庭，也不是忏悔室，在回忆录里没有完全的真相，有的却只有"真相"，所以要么说出真相请求上帝的帮助，要么放在自己心里，没有人能给予你任何帮助。事实上，每个作者用自己的方式靠近他们想要描述的真相。这并不意味着他们会伪造回忆录，反而意味着他们可能为了达到效果而进行一定的加工润色。

这一点从布赖尔的《阿尔忒弥斯之心：作家回忆录》中可以得到印证，这本书说明了作者有权用自我说明来描述真相。布赖尔，原名威妮弗蕾德·埃勒曼，她从一座岛屿的名字上借去了一部分给自己取了这个名字，因此这个名字显得与众不同。在《阿尔忒弥斯之心：作家回忆录》中，威妮弗蕾德这个名字只出现过一次，而她的姓埃勒曼却从未出现过。她有个比她小很多的弟弟，他的名字也从未出现在她的作品中。从她的作品中我们可以得知，等她 15 岁时她的父母才结婚。在那之前他们为什么不结婚？她没有做出任何解释。布赖尔曾多次把她的家庭描述为中产阶级家庭，但事实上她的父亲是英国最富有的人之一，这一点在她的所有作品中都未提到过。20 世纪 20 年代，她活跃在欧美文艺界，几十年间她结识了一群有趣的朋友，这些朋友在她的作品中出现过多次。然而她却很少提及她的恋人。她坦率地提到了她的两次婚姻，尽管她从未提及离婚以及他们之间真实的关系。她曾提到过美国诗人 H.D. 希尔达·杜利特尔，却并不是以布赖尔生活中的爱人的身份出现的，但是可以确定的是，他们在现实生活中的确是恋人。你从书中找不到任何关于他们的感情有多深、多复杂的描写，或者他们的感情出现裂痕、岌岌可危的时刻。简而言之，这本书的内容与其副标题"一个作家的回忆录"很贴合：这是一个关于旅行、友情、冒险的故事，与爱情无关。尽管在读完这本书后，我对布赖尔产生了更多的好奇心，但作为一个读者，我对作者坚持讲述她心目中的真相表示赞赏。

在亨利·亚当斯的经典著作《亨利·亚当斯的教育》中，作者保持了他一贯的晦涩的风格，描写了他最早的记忆中的很多事件和人物，他是美国总统约翰·昆西·亚当斯的孙子，也是美国开国元勋约翰·亚当斯的曾孙。在全书大约三分之二处——1872 年——叙事戛然而止，在 1900 年左右又重新开始，而关于这期间的三十年为什么中断，作者没有做出任何解释。1872 年，亚当斯与马里恩·霍伯（克洛弗）结婚，1885 年克洛弗自杀。而亚当斯把这一切以及他和克洛弗一起生活的经历都从他的叙述中抹去了。《亨利·亚当斯的教育》的后半部分，即大约 1900 年后的叙述，是集体回忆录，讲述的是内战期间亚当斯结识的朋友和那个时代的成功人士。

我们有必要与那些和我们一起经历过某段历史的人一起分享过去的记忆。正如亨利·亚当斯一样，可能很多人都会这样做。在同时代人中，即使他们没有分享任何事，音乐、电影、电视节目和重大的历史事件也会像音叉一样"叮"的一声拉回他们当时的记忆。经历过某些灾难性事件的人总是会记得他们当时的状态，比如约翰·肯尼迪遇刺时，或"911 事件"。对某些人来说，可能是科特·柯本去世时。人们可以和同地区的人分享过去的经历，比如里克·布拉格的关于阿肯色州回忆录；也可以与同街区的人分享，如莎拉·布鲁姆在《黄房子》中生动描绘的那样。即使在家庭回忆录这种描写最私密事件的题材中，记忆也并不是完全属于个人的。

因此，我母亲佩吉·卡尔帕金·约翰逊在《百年回忆录：献给我父母的礼物》中描述的一些事件也出现在我写的一篇很长的回忆录文章《声明与否定》中。我们都没有像我祖父母那般在土耳其阿达纳生活过，也没有像他们那样在叙利亚短暂逗留又搬到君士坦丁堡。我们如今还在世的家庭成员中也没有经历过那些事件中的任何一个，但随着时间的推移，它们依然是我们家族的一部分。我祖母 80 多岁时口述了《我的人生故事》，由我的伯母输入电脑并装订和发送给我们每个人，这些都是我们的家族故事。我母亲经历过这些家族历史中的一部分，但是她那时候还太小，记忆已经消失了：她婴儿时期在君士坦丁堡度过，之后又去了美国、希腊，然后又回到美国。她早年生活在哈丁大街 905 号，还记得 1926 年参加过为叔叔和他的新娘举办的婚礼。幸运的是，我现在不光可以通过佩吉·约翰逊的回忆了解她在洛杉矶大萧条时期如何度过了童年和青年，还可以通过她的回忆录了解当时的社会。

我们所有人都可以通过叙述的方式了解我们忘记的事情。在我看来，人的寿命并不是由墓碑上的生卒时间决定的，而是由早到我们记忆中最年迈的长辈，晚到我们尚未出生但对我们有印象的后代的寿命决定的。在我们触及的所有生命中，无论这种接触多么间接，我们都是值得纪念的。诗人兼小说家托马斯·哈代的作品大多源于他小时候听来的故事，这些故事是经历过拿破仑战争的人讲述的。《一个我们都认识的人》是他献给他的祖母的书，书的最后一节写道：

> 她就像是乐队走远后观众席上剩下的一个人，
>
> 因为距离太远，乐队听不到她的欢呼声，
>
> 对她来说，别人重提的往事是真实存在的，
>
> 现在的事情倒像一个故事。

在写回忆录时，我们每个人都会带着不同的目的回忆过去。那戴着有色镜的过去只属于作者。戴着有色镜的往事周遭有着可爱的

光环，于是在回忆录中还有另一个方式能让我们找到真相。在 2010 年我们的地下室被洪水淹没时，我们陷入了泥泞和混乱中，我深刻地体会到了这一点，这不是一个诗意的时刻。

1987 年，我的祖母去世了，我的父母卖掉他们的房子搬到了北方，在距离我和我儿子们不远的地方定居。突然间，我继承了两代人的物品和家具。这是一个不错的时机，在多年不间断的租房生活后，我刚刚买下了一栋大房子。当我的父母搬到北方的时候，他们把所有的家庭纪念品——影集、手工艺品、信件、日记、文件等，统统装进纸板箱，堆放到我的地下室中，与其他各种东西一样，静静地躺在那里，直至 2010 年 12 月。

2010 年 12 月，连续下了几天的倾盆大雨，水淹没了地下室，唯一的排水管也堵了。我最小的儿子布兰登和他的两个朋友泰勒和肖恩来帮我处理现场。这些年轻人戴着厚厚的橡胶手套，挥着铁锹和锄头，一连几天蹚着水忙碌着，脸上没有一点畏惧之色。他们用 T 恤和头巾捂住口鼻，防止吸入霉菌和霉味。糟糕的是，在我们搬入很久之前，有人在地下室铺了又旧又厚的破地毯，它们现在湿透了，令人作呕。但在小伙子们用铁锹和锄头掀开地毯前，我们必须先想好如何处理这些放在一个又一个潮湿的盒子里、承载着重要意义的物品。这些珍贵的东西和残留的东西一起成了洪水的受害者。我必须决定把哪些塞进垃圾袋，经过外面的楼梯堆到垃圾堆里；哪些要保留或搬过来放在洗衣篮里，经过里面的楼梯送到二楼。

　　当小伙子们忙着搬运东西的时候，我在这些老物件里扒拉了个遍。许多本应保留的东西已无法挽救。哪些是可以挽救的，哪些应该保留？那些已经损坏、明显没有复原希望的就不去挽救了，有些需要当场做出判断。我回顾了属于我家族的共同回忆，有些出乎意料地令人感动，有些令人感到不解，有些甚至让人觉得古怪。我感到身上肩负着重要的责任，这些责任是我不可推卸的，也不能交给其他人承担。现在已经没有时间让我去思考这个东西意味着什么，那个东西有什么意义。时间已经不容许我去挨个儿提问，也不容许我过多地思索。我只能脱口而出，这个放外面，那个放楼上。

　　要是我母亲当时在现场，她应该会触景生情地保留或挽救某些我丢弃的物品，但她不可能出现在那里。我父亲患有重度痴呆症，只有我母亲在看护他，她不可能把我父亲一个人留在那儿。当我告诉母亲我扔掉一些东西时，她甚至不记得二十年前她把它们打包起来。但提到其中的一些物品时，母亲叹了口气。她没有指责我，也没有让我把它们取回来，因为那些东西已经在一堆垃圾中，要想再拿回来，必须付钱雇人去寻找。但她的叹息让我心里很难受。

　　如果在回忆录中要用什么来比喻真相，我认为那个肮脏、令人作呕的被水淹没的地下室和可爱的棱镜一样贴切。踏入污泥把物品打捞出来，选择和丢弃，这都是写作回忆录的一部分。找到你以为可能已经永远失去的东西，你会感到惊喜；当你发现你绝不想再看见的东西时，你会感到懊恼；当有些你甚至都不知道还存在的东西出现时，你会惊讶不已。你会有挽救某些东西或是抛弃某些东西的标准，它不只是一个情感标准，甚至不是实际存在的真实的标准，因为实际存在的真相往往是多种多样的。作者回到记忆深处去搜寻所有可能有用的素材，即使这些素材是不完整的。去搜寻所有意义深远的素材，即使它们莫测高深。去搜寻那些可能重要的素材，即使回忆它们会让人痛苦万分。在此之上，作者用自己的方式和结构叙述故事，从而将其置于光明之下。这就是棱镜的作用所在，光线透过棱镜，真相就像彩虹一样闪耀。

完。

文中提到的作品

《哈克贝利·费恩历险记》

（*Adventures of Huckleberry*）马克·吐温 著

《爱丽丝梦游仙境》

（*Alice's Adventures in Wonderland*）刘易斯·卡罗尔 著

《艾丽丝·B.托克拉斯的烹饪指南》

（*The Alice B. Toklas Cookbook*）爱丽丝·B.托克拉斯 著

《上帝的一切危险：内特·肖恩的一生》

（*All God's Dangers: The Life of Nate Shaw*）泰德·罗森格尔顿 编辑

《南方纪事》

（*All Over But the Shoutin' and other memoirs*）瑞克·布鲁格 著

《美国烹饪》

（*American Cookery*）劳拉·卡尔帕金 著

《安吉拉的骨灰》

（*Angela's Ashes*）弗朗克·麦科特林 著

《绿山墙的安妮》

（*Anne of Green Gables*）露西・莫德・蒙哥马利 著

《皆大欢喜》

（*As You Like It*）威廉・莎士比亚 著

《W. E. B. 杜波依斯自传》

（*Autobiography of W. E. B. Dubois*）杜波依斯 著

《哈夫洛克・蔼理士自传》

（*Autobiography of Havelock Ellis*）哈夫洛克・蔼理士 著

《马尔科姆・X 的自传》

（*Autobiography of Malcolm X*）亚历克斯・哈利 著

《本杰明・富兰克林自传》

（*Autobiography of Benjamin Franklin*）本杰明・富兰克林 著

《书记员巴特尔比》

（*Bartleby*）赫尔曼・梅尔维尔 著

《在他们之间》

（*Between Them*）理查德・福特 著

《超越信仰》

（*Beyond Belief: The Secret Lives of Women in Extreme Religions*）苏珊・笛福、卡米・奥斯
特曼 著

《借来的时间》

（*Borrowed Time: A Surgeon's Struggle with Transfusion-Induced AIDS*）保罗・莫奈 著

《门房》

(*The Cab at the Door and other memoirs*) V. S. 普里切特 著

《罐头厂街》

(*Cannery Row*) 约翰·斯坦贝克 著

《汽车》（诗歌）

(*The Car*) 雷蒙德·卡佛 著

《告诫》

(*Caveat*) 劳拉·卡尔帕金 著

《百年回忆录：献给我父母的礼物》

(*Centennial Memoir: A Tribute to My Parents*) 佩吉·卡尔帕金·约翰逊 著

《骄傲的孩子》

(*Children of Pride*) 罗伯特·曼森·迈尔斯 编辑

《在密西西比河长大成人》

(*Coming of Age in Mississippi*) 安妮·穆迪 著

《斯科特·菲茨杰拉德书信集》

(*The Correspondence of F. Scott Fitzgerald*) 马修·布考利等 编辑

《大卫·科波菲尔》

(*David Copperfield*) 查尔斯·狄更斯 著

《崩溃》

(*The Crack-Up*) F. 斯科特·菲茨杰拉德 著 埃德蒙·威尔逊 编辑

《失职》

（ *The Delinquent Virgin* ）劳拉·卡尔帕金 著

《维吉尼亚·伍尔夫日记选》

（ *Diaries of Virginia Woolf* ）维吉尼亚·伍尔夫 著

《安娜·格林·温斯洛的日记：1771 年的波士顿女学生》

（ *Diary of Anna Green Winslow: A Boston Schoolgirl of 1771* ）爱丽丝·莫尔斯·厄尔 编辑

《英语俚语俗语词典》

（ *Dictionary of Slang and Unconventional Usage* ）埃里克·帕特里奇 著

《美食 祈祷 恋爱》

（ *Eat Pray Love* ）伊丽莎白·吉尔伯特 著

《你当像鸟飞向你的山》

（ *Educated* ）塔拉·韦斯托弗 著

《永别了，武器》

（ *A Farewell to Arms* ）海明威 著

《五千个"弟兄"》

（ *Five Thousand Brothers-in-Law* ）香农·哈格 著

《万物之力：和平与战争年代的婚姻》

（ *The Force of Things: A Marriage in Peace and War* ）亚历山大·斯蒂莱 著

《帮派：1802 年的柯尔律治、哈金森一家和华兹华斯一家》

（ *The Gang: Coleridge, the Hutchinsons and the Wordworths in 1802* ）约翰·沃森 著

《送信人》

（*The Go-Between*）L. P. 哈特利 著

《教父》

（*The Godfather*）马里奥·普佐 著

《美国的土地》

（*Graced Land*）劳拉·卡尔帕金 著

《愤怒的葡萄》

（*The Grapes of Wrath*）约翰·斯坦贝克 著

《远大前程》

（*Great Expectations*）查尔斯·狄更斯 著

《了不起的盖茨比》

（*The Great Gatsby*）F. 斯科特·菲茨杰拉德 著

《伟大的冒充者》

（*The Great Pretenders*）劳拉·卡尔帕金 著

《哈利·波特》系列小说

（*Harry Potter books*）J. K. 罗琳 著

《这个家庭的心》

（*The Heart of This Family*）琳达·莫罗 著

《阿尔忒弥斯之心：作家回忆录》

（*The Heart to Artemis*）布莱尔 著

《海伦的苍鹰》

（*H is for Hawk*）海伦·麦克唐纳 著

《摇摇欲坠的家：毒瘾中的母亲》

（*A House on Stilts: Mothering in the Age of Opioid Addiction*）保拉·贝克儿 著

《亚美尼亚的史诗：一百年的旅程》

（*The Hundred-Year Walk: An Armenian Odyssey*）道恩·安纳西得·麦凯恩 著

《我，蒂娜》

（*I, Tina*）蒂娜·特纳 著

《寻找粉色火烈鸟》

（*In Search of Pink Flamingos*）苏珊·格雷森 著

《遗产》

（*Inheritance*）丹妮·夏彼洛 著

《只是孩子》

（*Just Kids*）帕蒂·史密斯 著

《厨房机密档案》

（*Kitchen Confidential*）安东尼·波登 著

《维吉尼亚·伍尔夫书信集》

（*Letters of Virginia Woolf*）维吉尼亚·伍尔夫 著

《谎言俱乐部》

（*The Liars' Club*）玛丽·卡尔 著

《人多好办事》

（*Many Hands Make Light Work: A Memoir*）谢丽尔·麦卡锡 著

《玛莎的曼陀罗》

（*Martha's Mandala*）玛莎·奥利维亚·史密斯 著

《回忆录俱乐部》

（*The Memoir Club*）劳拉·卡尔帕金 著

《摩尔·弗兰德斯》

（*Moll Flanders*）丹尼尔·笛福 著

《音乐室》

（*The Music Room*）劳拉·卡尔帕金 著

《我的家人和其他动物》

（*My Family and Other Animals*）杰拉德·达雷尔 著

《黑人之地》

（*Negroland*）玛格·杰弗逊 著

《土生子的札记》

（*Notes of a Native Son*）詹姆斯·鲍德温 著

《夹竹桃，蓝花楹》

（*Oleander, Jacaranda*）佩内洛普·来弗利 著

《一个我们都认识的人》（诗歌）

（*One We Know*）托马斯·哈代 著

《众人的派对》（歌曲）

（*People's Parties*）乔妮·米切尔 著

《追忆似水年华》

（*Remembrance of Things Past*）马塞尔·普鲁斯特 著

《大河恋》

（*A River Runs Through It*）诺曼·麦克林恩 著

《罗克珊娜：幸运的情妇》

（*Roxana The Fortunate Mistress*）丹尼尔·笛福 著

《西门·李》（诗歌）

（*Simon Lee*）威廉·华兹华斯 著

《一个小男孩和其他人》

（*A Small Boy and Others*）亨利·詹姆斯 著

《说吧，记忆》

（*Speak, Memory*）弗拉基米尔·纳博科夫 著

《如此依赖》

（*So Much Depends*）由杰西卡·斯通 编辑

《星光灿烂的旗帜》（歌曲）

（*Star-Spangled Banner*）弗朗西斯·斯科特·基 著

《吃饱了：餐厅家庭历险记》

（*Stuffed: Adventures of a Restaurant Family*）帕特丽夏·沃尔克 著

《甜蜜的星期四》

（*Sweet Thursday*）约翰·斯坦贝克 著

《与僧侣一起游泳》

（*Swimming with Monks*）玛拉奇·麦考特 著

《双城记》

（*A Tale of Two Cities*）查尔斯·狄更斯 著

《天生嫩骨》

（*Tender at the Bone*）露丝·蕾舒尔 著

《夜色温柔》

（*Tender is the Night*）F. 斯科特·菲茨杰拉德 著

《最近几天》

（*These Latter Days*）劳拉·卡尔帕金 著

《三个奇怪的天使》

（*Three Strange Angels*）劳拉·卡尔帕金 著

《杀死一只知更鸟》

（*To Kill a Mockingbird*）哈珀·李 著

《汤姆·索亚历险记》

（*Tom Sawyer*）马克·吐温 著

《煎饼坪》

（*Tortilla Flat*）约翰·斯坦贝克 著

《两便士横渡默西河》

（ *Twopence to Cross the Mersey* ）海伦·福雷斯特 著

《摆脱奴隶制》

（ *Up From Slavery* ）布克·T.华盛顿 著

《野兽出没的地方》

（ *Where the Wild Things Are* ）莫里斯·森达克 著

《走出荒野》

（ *Wild* ）谢丽尔·斯特雷德 著

《女勇士》

（ *The Woman Warrior* ）汤亭亭 著

《黄房子》

（ *The Yellow House* ）萨拉·布鲁姆 著